Tapie dans l'ombre

Du même auteur
aux Éditions J'ai lu

Au-delà du mensonge, *J'ai lu* 6756

Beverly Barton

Tapie dans l'ombre

Traduit de l'américain par Nicole Hibert

J'AI LU

Titre original:

EVERY MOVE SHE MAKES
Zebra Books are published by
Kensington Publishing Corp., New York

1

Il avait attendu ce jour pendant quinze ans et rien, absolument rien ne le lui gâcherait. Ni les adieux sarcastiques du gardien ni la pluie glaciale. Et surtout pas la peur qui lui tordait le ventre. S'il faisait une erreur et enfreignait leurs règlements, ils le renverraient à Donaldson. Il devait jouer intelligemment, avec circonspection, et veiller à ne pas être pris en train de commettre une quelconque illégalité. Mais contre vents et marées, quand il rentrerait chez lui, il prouverait quelques petites choses à certaines personnes, à commencer par Webb Porter, le responsable de ses malheurs.

Il leur avait déjà prouvé, à *eux*, qu'il pouvait être un prisonnier modèle, un homme différent, métamorphosé, qui se repentait de ses péchés. S'il avait moins rué dans les brancards, pendant les deux premières années, il serait sorti depuis longtemps. Toutefois, à l'époque, il n'avait que dix-huit ans. Il était un gamin plein de haine et de rage. Cette haine et cette rage bouillaient toujours en lui, mais il avait appris à les contrôler. Bien canalisée, la violence de ces sentiments pouvait être un moteur.

Lorsqu'il s'était finalement assagi, il aurait fait n'importe quoi pour être libéré. C'était ce rêve de liberté qui lui avait permis de ne pas devenir fou, de survivre dans des conditions insupportables.

Dès qu'il serait chez lui, il réglerait ses comptes l'un après l'autre, tranquillement. Il ne ferait pas de vagues, pas de remous. Du moins pas tout de suite. Il avait rongé son frein durant quinze ans, il était capable d'attendre encore un moment. Cependant d'une manière ou d'une autre, et quel qu'en soit le prix, il était fermement résolu à exiger qu'on lui restitue une existence digne – celle qu'on lui avait volée.

À dix-huit ans, il s'était retrouvé dans cette prison avec sur le dos une condamnation pour meurtre, lui qui, quelques mois avant son arrestation, était un athlète promis à un brillant avenir. Il avait payé sa dette à la société, purgé la peine dont il avait écopé pour avoir prétendument égorgé son ordure de beau-père. Maintenant, il était libre. Libre de déterrer la vérité. Libre de traquer le vrai coupable et de faire en sorte qu'il paie pour son crime.

Cela viendrait à son heure.

Reed Conway souriait lorsqu'il franchit les portes de la prison de Donaldson. Il avait la tête haute, il se tenait droit comme un *i*. Quand il serait à Spring Creek, il voulait se gaver du délicieux poulet grillé que préparait sa mère et de pêches au sirop. Il voulait boire de la bière bien fraîche avec son cousin Briley Joe et s'amuser, comme au temps de leur adolescence. Et il voulait passer un moment dans les bras d'une femme, n'importe laquelle pourvu qu'elle ne soit pas farouche.

— Quel dommage qu'il pleuve ! dit Judy Conway en essuyant le pare-brise, dessinant une petite fenêtre ronde sur la vitre embuée. J'aurais aimé que le soleil brille pour le retour de Reed, que tout soit parfait.

— Ça n'a pas d'importance, maman, répondit Regina en pressant la main de sa mère. Reed s'en moque éperdument. Ce n'est pas un peu de pluie qui risque de lui gâcher cette journée. Nous avons attendu si longtemps qu'il soit à nouveau parmi nous.

— Ce sera dur pour lui. Il n'était encore qu'un enfant quand on l'a enfermé. Il est devenu adulte entre les quatre murs d'une prison. Je n'arrête pas de me demander s'il réussira à s'adapter au monde normal.

— Ne sois donc pas si pessimiste.

— Je m'efforce d'être réaliste.

À cet instant, Judy aperçut deux hommes qui se dirigeaient vers la voiture. Les battements de son cœur s'accélérèrent. Le plus petit des deux, qui tenait à bout de bras un parapluie noir, avait du mal à rester à la hauteur du plus grand. Celui-ci marchait d'un pas pressé, il courait presque.

— Les voilà ! Regarde, ma chérie, Mark est avec Reed.

Le père de Mark Leamon, Milton Leamon, avait été l'avocat de Reed, et à son décès, cinq ans plus tôt, son fils, tout récemment inscrit au barreau, avait repris les rênes du cabinet paternel. Il avait ensuite décidé d'engager une assistante juridique, en l'occurrence Regina qui travaillait pour lui depuis trois ans.

Judy ouvrit vivement la portière de la voiture. Regina, assise à l'arrière, l'imita. Elles restèrent près de la Lincoln, sous un parapluie à fleurs. Mais comme Reed approchait, Judy se précipita vers lui. Ils se rejoignirent au bord de la route, la mère et le fils, trempés jusqu'aux os. Judy souriait, sur ses joues les larmes se mêlaient à la pluie.

— Reed !

Elle étreignit l'aîné de ses enfants, qu'elle avait eu avec son premier mari, mort dans une guerre sanglante à l'autre bout du monde quelques semaines avant la naissance de Reed, il y avait près de trente-trois ans.

Il l'entoura de ses bras puissants, la serra de toutes ses forces. Puis, la prenant par les épaules, il scruta son visage. Elle aussi le contempla. Il était si séduisant, il ressemblait tellement à Jimmy Conway. Il avait son physique, son talent, son caractère. Mais il avait le sourire de sa mère. Des dents blanches, une grande bouche aux lèvres charnues.

« Merci, mon Dieu ! songea-t-elle. Merci de me donner le bonheur de voir mon fils sourire à nouveau. »

— Je reviens chez nous, maman, dit-il d'une voix éraillée par l'émotion.

Elle savait néanmoins qu'il ne verserait pas une larme. Il n'avait pas pleuré depuis qu'il était tout petit. Il était si fort, si courageux, jamais il ne se laissait aller.

Dès sa plus tendre enfance, il avait été son petit homme. Et, quand elle fit l'épouvantable erreur d'épouser Junior Blalock, Reed était devenu son protecteur. La brutalité de son second mari avait obligé son fils à grandir trop vite, à endosser, alors qu'il n'était qu'un jeune garçon, des fardeaux réservés aux adultes. Jamais Judy ne se le pardonnerait.

— Reed ? dit Regina.

Prenant la main de sa mère, il se tourna vers sa sœur.

— Salut, ma grande. Comment ça va ?

— Nous n'aurons qu'à discuter en route, intervint Mark Leamon qui s'échinait à tenir son immense parapluie noir au-dessus de la mère et du fils. Je vous signale, au cas où vous ne l'auriez pas remarqué, qu'il pleut des cordes.

Reed éclata d'un rire qui emplit Judy de joie.

— Mark a raison, dit Regina. Nous sommes déjà trempés comme des canards.

— Passe devant avec Mark, suggéra Judy à sa fille. Je veux être près de Reed.

Quelques secondes plus tard, ils étaient tous installés dans la Lincoln de Mark et quittaient Bessemer, Alabama, et Donaldson pour prendre le chemin de Spring Creek dans le nord de l'État.

Regina se tourna à demi sur son siège afin de bavarder avec sa mère et son frère.

— Tu n'imagines pas à quel point maman s'est démenée toute la semaine en prévision de ton arrivée. Depuis que Mark nous a annoncé que tu étais libéré sur parole, nous t'avons préparé une chambre, elle t'a acheté des vêtements et…

— Laisse-lui au moins quelques surprises, plaisanta Judy.

— Maman, je t'avais pourtant recommandé de ne pas te donner tout ce mal, la gronda gentiment Reed qui serrait la main de sa mère dans les siennes. J'ai envie de me trouver un appartement, et Briley Joe a déjà proposé de me louer le studio au-dessus du garage. Je sais que, chez toi, il n'y a que deux chambres.

— Nous avons aménagé la pièce à côté du porche de derrière, rétorqua Judy. Ce n'était qu'une sorte de remise, j'y avais ma machine à coudre. Même si tu décides plus tard de t'installer ailleurs, je veux que tu aies ton intimité tant que tu seras sous mon toit.

— Ça ne m'aurait pas dérangée de prendre la remise, expliqua Regina. Mais je n'ai pas pu convaincre maman. Elle a dit que tu ne tolérerais pas l'idée de me chasser de ma chambre.

— Effectivement. Je refuse que mon retour chamboule vos habitudes.

Un retour qui va assurément réveiller les frelons qui dorment dans leur nid.

Judy entendit dans sa tête le commentaire muet de Reed, comme s'il l'avait énoncé à voix haute. Malgré ce que son fils avait déclaré aux juges qui lui avaient accordé la liberté conditionnelle, elle avait la conviction que Reed n'avait rien oublié du passé ni pardonné à *ceux* qui, selon lui, l'avaient fait condamner pour le meurtre de Junior. Il ne tarderait pas à croiser le fer avec Webb Porter, ce n'était qu'une question de temps. Et, à ce moment-là, l'enfer se déchaînerait. Elle ne supportait pas de songer à ce qui risquait alors d'arriver à Reed – et à Webb.

Webb Porter sortit du lit, saisit ses vêtements abandonnés sur une chaise et se dirigea vers la salle de bains.

— Tu pars déjà, mon chou ? demanda Sierra.

Il jeta un regard par-dessus son épaule, sourit à la superbe rousse étendue, nue, sur les draps de satin noir.

— Excuse-moi, mais nous avons un dîner de famille, ce soir, et il me faut une bonne heure et demie pour retourner à Spring Creek.

Sierra eut une moue de gamine, poussa un soupir à fendre l'âme. Avec un petit rire, Webb entra dans la salle de bains, suspendit ses vêtements au crochet, sur la porte, et ouvrit les robinets. Tout en se lavant, il se remémora le plaisir que venait de lui donner sa maîtresse de Huntsville.

À cinquante-huit ans, il n'était plus tout à fait l'étalon qu'il avait été naguère, néanmoins il avait toujours besoin d'une activité sexuelle régulière. Au fil des ans, il avait eu plusieurs liaisons, dont certaines avaient duré assez longtemps. Actuellement, il avait deux maîtresses. L'une était ici, à Huntsville, à moins de deux heures de chez lui, suffisamment loin toutefois pour que ses allées et venues passent inaperçues.

Il avait rencontré Sierra Camp lors d'une réunion électorale, alors qu'il briguait le poste de sénateur pour la première fois. Elle était divorcée, sans enfants, âgée d'une quarantaine d'années. Elle n'avait aucun désir de se dénicher un nouveau mari. Sierra était une femme indépendante qui n'exigeait pas qu'il l'entretienne. Ils se voyaient de temps en temps, lorsqu'il rentrait en Alabama.

Avec sa deuxième maîtresse, c'était une autre histoire. Il lui fournissait un appartement et une voiture, lui rendait visite deux fois par semaine quand il était à Washington. Elle assouvissait tous ses fantasmes. Elle était jeune – plus jeune que sa fille –, fougueuse et drôle. Parfois, elle l'épuisait tellement qu'il se sentait vieux. Il envisageait de se débarrasser d'elle pour prendre une amante plus mûre, plus intelligente et raffinée, qui ressemble davantage à Sierra.

Webb s'habilla en hâte, non sans vérifier cependant que sa cravate était bien nouée et ses cheveux impeccablement coiffés. Son abondante chevelure poivre et sel était l'une de ses fiertés.

Quand il revint dans la chambre, Sierra, qui avait enfilé un court peignoir en soie noire, lui tendit les bras.

— Un baiser, s'il te plaît.

Webb la prit par la taille, posa les mains sur ses fesses. Elle se mit à rire. Ils s'embrassèrent langoureusement, puis il s'écarta et lui donna une tape sur le postérieur.

— Tu me raccompagnes ?

Bras dessus bras dessous, ils longèrent le couloir, traversèrent la cuisine pour gagner le garage où se trouvait sa voiture. Il entrait toujours par la porte de derrière et repartait par le même chemin.

— Y a-t-il une chance que tu repasses par ici la semaine prochaine ? demanda Sierra en effleurant du bout des doigts la boucle de son ceinturon.

— Je ne sais pas si je serai encore en Alabama. Je t'appellerai dans quelques jours, quand j'aurai établi mon programme.

— D'accord. Et si je suis libre, nous établirons un petit programme commun.

Webb opina, monta dans sa Mercedes, attendit que Sierra actionne l'ouverture automatique du portail. Il prit ses lunettes glissées dans la pochette du pare-soleil et les chaussa, s'inspecta d'un coup d'œil dans le rétroviseur. Il esquissa un sourire.

— Tu devrais être bourrelé de remords, espèce de vieux libidineux, marmonna-t-il. Imagine ce qui arriverait si Ella avait vent de tes liaisons. Que penserait-elle de toi ?

Ella était le bonheur de sa vie depuis le jour où Carolyn et lui l'avaient adoptée. Elle avait alors deux semaines. Un seul regard lui avait suffi pour l'adorer. Jamais il n'avait aimé quelqu'un comme il aimait cette enfant. Ella le mettait sur un piédestal et il ne voulait pas en dégringoler. Il chassait donc sur d'autres territoires, non seulement pour préserver son épouse des ragots, mais surtout pour cacher à sa fille la vérité sur son mariage qui battait sérieusement de l'aile.

Webb salua Sierra de la main, passa la marche arrière et recula dans l'allée. Consultant sa montre, il ravala un grognement. Il avait intérêt à se dépêcher pour être à la maison à temps, se doucher, se raser et se changer avant le dîner de famille organisé par Carolyn. Il lui faudrait expliquer pourquoi il avait été retenu à Huntsville. Même si le prétexte était cousu de fil blanc, cela n'avait pas d'importance. Carolyn ne le soumettait jamais à un interrogatoire en règle. Il présumait qu'elle le soupçonnait de lui être infidèle, mais elle préférait continuer à jouer la comédie du bonheur.

Ella aussi croyait que ses parents s'aimaient. Il avait contribué à perpétuer ce mensonge, autant que Carolyn. Il aurait dû mettre un terme à leur union des années auparavant. Maintenant, il était trop tard. Un divorce ruinerait sa carrière politique et briserait le cœur de sa fille. Or ces deux perspectives lui étaient intolérables. Excepté Ella, il n'avait que sa carrière.

Comme à l'accoutumée, le dîner de Carolyn Porter était un succès. Grâce aux mets succulents concoctés par Bessie et à la fascinante personnalité de Carolyn, toutes les soirées chez les Porter étaient mémorables. L'arrivée tardive de Webb n'avait même pas paru perturber son épouse.

La gentillesse et le respect que se témoignaient ses parents ne cessaient d'émerveiller Ella qui leur enviait leur amour. Elle espérait vivre un jour la même chose. Sitôt que son mari apparaissait, le regard de sa mère s'illuminait. Et son père était tellement attentionné à l'égard de sa femme ! Ella ne connaissait pas d'homme plus courtois que lui.

Lorsque Dan s'assit près d'elle et prit sa main, Ella se raidit. Il la contemplait avec tant d'intensité qu'elle s'arracha un sourire. Elle sortait – plus ou moins – avec Dan Gilmore depuis près d'un an. Leurs amis et relations, pour s'amuser, pariaient sur la date de leurs fiançailles. Elle appréciait beaucoup Dan, cependant elle ne se voyait tout simplement pas passant sa vie entière à ses côtés. En réalité, elle ne s'imaginait pas faisant l'amour avec lui. Dan la désirait, il le lui avait dit clairement. Elle le repoussait depuis des mois, mais combien de temps encore patienterait-il ?

— Je ne voulais pas gâcher un repas absolument divin, déclara Jeff Henry Carlisle, aussi je n'ai pas abordé le sujet pendant que nous mangions. Il faut néanmoins tout mettre sur le tapis.

Ella regarda son oncle. De taille moyenne, il était toujours tiré à quatre épingles. De grands yeux bleus éclairaient son visage rond et angélique, des fils d'argent brillaient dans ses cheveux bruns, clairsemés, et sa moustache bien taillée. Quoique le mari de sa tante Cybil pût à l'occasion être horripilant de snobisme, elle avait beaucoup d'affection pour lui et oubliait volontiers ses défauts. Depuis sa plus tendre enfance, elle le considérait comme un second père. En grandissant, elle avait passé autant de journées dans la maison voisine, chez l'oncle Jeff Henry et la tante Cybil, que chez elle. Ils n'avaient pas eu d'enfants – une tragédie pour eux, vu la manière dont ils chouchoutaient leur nièce.

— De quoi parles-tu, mon cher frère ? demanda Carolyn.

Jeff Henry eut un froncement de sourcils que Carolyn ne sembla pas remarquer. Ella se demandait souvent comment il était possible que sa mère manquât à ce point de discernement. Chaque fois qu'elle appelait son beau-frère « mon cher frère », il tressaillait. Un aveugle aurait compris que Jeff Henry était entiché de Carolyn. Ella avait seize ans quand elle s'en était rendu compte. C'était sans doute terrible pour lui – et pour tante Cybil.

— Reed Conway est sorti de prison aujourd'hui, répondit Jeff Henry.

Carolyn devint brusquement livide. Ella ébauchait le geste de se lever pour aller la réconforter. Son père, assis dans un fauteuil près de Carolyn, la devança. Il tapota la main de son épouse.

— Ça va, ma chérie ?

— Oui…

Carolyn porta la main de Webb à ses lèvres, la baisa tendrement.

— J'étais déjà au courant de la libération conditionnelle de Reed, mais j'avais oublié qu'on le relâchait aujourd'hui. Judy doit être heureuse de retrouver son fils après toutes ces années.

— Évidemment qu'elle est heureuse, rétorqua Jeff Henry. Moi, en revanche, je ne me réjouis pas du tout qu'un meurtrier vive dans notre paisible petite ville. Quand on a bouclé ce vaurien dans une cellule, il aurait mieux valu jeter la clé. C'est le problème, dans ce pays. Les assassins sont libérés. Le taux de criminalité est en augmentation constante. Si j'étais au gouvernement, je…

— Tais-toi, veux-tu ? coupa sèchement Cybil Carlisle. Nous savons tous ce que tu ferais si tu étais au XIXe siècle. Nous aurions à nouveau des esclaves, les hommes auraient le droit de battre leur femme…

— Cybil, faut-il vraiment que tu sois si désagréable ? riposta Carolyn, fixant son regard gris sur sa sœur.

— Je n'ai jamais levé la main sur toi, se défendit Jeff Henry, rouge d'indignation. Dieu sait pourtant que j'aurais eu des raisons de le faire !

— Ce n'est ni le lieu ni le moment de régler vos différends, intervint Webb d'un ton autoritaire.

— Bien sûr, tu as raison, admit Jeff Henry. Pardonnez-nous, ajouta-t-il.

S'il semblait s'adresser à tous, il ne regardait que Carolyn.

— Eh bien, moi, je suis impatiente de voir le mauvais garçon revenir parmi nous ! claironna Cybil, goguenarde, en passant les doigts dans ses courts cheveux noirs. Si je me souviens bien, Reed Conway était drôlement mignon. Et sexy en diable. Je suppose que, après quinze ans de prison, il doit être littéralement en rut.

— Cybil ! s'insurgea Carolyn d'une voix qui grimpait dans l'aigu. Es-tu obligée d'être aussi vulgaire ? Devant Ella, en plus ?

— S'il te plaît, répliqua Cybil. Ella a trente ans. Si elle croit encore que les enfants naissent dans les choux ou les roses, il est grand temps qu'elle découvre certaines choses.

— Tu as bu trop de vin, décréta Jeff Henry.

Il se redressa et, d'un air sévère, tendit la main à son épouse.

— Il vaut mieux rentrer à la maison.

Cybil émit un gloussement indiquant qu'elle était effectivement éméchée. Son mari l'aida à se lever puis, après s'être répandu en excuses, entraîna Cybil dans le hall.

— Tu devrais peut-être aider Jeff Henry, suggéra Carolyn à Webb.

Celui-ci hocha la tête.

— Navré que cette soirée s'achève sur une note discordante, Dan. Cybil est une femme merveilleuse, malheureusement elle ne supporte pas l'alcool.

« L'art de masquer la réalité », pensa Ella. Son père, en politicien consommé, n'avait pas son pareil pour trouver du positif dans les pires situations. Pourquoi s'acharnait-il à défendre tante Cybil ? Dan était pourtant né à Spring Creek. Il avait entendu les cancans à propos du penchant de Cybil Walker Carlisle pour les hommes et l'alcool. Ella avait beau aimer sa tante, elle connaissait ses faiblesses. Ses exploits avaient plus d'une fois humilié sa mère. Si les deux sœurs n'avaient pas eu l'air de jumelles, personne n'aurait pu imaginer que la douce et vertueuse Carolyn était apparentée à l'impétueuse et scandaleuse Cybil.

— Toutes les familles ont leurs petits problèmes, déclara Dan avec diplomatie.

— Merci d'être aussi compréhensif, rétorqua Webb. Excusez-moi, je vais voir si Jeff Henry a besoin d'aide.

Dan se tourna vers Carolyn.

— Madame Porter, le dîner était délicieux, comme d'habitude. Je vous remercie de m'avoir invité.

— J'espère que vous reviendrez souvent. Nous vous apprécions tous beaucoup.

— Moi aussi.

Maman, par pitié, ne parle pas pour moi. Ne lui donne pas l'impression que je tiens à lui. Tu serais contente de l'avoir pour gendre, mais souhaite-moi plutôt de vivre un amour semblable à celui qui vous unit, papa et toi.

— Tu me raccompagnes ? enchaîna Dan.

— Bien sûr !

Négligeant la main qu'il lui tendait, Ella se leva. Tandis qu'ils se dirigeaient vers le hall, elle entendit sa mère appuyer sur la sonnette pour appeler son infirmière, Viola.

Quand ils furent sur le pas de la porte, que Webb avait laissée grande ouverte, Dan prit Ella dans ses bras. Elle ne résista pas, de crainte de le blesser. Il était tellement gentil, elle avait de l'affection pour lui, mais elle n'en était pas amoureuse.

Il l'embrassa. Un baiser doux et tendre. Si seulement elle pouvait aimer Dan, tout serait si simple.

Il plongea son regard dans le sien.

— Que dirais-tu de dîner ensemble et d'aller au cinéma, vendredi soir ?

— Euh... oui, d'accord. Je voudrais voir le nouveau film de Meg Ryan.

— Fais de beaux rêves, murmura-t-il. Rêve de moi...

Elle lui sourit. Lorsqu'il fut presque au bout de l'allée, il se retourna et agita la main. Elle souriait toujours. Elle rentra dans le hall, referma la porte et soupira. Elle avait trente ans et n'était pas d'une beauté étourdissante. Il n'y avait jamais eu devant sa demeure une horde de prétendants. Pourquoi ne sautait-elle pas de joie à l'idée qu'un homme aussi formidable que Dan la courtise et soit manifestement prêt à s'engager dans une relation durable ?

Parce qu'il ne lui mettait pas des étoiles dans les yeux. Parce qu'elle voulait qu'un baiser ne soit pas simplement agréable. Parce que la perspective de faire l'amour avec Dan ne la faisait pas frissonner d'excitation.

Soudain, les paroles de Cybil résonnèrent dans son esprit : « Reed Conway était drôlement mignon. Et sexy en diable. Je suppose que, après quinze ans dc prison, il doit être littéralement en rut. »

Ella se sentit rougir. Elle se souvenait de Reed Conway. Adolescents, ils évoluaient dans des univers différents. Elle avait presque seize ans à l'époque où il avait atterri en prison, mais, quand on avait connu Reed, on ne l'oubliait jamais.

Ella, en particulier, avait une bonne raison de se rappeler le fils de la gouvernante qui travaillait pour son oncle et sa tante. Quand ils étaient jeunes, ils n'avaient pas échangé plus de dix mots. Elle l'avait parfois croisé, les jours où il était avec sa mère dans la maison des Carlisle. La plupart du temps, il l'ignorait. Elle aussi s'était efforcée de l'ignorer. Cependant il lui arrivait souvent, malgré elle, d'observer le mauvais garçon de la ville qui, à dix-sept ans, s'était déjà taillé une réputation d'athlète hors pair et de fauteur de troubles. Comme ils se connaissaient à peine, elle avait été sidérée de recevoir une lettre de Reed, quelques mois après son incarcération.

Je vais penser à toi tant que je resterai ici. Je vais rêver de toi. Je sentirai ton regard sur moi, je te reverrai me dévorer des yeux. Tu croyais peut-être que je n'étais pas conscient que tu me regardais, mais tu te trompes. Je sais ce que tu avais en tête… ce que tu voulais. Et figure-toi, ma belle, que je suis celui qui peut te donner ce que tu veux. Dès que je sortirai, je me mettrai à ta recherche. En attendant, chaque fois que je me caresserai, je penserai à toi.

Ses parents lui avaient pris cette lettre, ainsi que la suivante, et les avaient déchirées. Son père lui avait expliqué que Reed le haïssait et emploierait n'importe quel moyen pour lui faire du mal. Néanmoins Ella n'avait pas pu effacer de sa mémoire ces mots d'un érotisme cru.

Reed Conway avait été libéré aujourd'hui. Tenterait-il de la retrouver, comme il l'avait promis autrefois ?

Ressaisis-toi, Ella. Reed a écrit ces lettres pour tourmenter ton père, non parce qu'il s'intéresse à toi. Ne t'inquiète pas, il ne viendra pas t'ennuyer. Il ne se souvient sans doute même pas de toi.

2

La maison de sa mère n'avait rien d'un palace, mais c'était un vrai foyer. Elle avait surtout le mérite de ne pas être une cellule de prison.

Pourtant, savoir que sa mère et sa sœur avaient passé les quinze dernières années ici lui serrait le cœur. S'il avait tant rêvé, autrefois, de réussir, c'était pour prendre soin d'elles et leur offrir une vie meilleure. Il avait échoué, il les avait laissées se débrouiller seules.

Cet après-midi, dès son arrivée, il avait remarqué les travaux effectués pour embellir les lieux. On avait repeint les pièces et les murs extérieurs. Des plaids tricotés couvraient le divan et les fauteuils au tissu usé jusqu'à la trame, des édredons brodés ornaient les lits, apportant une touche de gaieté à un décor d'une terne modestie. Et sa mère tenait son logis aussi propre et net que la résidence des Carlisle.

Bon sang ! Après tout ce temps, elle était encore leur gouvernante, elle trimait comme une esclave pour des gens qui n'étaient pas dignes de lui baiser les pieds. Il était résolu à changer ça, à arracher sa famille au quartier pauvre de Spring Creek. Dès qu'il aurait réglé quelques comptes et remis les choses en ordre, il trouverait un travail loin de cette ville. Il emmènerait sa mère et sa sœur avec lui.

Le salon étriqué faisait naître en lui une pénible sensation de claustrophobie. Il avait des fourmis dans les jambes, l'envie dévorante de galoper comme un animal en liberté. Toutes les cinq minutes, Briley Joe lui montrait la porte d'un discret mouvement du menton, mais Reed n'osait pas abréger la petite fête préparée pour son retour. Sa mère lui avait mitonné ses plats préférés, Regina avait accroché au mur une banderole décorée de rubans jaunes et de ballons, sur laquelle était inscrit « Bienvenue ». Des fleurs d'été, cueillies dans les parterres bordant l'allée, s'épanouissaient dans un vase, au milieu de la vieille table de cuisine.

— Quel succulent repas, madame Conway ! dit Mark Leamon avec un sourire chaleureux. Je vous remercie de m'avoir proposé de me joindre à vous.

— Après tout ce que vous avez fait pour Reed, c'était la moindre des choses, répliqua Judy. Vous savez que nous sommes toujours heureuses de vous recevoir, n'est-ce pas, Regina ?

Celle-ci rougit, sourit timidement.

— Bien sûr, mais Mark le sait déjà. Ce n'est pas la première fois qu'il dîne avec nous.

Reed s'était aperçu qu'elle regardait Mark Leamon comme une femme regarde un homme dont elle est éprise. Quoique Regina eût près de vingt-six ans, il continuait à voir en elle la gamine terrorisée qui se réfugiait dans ses bras quand elle échappait aux griffes de Junior Blalock. Elle lui avait fréquemment rendu visite en prison, cependant il n'avait jamais vraiment eu conscience qu'elle était devenue une ravissante jeune femme aux immenses yeux bleus et au sourire doux. Peut-être les grands frères répugnaient-ils à admettre que leurs petites sœurs puissent mûrir, avoir des appétits sexuels.

En réalité, Regina était une vraie beauté. Une fille sur qui les hommes se retournaient dans la rue. Elle était grande, dotée de formes délicieusement féminines et d'une luxuriante chevelure blonde qui cascadait sur ses épaules. Comment était-il possible que Mark n'ait pas capté les signaux que Regina lui lançait ? À moins qu'il ne soit le pire crétin de la terre, il ne tarderait pas à prendre ce qu'elle lui offrait.

Reed devait intervenir avant que cela ne se produise. Car c'était clair comme de l'eau de roche. Sa sœur était amoureuse de son patron. Pauvre petite, elle ne réalisait donc pas qu'elle visait un peu trop haut ? Mark appartenait au gratin de la ville. Il était, notamment, apparenté au sénateur Porter, un cousin issu de germains. Il aurait éventuellement une aventure avec Regina, mais, quand le temps viendrait pour lui de se marier, il choisirait une épouse de son milieu.

Reed ne ressentait pourtant aucune antipathie à son égard. Au contraire. Mark n'avait pas ménagé sa peine pour l'aider, il avait même accepté de travailler avec lui pour réunir des éléments concrets concernant le meurtre de Junior Blalock et faire rouvrir le dossier. Mark était l'un des rares individus persuadés qu'il n'avait pas tué son beau-père. Parfois, Reed se demandait si sa propre mère le croyait vraiment innocent.

Il but un peu de thé glacé, puis se leva. Mark et lui se serrèrent la main.

— Dès que je serai installé, je vous contacterai et nous mettrons la machine en route.

Judy lui lança un coup d'œil intrigué, mais garda le silence. Tandis que Regina escortait Mark jusqu'au vestibule, Reed se pencha pour murmurer à sa mère :

— Il faut que tu arrêtes ça avant que Mark réalise qu'il pourrait l'avoir rien qu'en claquant des doigts.

— Qu'est-ce que vous manigancez, Mark et toi ? rétorqua-t-elle.

Reed lui entoura les épaules de son bras.

— Ne te tracasse pas. Je te jure d'éviter les ennuis.

Judy le scruta d'un air dubitatif. Mais, au fond, pour quelle raison aurait-elle eu foi en sa parole ? Il lui avait toujours promis de se tenir tranquille et, d'une manière ou d'une autre, n'avait jamais tenu ses promesses.

Reed observa attentivement sa mère. Comment était-il possible qu'une quinquagénaire qui avait eu une vie aussi dure soit encore tellement séduisante? Des fils blancs striaient ses cheveux blonds, qu'elle coupait à hauteur du menton et qui bouclaient autour de son visage en forme de cœur. Elle était élancée, avec des jambes interminables, et aussi mince que Regina.

Briley Joe repoussa sa chaise et se redressa de toute sa taille, un mètre quatre-vingt-trois.

— Dis, Reed, on y va?

— Oui, dans une minute, répondit celui-ci en souriant à son cousin.

— On perd du temps, mon vieux. La maison sera encore là demain matin.

— Vous sortez? Ce soir? demanda Judy d'un ton où se mêlaient l'inquiétude et la désapprobation.

— Je veux juste faire passer un bon moment à ce garçon, répondit Briley Joe en adressant à sa tante ce sourire auquel les femmes ne résistaient pas. Quelques verres, une petite tranche de rigolade.

Briley Joe étreignit de sa grosse main l'épaule de Reed. Il avait des traces de cambouis sous les ongles. Propriétaire du garage Conway, il y dirigeait l'équipe des mécaniciens. Reed commencerait à y travailler dès le lendemain. Personne d'autre en ville ne l'engagerait, or il était déterminé à subvenir à ses besoins, à ne pas être un fardeau pour sa mère et sa sœur.

— Garde donc ce sourire pour quelqu'un qui ne te connaît pas aussi bien que moi, dit Judy à son neveu. Reed n'est plus un gamin, ajouta-t-elle, baissant la voix. Il peut se passer de ma permission pour aller faire la tournée des bouges. Mais tu sais pertinemment que, si on le surprend dans un bar, on l'accusera d'avoir enfreint les règles de la libération conditionnelle.

— Ça n'arrivera pas, assura Briley Joe. Les bars grouillent d'ex-détenus et tout le monde s'en fiche, surtout les flics.

— Maman, nous n'allons pas…

— Avant de sortir, attends au moins d'avoir souhaité une bonne nuit à ta sœur, l'interrompit Judy, désignant d'un geste la porte d'entrée que l'on voyait depuis la cuisine.

Dans le vestibule, Mark caressa les cheveux de Regina, comme un adulte le ferait avec une enfant.

— Pourquoi ne pas rester ici demain pour profiter de Reed ? Ce sera un jour de congé payé.

— Oh, Mark, vous êtes si gentil ! Je serais heureuse de…

— Elle sera au bureau à neuf heures tapantes, décréta Judy en émergeant de la cuisine pour se camper, les poings sur les hanches, au milieu du salon. Cette famille refuse la charité. Votre proposition est très généreuse, mais Regina est payée pour huit heures de travail.

Reed aurait voulu crier : « Arrête, maman ! Tu ne peux pas, pour une fois, t'asseoir sur ton orgueil ? » Offrir à une employée compétente et consciencieuse une journée de vacances n'était pas exactement de la charité. Judy Conway souffrait d'un véritable blocage dès qu'il s'agissait d'accepter quelque chose sans rien donner en échange. Elle avait toujours fait preuve d'une fierté excessive. Même quand elle avait dû envoyer ses enfants au lit le ventre vide, elle n'avait réclamé aucune allocation. Et, quand les autres gamins de l'école mangeaient des plats chauds à midi, Judy refusait que Reed et Regina déjeunent gratuitement. Au lieu de quoi, elle leur confectionnait des sandwichs au beurre de cacahuètes et à la confiture, d'un bout à l'autre de la semaine, et raclait les fonds de tiroirs pour qu'ils s'achètent un demi-litre de lait. Reed détestait encore le beurre de cacahuètes. « On s'arrangera », tel était le credo de Judy. Apparemment, cela n'avait pas changé.

— Je ne voulais pas vous offenser.

Mark regardait ses pieds, embarrassé par la réaction de Judy qu'il estimait sans doute disproportionnée.

— Regina n'a qu'à décider, conclut-il en ouvrant la porte. Merci encore, madame Conway, pour votre hospitalité.

Lorsque Mark eut franchi le seuil, Regina s'élança pour le rattraper. Reed l'entendit dire :

— Je suis désolée. Vous devez comprendre que maman...

— Ce n'est pas grave. Je ne comprends peut-être pas votre mère, mais je l'admire. Et si vous souhaitez prendre cette journée...

— Je ne veux pas la perturber, je viendrai au bureau. De toute façon, Reed et moi, nous aurons le temps de bavarder, maintenant qu'il est de retour. Vous savez, Mark, je vous suis infiniment reconnaissante de tout ce que vous avez fait pour lui.

Reed, gêné car il avait l'impression de jouer les voyeurs, prit sa mère par la taille.

— Et si je t'aidais à laver la vaisselle avant de sortir avec Briley Joe ?

Elle se laissa entraîner dans la cuisine où Briley Joe, qui avait déjà ouvert la porte de derrière, s'impatientait.

— Mark est un jeune homme charmant et un excellent avocat, déclara Judy en regardant son fils. Regina a de la chance de travailler pour lui. Un bel avenir l'attend. Et, vois-tu, je n'ignore pas qu'elle est amoureuse de lui et qu'il ne s'en doute pas. Mais je suis certaine que jamais il ne profiterait d'elle.

— Allons, maman, qui essaies-tu de convaincre ? C'est un homme, non ? Elle est ravissante, complètement folle de lui...

— Si Mark se rend compte un jour de ce qu'elle éprouve, il pourrait aussi découvrir qu'il partage ses sentiments. Pourquoi pas ? Pourquoi ne la demanderait-il pas en mariage ?

— Comme le père de Regina t'a demandée en mariage ?

Sitôt qu'il eut prononcé ces mots, il les regretta amèrement. Jamais ils n'avaient parlé de la naissance de Regina. À l'époque, il n'avait que sept ans, mais il savait évidemment que sa mère n'était pas mariée. À l'école, les autres gosses ne se privaient pas d'insulter Judy, et il était souvent rentré le nez en sang après s'être bagarré pour défendre l'honneur de sa mère.

Judy lui assena une gifle retentissante. C'était la première fois de sa vie qu'elle le frappait. Et il l'avait bien mérité.

— Je... je suis désolé. Je ne voulais pas...

— Ne te retarde pas, répliqua Judy en empilant les assiettes sales dans l'évier.

Reed lui posa la main sur l'épaule.

— Je n'avais pas le droit de dire une chose pareille. Simplement... j'ai peur que Regina souffre.

— Va-t'en et amuse-toi bien, articula Judy d'une voix sourde. Je laisserai la lumière du porche de derrière allumée.

Elle avait les yeux secs. Les larmes étaient dans son cœur et ne s'en épancheraient pas. Il la connaissait. Elle était inflexible.

— Tu as ta clé ? ajouta-t-elle.

Il se pencha pour l'embrasser sur la joue.

— Oui, ne t'inquiète pas.

Il alla dire au revoir à sa sœur, entendit ronfler le moteur du pick-up de Briley Joe, et se hâta de rejoindre son cousin. Voilà, il avait savouré le dîner de sa mère, son programme de la soirée ne comportait donc plus que deux points : vider quelques canettes de bière et trouver une femme peu farouche.

Dès qu'il grimpa dans le véhicule, Briley Joe appuya sur le champignon ; les pneus hurlèrent sur le gravier de l'allée. Quelques minutes plus tard, ils roulaient en direction de la ville.

— J'ai cru qu'on ne partirait jamais, ronchonna Briley Joe. Après quinze ans de chasteté forcée, je suppose que tu as envie d'une fille qui ait le feu où je pense.

Reed se mit à rire, offrant son visage au tiède vent d'été qui s'engouffrait par les vitres baissées. C'était bon de laisser Briley Joe mener la barque. Reed rit à nouveau, plus fort. C'était bon d'être libre.

Ella était immobile dans le couloir, devant la chambre de sa mère. Elle n'aurait pas osé pénétrer dans le sanctuaire de Carolyn sans avoir d'abord frappé à la porte. Dès sa plus tendre enfance, on lui avait appris à respecter l'intimité d'autrui. Quand elle était encore une petite fille, elle considérait comme un insigne privilège d'être autorisée à apporter ses jouets dans l'appartement maternel et de s'amuser tranquillement par terre. Souvent Carolyn lui faisait la lecture, et, lorsque Ella avait été plus grande, il leur arrivait de déjeuner ou de dîner ensemble, en tête à tête.

Viola était toujours dans les parages. Avec elles, ou dans la pièce attenante qui lui était réservée. Que l'infirmière de Carolyn soit constamment à portée de voix était nécessaire, bien sûr. D'ailleurs, Viola vivait déjà ici avant qu'Ella soit adoptée par ses parents. Cependant la jeune femme estimait parfois que sa mère était trop dépendante de Viola. Elle avait été victime naguère d'une terrible chute de cheval. Blessée à la colonne vertébrale et paralysée des membres inférieurs, elle avait dû se soumettre à de pénibles exercices quotidiens, sous la houlette de la dévouée Viola, pour éviter que les muscles de ses jambes ne s'atrophient complètement.

Ce soir, Cybil avait perturbé Carolyn. Ce n'était pas la première fois, et ce ne serait certainement pas la dernière. Ella aimait sa mère, néanmoins elle aimait aussi sa tante qui le lui rendait au centuple. Certes, elle lui reprochait de boire trop et de traiter souvent son mari avec mépris. Mais c'était Cybil qui lui avait acheté son premier soutien-gorge, qui lui avait expliqué ce qu'était la menstruation. C'était toujours vers Cybil qu'Ella se tournait quand elle se posait des questions sur les choses de la vie. Elle se disait souvent qu'en réalité elle avait deux mères, chacune jouant un rôle particulier. Carolyn lui avait enseigné les principes moraux, les bonnes manières et l'art d'être une femme du monde. Mais c'était Cybil qui avait joué à la dînette avec elle, qui l'avait poussée sur la balançoire et lui avait appris à conduire.

Lorsqu'une soirée en famille se terminait mal, Ella avait pour mission de réconforter sa mère, tandis que son père – s'il était en ville – aidait Jeff Henry à calmer Cybil. Comment était-il possible, se demanda Ella pour la énième fois, que deux sœurs tellement semblables physiquement aient des personnalités à ce point différentes ?

Levant la main, elle frappa à la porte. Viola lui ouvrit, le visage inexpressif.

— Elle vous attend, déclara-t-elle. Je l'ai déshabillée et couchée. Je ne comprends pas pourquoi elle supporte tout ça. Famille ou pas...

— Si vous alliez vous reposer, Viola ? Je resterai près d'elle jusqu'au retour de mon père.

— Très bien, mademoiselle, rétorqua Viola d'un air pincé. Si vous avez besoin de moi...

— Je vous appellerai, coupa Ella.

L'infirmière s'agita un moment autour du lit de Carolyn, lissant les draps et la courtepointe, retapant les oreillers avec des gestes précautionneux, presque tendres. Ella s'en voulut, comme d'habitude, d'éprouver de l'antipathie à l'égard de cette femme. Il faut dire que Viola Mull avait une drôle d'allure : ses jambes aussi maigres que des allumettes portaient un corps tout en rondeurs, ses courts cheveux gris coupés au carré lui faisaient une tête pareille à une boule.

— Ella chérie, c'est toi ? murmura Carolyn d'une voix lasse.

— Oui, je suis là.

— Viens t'asseoir près de moi…

Vêtue d'un pyjama jaune pâle, Carolyn était allongée au milieu du lit, dont les quatre colonnes en acajou soutenaient un dais de dentelle blanche dont les pans retombaient sur le parquet. Les draps immaculés, également bordés de dentelle, étaient assortis à la courtepointe soigneusement repliée. Trois gros oreillers étaient glissés derrière le dos de Carolyn.

— Tu veux bien me brosser les cheveux ? demanda Carolyn en esquissant un sourire.

Depuis l'enfance, le sourire de sa mère était pour Ella la suprême récompense. Elle avait passé sa vie à s'efforcer de contenter Carolyn, pour la remercier de l'avoir adoptée, lui avoir offert une existence de rêve.

Elle alla chercher dans la salle de bains – blanche du sol au plafond – la brosse, le peigne et le miroir en argent de Carolyn. Puis elle revint dans la chambre et s'assit sur le lit. Au cours des années, c'était devenu un rituel, une sorte de cérémonie. Ella retirait l'une après l'autre les épingles piquées dans le chignon roulé sur la nuque de sa mère. La luisante chevelure noire, striée de quelques rares fils d'argent, tombait alors dans le dos de Carolyn, jusqu'à sa taille.

Ella maniait la brosse avec lenteur et douceur, en ayant soin de ne pas tirer sur les cheveux. Invariablement, elle admirait la beauté de Carolyn : un teint d'albâtre, des yeux gris et perçants. Combien de fois avait-elle regretté que cette femme ne fût pas sa mère biologique ? Si elle était sa vraie fille, sans doute serait-elle plus jolie. Souvent les gens disaient qu'elle ressemblait à ses parents, mais évidemment elle n'y croyait pas. Carolyn était gracile, exquisément raffinée.

Soupirant, elle acheva sa tâche – cent coups de brosse –, puis tendit le miroir à sa mère afin que celle-ci puisse s'examiner.

— Parfait, ma chérie, dit Carolyn en lui effleurant la joue d'un baiser. Tu es adorable. Quand tu épouseras Dan, tu me manqueras affreusement.

Ella se raidit. La conversation qu'elle redoutait se profilait à l'horizon. Lorsqu'elle était petite, ses parents lui choisissaient ses camarades de jeu ; ensuite, à l'adolescence, ils avaient sélectionné les garçons avec qui elle sortait. Dan Gilmore était issu de la bonne société de Spring Creek – ses ancêtres faisaient partie des notables fortunés de la ville avant même qu'éclate la guerre de Sécession. Après le divorce de Dan, l'an passé, Carolyn avait téléphoné à la mère de Dan pour lui dire qu'il fallait absolument que les *enfants* se fréquentent.

— Maman, je... je ne pense pas que j'épouserai Dan.

— Ce polisson n'a donc pas encore fait allusion au mariage ?

— Si, mais... je ne l'aime pas.

Carolyn arqua les sourcils.

— Je vois. Y a-t-il quelqu'un d'autre ?

— Non, personne.

— Tu sais, Dan est un excellent parti. Si tu le laisses filer, dans quelques mois, c'est une autre fille qui aura la chance de porter son nom. Sa mère m'a expliqué qu'il désirait se remarier. Un homme dans sa position a besoin d'une épouse convenable.

— Et je suis convenable ?

— Naturellement, rétorqua Carolyn, amusée. Tu as toutes les qualités requises. Tu es brillante, ravissante, tu réussis professionnellement. Et tu es l'enfant unique de Webb Porter.

Jamais Carolyn ne lui avait dit qu'elle était ravissante. Elle lui avait dit qu'elle était intelligente, loyale, serviable, qu'elle avait un cœur d'or, mais jamais qu'elle était ravissante.

— Je ne veux pas épouser un homme simplement parce qu'il me trouve convenable.

Carolyn lui prit la main.

— Les gens se marient pour diverses raisons. Je suis persuadée que Dan est amoureux de toi. Pourquoi ne le serait-il pas ? Tu sais, ma chérie, tu as déjà trente ans et il faut reconnaître que les hommes ne se sont jamais bousculés autour de toi. N'espère pas rencontrer un jour le prince charmant, c'est une illusion.

— Quand tu as rencontré papa, il était pourtant bien le prince charmant que tu attendais ?

Le sourire de Carolyn vacilla.

— Certes… mais il n'est pas donné à tout le monde de vivre un amour comme le nôtre. Les sentiments qui nous unissent sont rarissimes. Évidemment, je souhaiterais que tu épouses quelqu'un comme ton père, cependant…

— … les filles dans mon genre ne harponnent pas des beaux mecs comme papa.

— Eleanor Grace Porter ! Surveille un peu ton langage !

Brusquement, Carolyn pouffa de rire.

— Webb est effectivement un « beau mec », n'est-ce pas ?

— C'est indiscutable, répondit Ella en l'embrassant.

À cet instant, Webb apparut sur le seuil de la chambre.

— Puis-je savoir ce qui amuse tant mes deux femmes bien-aimées ?

— Tais-toi, ordonna Carolyn à Ella. L'ego de ce monsieur, qui est déjà surdimensionné, n'a pas besoin d'enfler davantage.

— Nous papotions, plaisanta Ella. Ça ne te regarde pas.

Elle embrassa à nouveau sa mère, posa la brosse, le peigne et le miroir sur la table de chevet. Puis elle se leva et s'approcha de son père. Un bras autour de ses épaules, il la raccompagna dans le couloir.

— Bonne nuit, princesse.

Elle lui planta un baiser sur la joue.

— Tante Cybil va mieux ?

— Cybil se détruit. Elle est malheureuse et elle se venge sur tous ceux qui l'entourent.

— À sa place, je serais aussi très malheureuse. S'être mariée avec quelqu'un qui en aimait une autre...

Webb lui pinça affectueusement le bout du nez.

— Tu es trop intelligente et perspicace, princesse.

— Maman veut que j'épouse Dan.

— Et tu ne le souhaites pas ?

— J'ai envie de connaître le grand amour, comme maman et toi.

— Dans ce cas, n'épouse pas Dan Gilmore.

— Tu le penses vraiment, papa ? Même si...

Il lui posa un doigt sur les lèvres.

— Attends le coup de foudre. L'homme qui te fera battre le cœur, qui te donnera l'impression de flotter sur un nuage.

Ella l'étreignit fougueusement.

— Je t'adore, papa.

— Moi aussi, princesse.

Reed Conway était de retour à Spring Creek. Le mauvais garçon était revenu aujourd'hui même, et on pouvait être sûr qu'il créerait des problèmes. Il était du style à ne reculer devant rien pour prouver son innocence.

Il n'était pas question qu'il réussisse – ni maintenant ni jamais. Il y avait forcément un moyen de le renvoyer derrière des barreaux, avant qu'il ne pose trop de questions, avant qu'il ne creuse trop profond. S'il faisait un faux pas, s'il commettait un délit – fût-ce une infraction mineure –, on le réexpédierait immédiatement à Donaldson.

Réfléchis. Comment pousser Reed à la faute ? Une faute assez grave pour qu'on annule la liberté conditionnelle. Il faut qu'il parte de Spring Creek, et vite. Tu ne dois pas lui laisser la possibilité d'exhumer les secrets enfouis depuis si longtemps.

3

Elle lui avait dit s'appeler Ivy Sims. Deux fois divorcée, actuellement célibataire. Son fils unique, âgé de quinze ans, vivait avec son premier mari à Mobile.

Elle était excessivement amicale et loquace. Visiblement, boire un verre ensemble au Desperado's ne lui suffisait pas. Depuis cinq minutes, elle promenait sur le bras de Reed ses ongles carminés pareils à des griffes. Il avait eu une érection à la seconde même où il avait respiré son parfum capiteux. S'il avait pu se choisir une compagne pour la soirée, Ivy n'aurait sûrement pas figuré en tête de ses préférences. Elle avait probablement une dizaine d'années de plus que lui, et chacune de ces années était gravée sur son visage bronzé. Des rides de fumeuse invétérée encadraient sa bouche et ses yeux. Si elle avait une belle poitrine généreuse, ses hanches étaient trop étroites, et ses fesses trop plates.

Mais, compte tenu des circonstances, Ivy était parfaite. Elle produisait sur lui l'effet d'un hamburger bien juteux sur un homme affamé. Or Reed était affamé.

— Briley Joe m'a dit que tu sortais de taule. C'est vrai, mon chou ? demanda-t-elle, ses lèvres rouges s'étirant dans un sourire sensuel.

— C'est vrai, je suis sorti aujourd'hui.

Reed ingurgita les dernières gouttes de sa quatrième bière.

— Pour un type qui était derrière les barreaux, je te trouve superbe.

Elle lui tâta le biceps.

— Tu as dû passer des heures au gymnase de la prison.

— Si je comprends bien, le fait que j'aie été condamné pour meurtre et enfermé à Donaldson ne te dérange pas ?

— Qui as-tu tué ? À moins que tu sois un innocent emprisonné pour un crime que tu n'as pas commis ? rétorqua-t-elle en gloussant.

— Oui, effectivement, je suis innocent. On m'a mis à l'ombre parce qu'un jury a décrété que j'avais égorgé mon beau-père.

— Moi aussi, j'ai eu un beau-père. Un sacré salaud. J'ai quelquefois eu envie de lui trancher la gorge, mais ma mère a divorcé avant que je trouve le courage de le zigouiller.

— Tu veux un autre verre ? proposa-t-il.

— Non, je crois que j'ai mon compte pour l'instant. On danse ?

— Je n'attends que ça...

Il descendit du tabouret de bar, prit Ivy par la taille. Quand ils furent sur la piste de danse bondée, elle se plaqua contre lui. Ses vêtements ne laissaient guère de place à l'imagination. Sa minijupe dénudait de longues jambes osseuses, son débardeur en crépon moulait ses seins et découvrait son nombril.

Étroitement enlacés, ils se mirent à tourner gauchement, sans suivre le rythme de la musique que jouait l'orchestre. Ivy lui mordillait le cou.

— Tu es dans un drôle d'état, mon chou, murmura-t-elle. Tu as envie ?

— Tu n'imagines pas à quel point, répondit-il.

Elle eut un rire de gorge assez déplaisant. Le rire vulgaire d'une femme vulgaire. Mais, ce soir, Ivy Sims était exactement celle dont il avait besoin.

— Mon appartement n'est pas loin, dit-elle. On peut y être dans dix minutes.

— Eh bien alors, allons-y !

Main dans la main, ils se frayèrent un chemin dans la foule des clients du Desperado's. Reed aperçut Briley Joe à une table, en compagnie d'une jolie brune. Son cousin lui adressa un sourire entendu. Au lycée, ils se racontaient toujours leurs exploits amoureux, chacun s'efforçant d'épater l'autre.

Dehors, il respira une grande bouffée d'air. Il se sentait un peu éméché. Pendant quinze ans, il n'avait pas bu une goutte d'alcool, et les quatre bières qu'il venait d'ingurgiter lui faisaient tourner la tête. Il posa une main sur les fesses d'Ivy qui glousса à nouveau. Vu ses réactions, elle aussi avait hâte de se retrouver dans un lit.

— Voilà ma voiture, dit-elle en cherchant les clés dans son minuscule sac pourvu d'une bandoulière en maillons métalliques dorés. Tu veux prendre le volant ?

— Non, je préfère me concentrer sur autre chose…

Elle déverrouilla les portières, se glissa sur le siège.

— Reste tranquille pendant que je conduis, d'accord ? Je ne tiens pas à finir dans un fossé.

— Je ne te toucherai pas, promis, mais ce ne sera pas facile.

Lorsqu'ils atteignirent l'immeuble en brique où elle occupait un duplex, au sud de Spring Creek, Reed était tellement excité qu'il en arrivait à penser qu'Ivy était magnifique. D'ailleurs, il avait toujours aimé les blondes, n'est-ce pas ? Même les blondes décolorées qui auraient intérêt à aller chez le coiffeur se faire faire les racines.

Les mains d'Ivy tremblaient quand elle ouvrit la porte de son appartement. Reed se tenait derrière elle, il l'entourait de ses bras musclés, fourrageait sous sa jupe.

Le battant pivota sur ses gonds, Reed la poussa à l'intérieur et referma la porte d'un coup de pied. Elle avait laissé une lampe allumée dans la chambre, seule cette faible lueur trouait l'obscurité qui enveloppait le salon.

Reed s'acharnait déjà sur son débardeur en crépon. Il lui pétrissait les seins, le sexe.

Ses caresses étaient brutales. Mais elle comprenait : la dernière fois qu'il avait fait l'amour, il n'était encore qu'un adolescent.

— Bon Dieu, je n'en peux plus ! gémit-il.

Il la coucha sur le divan. Elle souleva les hanches, se débarrassa de son slip.

— Viens là, mon grand...

— Il y a si longtemps que je n'ai pas... j'ai peur de ne plus savoir comment...

— Ne t'inquiète pas, mon chou, je serai gentille avec toi.

Le rire d'Ivy se mua en soupirs langoureux, quand il la pénétra. La nature l'avait généreusement pourvu, il avait tout ce qu'il fallait pour emmener une femme au septième ciel.

Soudain, il poussa un cri. Des tremblements violents le secouèrent.

— Pardon, murmura-t-il, je n'ai pas pu me retenir.

— Ce n'est pas grave, le rassura-t-elle.

Elle était sincère. Jamais elle n'avait vu un homme aussi affamé.

— Donne-moi une autre chance, et je te jure que tu ne le regretteras pas.

— Pourquoi tu ne dormirais pas ici ?

— J'espérais que tu me le proposerais.

Ella arriva à son bureau à huit heures. Elle préférait y être plus tôt, mais, lorsque son père était là, elle prenait le petit-déjeuner avec lui. Sinon, elle emportait un gobelet de café et un biscuit qu'elle grignotait pendant le trajet, depuis le manoir d'East First Street jusqu'au palais de justice du centre-ville.

Carolyn se réveillait rarement avant dix heures, et Viola s'occupait d'elle. Ce matin, Ella avait donc pu passer un moment seule avec son père. Elle vouait à Webb Porter un amour et une admiration sans bornes.

Chaque jour elle remerciait le Ciel d'être sa fille. Même s'ils ne possédaient pas les mêmes gènes, ils se ressemblaient étonnamment. Dans le cas d'Ella, l'éducation, l'acquis avaient largement pris le dessus sur la nature et l'inné. Elle était une vraie Porter, dans tous les sens du terme. Son père le lui disait souvent. Qu'ils aient autant de points communs semblait l'enchanter. Il la considérait comme le soleil de sa vie, elle le savait. Il ferait tout pour elle.

Elle posa son attaché-case sur le grand bureau de chêne, une magnifique antiquité, derrière lequel son père s'était assis quotidiennement quand il était juge, avant de devenir sénateur dix ans auparavant. Lorsqu'elle avait été nommée à ce poste, l'année dernière, il lui avait dit qu'elle perpétuait une tradition familiale. Webb avait été procureur puis juge. Son père, avant lui, avait été membre du Congrès, et son grand-père vice-gouverneur.

Elle posa sa veste sur le dossier rembourré, en cuir grenat, du fauteuil pivotant et s'assit. Aussitôt les paroles qu'avait prononcées Webb Porter au petit-déjeuner lui revinrent en mémoire.

— Si cet homme te contacte, je veux que tu me préviennes immédiatement. Il a juré de se venger de moi, et il serait bien capable de s'en prendre à toi pour me faire du mal.

— Tu penses que Reed Conway est un danger pour notre famille ?

— Je suis persuadé qu'il pourrait l'être pour les gens que j'aime. C'est pourquoi je te demande instamment d'être prudente et de m'avertir s'il s'approche de toi, fût-ce par un simple coup de fil.

Ella frissonna, en proie à un désagréable pressentiment. Avait-elle réellement quelque chose à redouter ? Reed prendrait-il le risque de se retrouver en prison pour assouvir sa vengeance ? En effet, s'il arrivait quoi que ce soit à un Porter, il serait le premier que la police soupçonnerait.

Elle n'avait pas vraiment connu Reed naguère, elle savait seulement de lui qu'il était le fils de Judy Blalock. Ou plutôt de Judy Conway car, après le meurtre de son deuxième mari, la gouvernante avait changé de nom.

Et, bien sûr, elle savait que Reed était à l'époque la star de l'équipe de football du lycée de Spring Creek. Celui que la gent féminine convoitait et que les parents craignaient comme la peste. Il avait la réputation d'être un don Juan et, même à quinze ans, Ella comprenait pourquoi les filles étaient attirées par lui comme des guêpes le sont par un pot de confiture. Il était grand, doté d'un charme rugueux et d'un sourire canaille qui donnait à penser qu'il avait l'étoffe d'un voyou. D'ailleurs, d'après ce qu'on racontait, il se conduisait généralement comme un voyou.

Un coup frappé à la porte l'arracha brusquement à ses souvenirs.

— Oui ?

— C'est moi, mademoiselle Ella, répondit une voix masculine empreinte de douceur. Je viens changer votre néon.

— Entrez, Roy.

La veille, l'un des néons du plafond avait grillé, et Ella avait demandé à sa secrétaire, Kelly, de faire venir quelqu'un du service d'entretien. Roy Moses, affublé d'une ceinture à outils sur laquelle débordait son ventre grassouillet, pénétra dans le bureau. Il portait une échelle. Il sourit à Ella d'un air admiratif, plissant ses petits yeux bruns. Roy avait quelques années de plus qu'elle, il était un peu lent d'esprit, mais jamais elle n'avait rencontré un être aussi gentil. Il avait un visage lunaire, tout rose, auréolé de courts cheveux blonds.

— Bonjour, mademoiselle Ella. Vous allez bien ?

— Très bien, Roy. Et vous ?

— Du tonnerre, rétorqua-t-il, réjoui.

— Tant mieux.

Elle le connaissait depuis une éternité. Il avait une sœur infirmière et un frère pompier. S'il avait un quotient intellectuel plutôt faible, c'était un travailleur acharné qui occupait deux emplois à mi-temps. Il accomplissait de menus travaux au palais de justice – Webb Porter avait tenu à ce qu'on crée ce poste pour lui – et lavait des voitures au garage Conway.

— Je ne voudrais pas vous déranger, dit-il en installant son échelle.

— Mais vous ne me dérangez pas, au contraire.

— Vous êtes drôlement jolie ce matin, mademoiselle Ella.

— Merci.

Chaque fois qu'il la voyait, il lui faisait le même compliment. Elle le soupçonnait d'avoir le béguin pour elle.

— Vous avez appris la nouvelle ?

— Quelle nouvelle ? rétorqua-t-elle en ouvrant son attaché-case.

— Reed Conway est sorti de prison.

— Oh… oui, je suis au courant. Je crois que tous les habitants de Spring Creek savent qu'il a été libéré hier.

— J'aimais bien Reed, déclara-t-il du haut de son échelle. Il faut le changer, ce néon.

— Vous connaissiez Reed Conway ? s'étonna-t-elle.

— Évidemment. C'était mon ami. Mon frère Tommy jouait au football avec lui, et il venait quelquefois chez nous. Il était sympa. Il ne se moquait pas de moi, comme le faisaient les autres copains de Tommy. Et il me laissait taper dans le ballon, avec lui et mon frère. Il m'appelait « mon petit Roro », ajouta-t-il avec son rire joyeux.

— Personnellement, je n'avais pas de relations avec lui.

— Oh, vous l'auriez aimé ! Tout le monde aimait Reed. J'ai pas compris, quand on l'a envoyé en prison. Tous ceux qui le connaissaient savaient qu'il n'était pas capable de tuer quelqu'un. Pas Reed.

— Il arrive que des gens très gentils commettent des actes terribles.

— Le beau-père de Reed était un méchant homme, mais si Reed l'a vraiment tué, il l'a pas fait exprès.

Roy retira le néon grillé et descendit de l'échelle.

— Je vais travailler avec Reed, annonça-t-il.

— Pardon ?

— Au garage. Briley Joe l'a embauché. Il a dit que, sinon, personne en ville ne l'engagerait. Ce que je suis content de revoir Reed ! Il doit commencer aujourd'hui. Je suis sûr qu'il m'appellera toujours « mon petit Roro ». Ce sera drôlement chouette d'avoir à nouveau un bon copain.

Là-dessus, il sortit du bureau. Ella le suivit des yeux, pensive. Depuis qu'elle côtoyait Roy au palais de justice, elle avait constaté qu'il avait un don pour la psychologie. Il possédait une sorte de sixième sens qui lui permettait de voir ce que les êtres dissimulaient sous le masque, de saisir leur personnalité profonde.

Comment pouvait-il se tromper aussi lourdement en ce qui concernait Reed Conway ? Cet homme était un meurtrier qui avait été jugé et condamné. Webb Porter, lors du procès, représentait la partie civile et il n'avait aucun doute sur ce point : Reed Conway avait égorgé son beau-père. Même sa propre mère avait témoigné qu'elle avait assisté à une violente bagarre entre son mari qui était ivre et son fils. Junior Blalock avait tenté de violer Regina Conway, laquelle à l'époque n'avait que onze ans. Si Reed avait tué Junior à ce moment, pour défendre sa sœur, il aurait bénéficié de circonstances atténuantes. Mais il avait attendu patiemment que Junior soit inconscient pour lui trancher la gorge d'une oreille à l'autre.

Je veux poser mes mains sur ton cou si blanc, sur tes épaules nues, sur tes seins ronds…

Ella secoua la tête pour chasser ces mots à jamais gravés dans son esprit. Les mots que Reed lui avait écrits depuis sa prison. Deux lettres d'amour à la fois effrayantes et troublantes pour la jeune fille de seize ans qu'elle était. Du harcèlement, aux yeux de Webb Porter qui, furieux, avait pris les dispositions nécessaires afin d'y mettre un terme.

Elle espérait ne pas rencontrer Reed Conway. Mais s'il s'avisait de l'importuner, voire de la menacer, comme le pensait Webb Porter, eh bien, dans ce cas, que le Ciel lui vienne en aide, car le père d'Ella aurait sa tête.

Reed émergea lentement, voluptueusement, du sommeil. Couché à plat ventre, le visage enfoui dans l'oreiller imprégné de parfum bon marché, il tâta le drap.

Le lit était vide. Il tendit l'oreille. Silence. Où était Ivy ? Se redressant à demi pour regarder l'heure au réveil, il vit le petit mot posé contre le pied de la lampe.

Je suis partie au travail. Cette nuit a été géniale. Il faudra remettre ça bientôt.

« Bientôt » était souligné trois fois.

Reed esquissa un sourire. Il ne s'était jamais senti aussi bien, lui semblait-il. Ivy était une fille adorable. Elle avait excusé son impatience et sa maladresse. Dans le domaine du sexe, il était plus que rouillé.

Il se leva, se dirigea vers la salle de bains où il s'examina dans la glace, au-dessus du lavabo. Ses yeux étaient injectés de sang, la barbe lui salissait les joues, et il avait l'expression béate, passablement stupide, d'un homme qui a fait l'amour jusqu'à l'aube avec une femme prête à se soumettre à tous ses désirs.

Il se frotta le menton, râpeux comme de la toile émeri. Ivy ne s'en était pourtant pas plainte. Une autre l'aurait chassé du lit en exigeant qu'il se rase avant de la toucher. Ella Porter, par exemple. Sans doute fallait-il qu'un homme ait des joues de bébé pour être autorisé à l'embrasser.

Ella Porter, la fille chérie de Webb. Il l'avait à peine connue. Leurs chemins ne s'étaient jamais croisés, hormis quelquefois chez les Carlisle. Pourquoi avait-il tellement pensé à elle en prison ? Pourquoi avait-elle été au centre de ses fantasmes ? Parce qu'il lui avait écrit ces maudites lettres d'amour, si crues et si choquantes ? Il l'avait fait uniquement pour exaspérer Webb, car il avait découvert très vite que le seul moyen d'ébranler le tout-puissant M. Porter était de s'en prendre à sa bien-aimée petite fille.

Il se doucha rapidement puis, avec une grimace, enfila les vêtements qu'il portait la veille. Avant de quitter l'appartement, il vérifia le numéro de téléphone d'Ivy et le mémorisa. Passer une autre nuit avec elle ne lui déplairait pas, loin de là...

Pour son premier jour de travail, il arriva au garage Conway avec deux heures de retard. Briley Joe ne le lui reprocha pas, il se contenta de lui donner une vigoureuse claque dans le dos.

— Rien de tel qu'une fille sympa, pas vrai ? plaisanta-t-il. Je suppose qu'Ivy t'a appris certains trucs agréables ? Si je me souviens bien, elle ne manque pas de talent.

— Ce n'est pas moi qui dirai le contraire.

— Elle n'a peut-être pas la grande classe, mais tant pis... faute de grives on mange des merles. Tu trouveras mieux plus tard.

— Dois-je comprendre que toi, tu as trouvé quelqu'un de mieux ?

Briley n'avait pas changé, il se vantait toujours de ses conquêtes. Sur ce plan, il était aussi immature qu'à dix-huit ans.

— Ouais, une des femmes les plus huppées de la ville. Si je te disais de qui il s'agit, tu ne me croirais pas.

— Eh bien, dis-le, je ne voudrais pas surtout te priver de ce plaisir.

— Tu ne serais pas devenu chatouilleux, toi ? J'espère que le diplôme universitaire que tu as décroché en prison ne t'a pas gonflé la tête ?

— Ce fameux diplôme ne me sert pas à grand-chose...

Il en était réduit à travailler comme mécano dans le garage de son cousin, à patauger dans le cambouis. Cette pensée lui faisait mal.

— Alors, qui est cette femme huppée ? demanda-t-il en s'arrachant un sourire.

— Cybil Carlisle.

— Tu rigoles...

— Pas du tout. L'épouse de Jeff Henry Carlisle ne me refuse rien. C'est dingue, non ? Et je te garantis qu'elle a le sang chaud.

— Tu joues avec le feu. Si jamais Jeff Henry découvre le pot-aux-roses, tu n'auras plus qu'à numéroter tes abattis.

— Ce snobinard ne s'abaisserait pas à me toucher, il aurait trop peur de se salir les mains.

— Tu as raison, mais il n'hésiterait pas à payer une brute quelconque pour te flanquer une raclée, et si tu continuais à tourner autour de sa femme...

— Personne n'est au courant, tu es le seul à qui j'en ai parlé. Elle m'a prévenu que, si je n'étais pas muet comme une tombe, elle coupait les ponts.

— Tu es complètement fou. C'est la belle-sœur de Webb Porter. Avant son mariage, c'était une Walker. Depuis deux siècles, sa famille fait partie des clans qui dirigent cet État. Pourquoi mettrait-elle sa réputation en péril pour avoir une aventure avec toi ?

— Parce que Cybil Carlisle aime le risque. Et, crois-moi : il n'y a rien de meilleur qu'une femme qui a envie de s'encanailler. Tu devrais essayer. Avec la nièce, par exemple. Je parie que Mlle Ella Porter n'a pas oublié les lettres d'amour torrides que tu lui as écrites.

— Moi, je paierais cher pour les oublier. D'après ma mère, le juge Porter est quelqu'un de bien. Une vraie dame, elle. Si je lui disais simplement bonjour, elle s'enfuirait en courant.

— Tu n'en sais rien. Peut-être que non.

— Ella n'a jamais été mon type. Je n'étais pas non plus le sien à l'époque, et j'imagine que je ne le suis toujours pas.

— D'accord, Mlle le juge te laisse froid. Tu n'as qu'à chercher ailleurs. Je suis sûr que tu trouveras quelqu'un qui te convienne.

— Pour l'instant, je m'en tiens à Ivy. Une histoire sans complications, ça me va tout à fait. Je me concentre sur mon objectif : découvrir qui a tué Junior Blalock et qui m'a mis ce meurtre sur le dos. Mark Leamon croit en moi, il m'a promis de m'aider à prouver mon innocence.

— Tu n'as jamais pensé que ta mère aurait pu le tuer ?

— Non, certainement pas ! Maman n'aurait pas permis que j'aille en prison à sa place.

— Ouais, tu as raison. Tante Judy serait incapable de vous faire du tort, à toi ou à Regina.

Briley Joe ôta sa casquette de base-ball pour se gratter le crâne. Il avait les cheveux longs, coiffés en queue-de-cheval. Des boucles brunes lui tombaient sur le front.

— Par où tu comptes commencer ? demanda-t-il. Toutes les preuves réunies par la police t'accusaient. On sait que tu n'as pas assassiné Junior. Alors qui est le coupable ? Qui, à part toi, ta mère et Regina, avait un motif de tuer Junior ?

— Je n'ai pas encore de certitude, mais j'ai ma liste de suspects. Or le nom de Webb Porter figure en tête de cette liste.

4

Ella ôta sa toge de magistrat, la rangea dans le placard et s'écroula avec soulagement dans son fauteuil pivotant. Quelle journée ! Juger une affaire douloureuse l'affectait toujours énormément. Elle s'efforçait de rester impartiale, malheureusement elle était humaine et ne pouvait pas étouffer totalement sa sensibilité.

Clyde Kilpatrick s'était-il suicidé, ou sa mort était-elle un tragique accident ? Pour la compagnie d'assurances, il s'agissait d'un suicide. Pour la famille, d'un accident. Après l'audience et moult hésitations, Ella avait tranché. Néanmoins, le jury la suivrait-il ? Même si les deux enfants de Clyde risquaient de ne pas toucher un sou, les faits bruts démontraient qu'il avait mis fin à ses jours. D'une part, il avait laissé un billet, disant qu'il pardonnait sa femme infidèle, mais qu'il ne voulait pas vivre sans elle. D'autre part, l'expert en balistique avait expliqué la trajectoire de la balle ; selon lui, il était quasiment impossible de retenir l'hypothèse de l'accident.

Ella se débarrassa de ses chaussures à talons hauts, agita les orteils et posa les pieds sur le bureau pour se détendre. Son talon glissa sur une enveloppe blanche qui tomba par terre. Réprimant un grognement, elle se pencha pour la ramasser. Il n'y avait pas d'adresse, seulement son nom. Eleanor Porter.

Bizarre… elle ne se rappelait pas avoir aperçu cette enveloppe au cours de la journée. Pourtant elle avait déjeuné à sa table de travail vers midi et demi – une salade commandée au Oakwood Grill, en face du palais de justice.

Elle retourna l'enveloppe, constata qu'elle était cachetée. Quelqu'un l'avait donc apportée ici. Kelly étant déjà partie, elle ne pourrait pas l'interroger avant le lendemain.

Tendant la main, elle prit un stylet dans le pot à crayons assorti au sous-main en cuir, orné d'un monogramme doré, que lui avait offerts son oncle Jeff Henry quand elle avait été nommée juge. Elle glissa la lame sous le rabat de l'enveloppe, qui renfermait une feuille de papier blanc.

Ella, douce Ella, je rêve de toi la nuit et je me réveille en nage. Fou de désir. Tu es destinée à m'appartenir, j'ai des projets pour nous deux. De longues nuits brûlantes. Nous serons nus, toi et moi, nous nous aimerons. Tu n'imagines pas tout ce que je te ferai, tout ce que tu me feras. Quand le moment sera venu, je te retrouverai. Je ne permettrai à personne de s'interposer entre nous. Plus jamais. Tu te dresseras contre ta famille satanique. Lorsque tu me choisiras, cela brisera le cœur de ton père. Et ce ne sera que le début de ma vengeance.

Ella déglutit avec peine. Seigneur ! Qui pouvait bien être l'auteur de ces lignes ?

La missive était visiblement tapée à l'ordinateur et tirée sur une imprimante laser. Il y avait plusieurs machines de ce genre au palais de justice, ainsi qu'à la bibliothèque. En outre, les boutiques où l'on offrait cette sorte de service à la clientèle ne manquaient pas. S'il n'y avait pas d'empreintes digitales sur l'enveloppe, il serait impossible de découvrir d'où venait cette lettre.

Était-ce une farce de mauvais goût ? Avait-elle un admirateur secret quelque part ? Était-elle filée, surveillée sans en avoir conscience ? Un frisson la parcourut. Elle songea à ces femmes traquées par un ex-amant ou un ex-mari, à certaines vedettes persécutées par des fans déséquilibrés. Mais elle n'avait aucun « ex », elle n'était pas célèbre, même si elle était l'une des personnalités en vue de la ville, et même du comté de Bryant.

Ella Porter, tu n'es pas de celles qui obsèdent les hommes, tu le sais pertinemment. Qui aurait l'idée de… ô mon Dieu, non…

Reed Conway lui avait autrefois écrit deux lettres semblables à celle-ci. Il avait été libéré hier. Était-il possible qu'il lui ait adressé cette… horreur ? Oui, bien sûr, s'il considérait encore que Webb Porter était responsable de ses années de prison.

Le père d'Ella serait furibond. Nul n'était en mesure de certifier que cette lettre était de Reed, cependant M. Porter n'aurait aucun doute. Il alerterait la police, cet incident risquait de parvenir aux oreilles des journalistes, Mme Porter l'apprendrait et en serait complètement tourneboulée. Ella se souvenait du psychodrame qui avait eu lieu à la maison à l'époque où Reed lui avait écrit depuis la prison. Elle ne tenait pas à ce que cela se reproduise.

Ce ne sont que des mots, des saletés sur du papier. Si Reed était bien derrière tout ça, et si elle n'en parlait à personne, alors il en serait pour ses frais. Quand il s'apercevrait qu'elle ne réagissait pas, il arrêterait ses pitoyables manigances.

Extirpant une clé de sa poche, elle ouvrit le tiroir du bas de sa table, où elle enfermait son sac en cuir gris dans lequel elle fourra l'enveloppe. Voilà… mieux valait oublier ce message et espérer qu'il serait le dernier. Toutefois, elle ne déchirerait pas la lettre. Pas encore.

Elle refusait de prévenir son père ou les autorités locales tant que ce n'était pas absolument nécessaire. Elle n'était plus une gamine naïve de seize ans, mais une femme adulte, âgée de trente ans, et juge de surcroît. Elle était capable de gérer seule cette situation. Elle affronterait Reed Conway et lui dirait que, s'il tenait à sa liberté, il avait intérêt à la laisser en paix.

Jeff Henry Carlisle, une tasse en porcelaine de Chine à la main, but une gorgée. Le service à thé et le plateau d'argent que Judy Conway avait posés sur le bureau en acajou richement sculpté étaient dans sa famille depuis six générations. Le bureau quant à lui – cadeau de mariage destiné à l'une de ses aïeules – avait voyagé à bord d'un bateau sur le Tennessee, depuis la Virginie jusqu'à l'Alabama, avant la guerre de Sécession.

De toutes les pièces de sa magnifique demeure, c'était celle-ci qu'il préférait : son domaine privé, où il amoncelait ses trésors, ceux qui lui venaient de sa famille et les autres, achetés dans les salles des ventes ou chez les antiquaires. Il avait également rapporté certains objets de ses voyages en Europe avec Cybil. Malheureusement, son épouse méprisait tout cela. « Un tas de vieux rossignols », avait-elle dit un jour, à propos des meubles précieux qui agrémentaient leur maison – hormis la chambre de Cybil qu'elle avait décorée dans un style vulgaire, art déco, qui écœurait Jeff Henry chaque fois qu'il pénétrait dans les appartements privés de sa femme.

Celle-ci ressemblait peut-être physiquement à sa sœur aînée, mais la similitude s'arrêtait là. Carolyn était une vraie dame, aussi distinguée et raffinée que l'avait été la mère de Jeff Henry. Aucun gentleman ne s'aviserait de jurer en sa présence, de crainte de la choquer. Carolyn était une fleur délicate et fragile, qu'il fallait préserver des dures réalités du monde.

Ah... chère et douce Carolyn ! À l'époque de leur jeunesse, il l'avait aimée passionnément. Hélas ! elle le considérait seulement comme un ami. Elle ne rêvait que de Webb Porter. Or ce que Carolyn voulait, elle l'obtenait. Qui aurait pu lui refuser quoi que ce soit ?

D'une certaine manière, il était toujours épris d'elle. Mais d'un amour pur, noble et sans tache, pareil à ceux que les chevaliers de jadis vouaient à l'élue de leur cœur. Il avait le privilège de côtoyer Carolyn, et il devait s'en contenter. Jamais elle ne quitterait Webb.

Soupirant, il goûta l'un des cookies confectionnés par Judy. Grignoter n'était pas raisonnable, il le savait, mais il avait senti la délicieuse odeur des gâteaux lorsqu'il était passé par la cuisine, une demi-heure auparavant. Au cours des dernières années, il avait pris un peu de ventre. Bah, quelques kilos superflus étaient moins fâcheux pour un homme que pour une femme. Car il était coquet, certaines personnes le trouvaient même vaniteux. C'était faux. Il se souciait simplement de son apparence physique. Cybil lui reprochait souvent sa superficialité, elle disait que ça la rendait folle.

Quant à lui, pour être honnête, tout chez son épouse le rendait fou. Au début, c'était différent. Elle s'efforçait de lui plaire. Peut-être même l'avait-elle aimé.

— Je me suis évertuée à être comme Carolyn, lui avait-elle crié un jour. Ce n'est pas moi que tu voulais, j'en étais consciente. J'ai essayé, de toutes mes forces, mais ça ne suffisait jamais. Je ne suis pas Carolyn, et tu me le reprocheras toujours !

Il avait commis une terrible erreur en se mariant avec Cybil. Maintenant, il s'accommodait de la situation comme il pouvait. Il feignait d'ignorer ses infidélités, dans la mesure où elle se montrait discrète. Jusqu'ici, elle l'avait été, tant mieux. Chez les Carlisle, on ne divorçait pas. Il n'y avait jamais eu un seul divorce dans la famille, et Jeff Henry comptait bien perpétuer cette tradition. Quoique, si Carolyn avait été libre, il eût vraisemblablement changé d'avis.

Pauvre Carolyn… Mariée à un homme qui ne la méritait pas, qui la trompait. Mais elle refusait de voir la vérité parce qu'elle était heureuse ainsi. Et Jeff Henry ferait tout ce qui était en son pouvoir pour que rien ni personne ne gâche le bonheur de Carolyn.

— Monsieur Carlisle ?

S'arrachant à ses pensées, il tourna le regard vers le seuil de la pièce. Judy Conway était immobile dans l'encadrement de la porte. Une femme séduisante, sensuelle, pour qui appréciait le genre simple.

— Oui ?

— Je m'en vais, monsieur. Le dîner est prêt. Le rôti et les légumes sont au four, la salade dans le réfrigérateur. Avez-vous besoin d'autre chose ?

— Mme Carlisle est là ?

— Non, pas encore.

— Hum...

— Si ça ne vous ennuie pas, je vous laisse...

— Oui, bien sûr. J'imagine que vous avez hâte de rentrer chez vous retrouver votre fils.

— Oui, monsieur.

— J'espère que vous comprenez pourquoi je n'ai pas pu demander à mes amis d'engager Reed dans leurs sociétés. Mon refus vous a déçue, évidemment, mais en toute bonne foi...

— Je sais, coupa-t-elle d'un ton crispé indiquant que, si elle comprenait peut-être, elle ne pardonnait pas. Reed travaille avec son cousin Briley Joe.

— Au garage ?

— Oui. Au moins, c'est un travail honnête. J'aurais souhaité mieux pour Reed, puisqu'il a un diplôme universitaire. Mais il n'a pas pu trouver autre chose. Personne n'a accepté de l'aider, à part les membres de notre famille.

Judy fixait un point sur le sol, et qu'elle s'obstine à ne pas le regarder dans les yeux ennuya Jeff Henry. Il l'appréciait, il avait même un certain respect pour elle. Il avait le sentiment qu'elle l'avait toujours admiré, or il tenait à ce que cela continue. Un homme devait être admiré et aimé de ses domestiques. Son père et son grand-père le disaient toujours. Depuis des générations, les Carlisle traitaient bien leur personnel.

— Quand Reed aura fait ses preuves, il se pourrait que je révise ma position et que je le recommande pour un emploi plus convenable. S'il n'a pas de problèmes pendant... mettons, un an... nous en rediscuterons.

Judy esquissa un sourire contraint.

— Merci, monsieur Carlisle. Reed n'aura pas de problèmes.

— Je lui souhaite de s'en sortir. Personnellement, vous ne l'ignorez pas, j'ai toujours estimé qu'on aurait dû le féliciter d'avoir tué Junior Blalock, au lieu de l'envoyer en prison.

— Reed n'a pas tué Junior.

— Oui, naturellement, il est impossible pour une mère de croire son enfant coupable.

Judy pressa la main sur sa poitrine.

— Je le *sais*, là dans mon cœur.

Jeff Henry toussota, gêné.

— Eh bien, passez une bonne soirée. À demain.

— Au revoir, monsieur, rétorqua-t-elle en tournant les talons.

Judy était-elle encore sincèrement convaincue que son fils n'avait pas assassiné son deuxième mari ? Dans ce cas, cela signifiait que Reed clamait toujours son innocence à cor et à cri. Bonté divine... pourvu qu'il ne fasse pas trop de vagues. Remuer le passé était néfaste, tout le monde risquait d'en pâtir.

Elle avait certainement trouvé la lettre déposée sur son bureau alors que sa secrétaire s'était absentée. Comment avait-elle réagi ? Avait-elle été choquée ? Avait-elle immédiatement deviné qui en était l'auteur ? Était-elle en train de la montrer à son père ?

Mais oui... Elle était tellement prévisible. Elle courrait pleurer dans les bras de son cher papa. « Un vilain monsieur m'a envoyé cette horreur. Fais quelque chose, tout de suite. »

Évidemment, une lettre ne suffirait pas. Il y en aurait d'autres. Et quelques mystérieux appels téléphoniques – elle n'entendrait qu'une respiration au bout du fil – dont on ne pourrait pas repérer l'origine.

Chaque chose en son temps. Tisser patiemment la toile, jusqu'au moment où Webb Porter comprendrait que la vie de sa fille était menacée. Ce serait amusant de voir le sénateur suer d'angoisse.

Rien n'était plus important pour Webb Porter que sa fille adorée. Il l'aimait plus que tout, plus que sa propre femme. Ou ses maîtresses. Pour atteindre Webb Porter, il n'y avait qu'un moyen : harceler Ella. Car au début, ce serait simplement ça – du harcèlement. Mais ensuite…

Ella, au volant de sa Jaguar, passa devant le garage Conway, situé à l'angle de la West Fifth Street et de Lafayette. En principe, elle n'empruntait pas cet itinéraire pour rentrer à la maison. Elle ralentit et, protégée par ses lunettes de soleil, examina le tableau qui s'offrait à elle. Deux conducteurs, arrêtés devant les pompes à essence, faisaient le plein. L'un des deux portails était ouvert, révélant l'atelier encombré.

Briley Joe, dans la boutique, bavardait avec un client. Le cousin de Reed arborait son habituelle queue-de-cheval, son sempiternel jean maculé de cambouis et un tee-shirt orné d'un logo flamboyant.

Apparemment, Reed n'était pas là. Tant pis, elle reviendrait un autre jour.

Elle s'apprêtait à accélérer à nouveau, quand elle aperçut une haute silhouette athlétique émerger d'une voiture, au fond de l'atelier. Aussitôt, elle sut que c'était Reed Conway. Il était plus âgé, plus imposant. Ses cheveux naguère blond cendré étaient à présent plus foncés, presque châtains.

Elle sentit son cœur cogner dans sa poitrine.

Le voilà. Tu dois lui parler, lui mettre la lettre sous le nez, et exiger qu'il te laisse tranquille.

Elle accéléra, pourtant. Les mains tremblantes, elle remonta la West Fifth Street bordée de maisons disparates : certaines délabrées, d'autres à divers stades de rénovation. À Creek Spring, les gens *bien* vivaient dans la partie est de la ville. Toutefois, les nouveaux riches commençaient à s'installer ici et à restaurer les demeures dont quelques-unes rivalisaient à présent d'élégance avec les résidences des vieilles familles dont la fortune datait de plusieurs siècles.

Tu te défiles, espèce de lâche ! Tu n'as pas le cran de l'affronter, de lui dire ce que tu penses de lui et de ces maudites lettres.

Des lettres d'amour, ça ? Non, des saletés, purement et simplement. Écrites pour l'effrayer.

Parvenue au bout de la rue, les dents serrées, elle fit demi-tour. Elle ne se confierait pas à son père. Il n'était pas question que sa mère soit informée de cette histoire qui la perturberait trop. Ella Porter, qui était désormais une grande fille, réglerait ce problème seule. Immédiatement !

Rassemblant tout son courage, elle s'engagea dans le parking du garage Conway, coupa le moteur et crispa les doigts sur les clés de contact comme s'il s'agissait d'un talisman. Puis elle sortit de la Jaguar et réprima un geste d'agacement. Ses jambes flageolaient.

Quelle idiote ! Que peut-il te faire, en plein jour, devant témoins par-dessus le marché ?

Elle redressa les épaules, s'avança… et, soudain, se pétrifia. Reed Conway, qui lui tournait le dos, avait brusquement pivoté. Il l'observait, tout en essuyant ses mains graisseuses avec un chiffon.

Il avait les mêmes yeux qu'autrefois, d'un bleu perçant. Les rares fois où elle avait croisé Reed chez les Carlisle, il l'avait observée de la même manière. Fixement, sans sourire, sans prononcer un mot. Avec ces yeux-là, d'un bleu inouï.

Mais lui ne voit pas les tiens, tu as des lunettes de soleil. Il est incapable de lire dans ton regard ce que tu ressens. La crainte… le dégoût… et la curiosité.

Car il l'avait toujours intriguée. Quand elle était jeune, elle se demandait souvent ce qu'il avait de si particulier, pourquoi il fascinait tant les filles et intimidait les garçons.

Involontairement, elle le détailla de la tête aux pieds. Un mètre quatre-vingt-dix. De larges épaules, des bras nus aux muscles saillants. Il était étonnamment bronzé. En prison, sans doute travaillait-il à l'extérieur. Ses cheveux bouclaient sur sa nuque et ses oreilles. Une barbe de deux jours lui salissait les joues ; ce matin, à l'évidence, il ne s'était pas rasé. Son jean délavé lui moulait les fesses et les cuisses.

Ella avait du mal à respirer. Reed Conway était l'homme le plus sexy qu'elle eût jamais vu. Une sensualité plus que troublante se dégageait de lui.

Lui aussi la détaillait de pied en cap. Elle n'était pas habituée à ce qu'on s'appesantisse sur son apparence physique. Les hommes l'appréciaient pour son intelligence, sa générosité... et sa position sociale. Elle n'était pas extraordinairement jolie – une réalité qui décevait quelque peu sa mère. Mais Carolyn répétait que la beauté était plus souvent une malédiction qu'un bienfait. Alors pourquoi Reed la contemplait-il comme s'il la jugeait attirante, désirable ? Savait-il qui elle était ? L'avait-il reconnue et se moquait-il d'elle ?

Assez ! Tu n'es pas là pour tomber sous le charme de Reed. Montre-lui la lettre et dis-lui qu'il peut s'épargner de t'en envoyer une autre parce que ça ne sert à rien : tu n'en parleras pas à ton père.

Reed ne quittait pas des yeux la femme qui s'approchait de lui. Distinguée et élégante avec son tailleur strict, à fines rayures, et son corsage gris perle. Chaussures en cuir gris, sac assorti. Et elle conduisait une Jaguar. Autrement dit, elle n'était pas pauvre.

Ses cheveux enroulés en chignon souple sur sa nuque brillaient à la lumière. Sa peau hâlée devait avoir la douceur du satin. Même par cette journée étouffante, elle paraissait toute fraîche.

Quand elle s'immobilisa devant lui, il la gratifia d'un sourire éblouissant qu'elle ne lui rendit pas. Il n'avait manifestement aucune chance de la séduire. Tant pis.

— Que puis-je pour vous ?

— Vous êtes bien Reed Conway, n'est-ce pas ?

Elle le connaissait ? L'aurait-il rencontrée autrefois ? Lorsqu'il était au lycée, il avait flirté avec quelques filles de bonne famille. Mais pas avec celle-ci. Il s'en souviendrait.

— Et vous, qui êtes-vous ?

Elle avait un corps charmant – une belle poitrine, la taille fine, des hanches rondes. Une silhouette qui n'était pas vraiment à la mode, mais qui donnait des idées aux hommes.

Elle ôta ses lunettes de soleil, les serra dans sa main gauche. Pas d'alliance ni de bague de fiançailles. Des ongles courts, impeccablement manucurés. Du vernis transparent. La classe.

Il scruta son visage. Elle était vraiment jolie. Elle ne possédait pas la beauté de Judy et de Regina, mais elle avait quelque chose d'exotique qui retenait l'attention. Un nez bien dessiné, des lèvres pulpeuses, d'immenses yeux bruns, si sombres qu'ils paraissaient presque noirs.

Et soudain, en plongeant le regard dans ces yeux pareils à deux puits insondables, la mémoire lui revint. Elle avait changé. Elle était plus grande de cinq centimètres, plus mince, et possédait à présent l'assurance que n'avait pas la jeune fille d'autrefois.

— Ella Porter... vous êtes métamorphosée.

Elle rougit, ce qui le fit sourire.

— Vous aussi, monsieur Conway.

— Pourquoi tant de formalisme ? Appelez-moi Reed.

— Je suis ici pour une raison précise, qui exclut la familiarité.

— Alors j'en déduis que vous n'êtes pas chargée par la famille Porter de me souhaiter la bienvenue.

Il la vit se raidir et ne put s'empêcher d'en éprouver du plaisir. Elle ne maîtrisait pas très bien ses nerfs.

— Aujourd'hui, déclara-t-elle, j'ai reçu une lettre des plus désagréables.

Elle ouvrit son sac, et il s'aperçut que ses mains tremblaient. Elle avait peur. De lui. Bon sang… D'un geste brusque, elle saisit une enveloppe blanche et la pointa vers lui comme un poignard.

— Des mauvaises nouvelles ? dit-il, désinvolte.

— Oui, pour vous, rétorqua-t-elle en lui agitant l'enveloppe sous le nez. Je n'en parlerai pas à mon père. Vous m'entendez, monsieur Conway ? M'écrire ces… obscénités ne vous mènera à rien, parce que mon père n'en sera pas informé. Si vous cherchez à l'atteindre à travers moi, vous perdez votre temps !

— Si je vous suis bien, vous avez reçu aujourd'hui une lettre injurieuse et vous en avez aussitôt conclu qu'elle venait de moi ?

— Vous niez me l'avoir envoyée ?

Tout à coup, il lui agrippa le poignet. Elle ravala une exclamation.

— Cessez de brandir ce maudit bout de papier.

Elle essaya de se dégager, mais il la tenait fermement. Elle le foudroya du regard, la peur dans ses yeux cédant la place à la colère. Il préférait ça.

— Je ne nie rien, dit-il. Et je n'avoue rien non plus.

— Je m'en doute ! Voulez-vous me lâcher, je vous prie ?

— Tout à l'heure, mademoiselle Porter, articula-t-il en l'entraînant vers une porte, sur la façade latérale du garage. D'abord, je suggère que nous ayons un petit entretien en tête à tête.

5

Ella protesta, se débattit, mais il était trop fort. Quelle bêtise d'être venue ici ! Ce type avait été condamné pour meurtre !

— Lâchez-moi tout de suite ou vous le regretterez !

Il ne l'écoutait pas, ce monstre ! Il la poussa dans une pièce aveugle chichement meublée d'un fauteuil pivotant bon marché et d'un vieux bureau métallique sur lequel s'empilaient paperasses, magazines et bouquins. Un petit climatiseur ronflait dans une niche du mur en béton.

Briley Joe, qui était assis dans le fauteuil, bondit sur ses pieds. Bouche bée, il écarquillait des yeux ronds.

— Tu peux nous laisser seuls un moment ? demanda Reed.

— Tu sais qui c'est, j'espère ?

— Oui, je le sais.

— Bousculer la fille de Webb Porter… grimaça Briley Joe. Tu es sûr que tu n'as pas perdu la boule ?

— S'il ne me lâche pas, je le ferai arrêter, déclara Ella.

— Laisse-la, mon vieux. Tu en trouveras une autre. Ce serait vraiment trop bête de retourner en prison à cause d'une jolie paire de fesses.

— Une paire de… comment osez-vous ? s'indigna Ella.

Cet imbécile de Briley Joe s'imaginait-il que Reed l'avait amenée dans ce capharnaüm pour la… peloter ? À cette pensée, elle crut que son cœur allait bondir hors de sa poitrine. Elle voulut protester à nouveau contre ces manières dignes des hommes des cavernes, mais avant qu'elle ait pu émettre un son, Reed l'assit de force dans le fauteuil.

— Ferme la porte en sortant, s'il te plaît, dit-il à son cousin.

Celui-ci ne discuta pas davantage et quitta la pièce en refermant doucement la porte derrière lui.

— J'ignore quelle idée vous avez derrière la tête, monsieur Conway, mais pour ma part je n'apprécie pas du tout cette petite scène, et je vous garantis que ça va vous coûter cher, déclara Ella du ton autoritaire qu'elle avait toujours dans une salle d'audience.

Appuyé contre le bord du bureau, il tendit le bras pour faire pivoter le fauteuil afin qu'Ella soit face à lui. Posant les mains sur les accoudoirs, il se pencha, si près qu'elle sentit son souffle lui effleurer le visage. Elle eut un tressaillement.

— Vous êtes devenue très belle, mademoiselle Ella, murmura-t-il.

Il promena son regard sur sa bouche, sa gorge, la naissance de ses seins dans le décolleté de son corsage.

— Vraiment très belle…

— C'est la deuxième phase de votre plan ? Pousser le harcèlement un peu plus loin pour obliger mon père à réagir ?

Elle ne baissait pas les yeux, refusant de lui montrer combien elle était impressionnée par sa stature et l'aura dangereuse qui émanait de lui.

— Vous vous trompez complètement, dit-il avec un sourire narquois. D'ailleurs, si l'un de nous harcèle l'autre, il me semble que c'est vous.

— Moi ?

Elle crispa les poings, chiffonnant dans ce geste l'enveloppe blanche. En principe, elle s'enorgueillissait de sa capacité à garder son calme en toutes circonstances. Mais cet individu avait le don de la faire sortir de ses gonds.

— Oui, vous. J'étais là, en train de travailler, je n'embêtais personne, comme tout bon citoyen respectueux de la loi… Et voilà que vous surgissez pour me lancer une accusation injuste à la figure. Moi, j'appelle ça du harcèlement.

— Vous persistez donc à nier m'avoir envoyé cette lettre ?

— Cette obscénité, comme vous dites ? En effet, je n'y suis pour rien.

Il fixait sur elle ses yeux incroyablement bleus qui l'hypnotisaient. Combien de femmes s'étaient laissé prendre au piège de ce regard fascinant ?

Ressaisis-toi, Eleanor Porter. Ce n'est qu'un homme comme les autres.

Hélas ! ce n'était pas tout à fait vrai. Reed Conway n'avait jamais été quelqu'un d'ordinaire. Ni à dix-huit ans ni maintenant. Elle se souvenait d'avoir surpris autrefois son oncle Jeff Henry en train de dire à son sujet :

— Ce garçon a un ego monumental sous prétexte que, sur un terrain de football, il n'a pas de rival. Et, apparemment, les femmes pensent que ce qu'il a entre les jambes est aussi monumental.

Elle entendait encore le rire gras de son oncle et de son père, à la fois envieux et plein de mépris pour le garçon né du mauvais côté de la barrière mais qui, grâce à son talent, avait décroché une bourse pour l'université d'Alabama et était en passe de devenir une star du football.

À présent, Reed Conway était différent parce qu'il avait fait quinze ans de prison pour meurtre. Tout perdre – la liberté et un brillant avenir – avait dû l'aigrir. Il avait juré de se venger, n'est-ce pas ? Se venger de Webb Porter.

Mais il avait aussi juré qu'il était innocent.

C'était impossible, bien sûr. Il avait eu un procès équitable, et les jurés l'avaient déclaré coupable. Chacun en ville le savait coupable. Il l'était, forcément. Tout l'accusait. Il avait frappé et assommé son beau-père, il l'avait admis. Le poignard qui avait servi à égorger Blalock lui appartenait, on n'y avait trouvé que ses empreintes.

— Si vous ne m'avez pas envoyé ça, qui l'a fait ? Qui aurait une raison d'agir ainsi ? Cette lettre ressemble énormément à celles que vous m'avez écrites quand...

— Je n'aurais pas dû les écrire.

Qui s'était approché de l'autre ? Brusquement, ils étaient nez à nez. Elle cligna les paupières.

— Lorsque je suis arrivé à Donaldson, j'étais déchaîné, poursuivit-il d'une voix sourde, incroyablement calme. Je m'attaquais à tout ce qui bougeait. Je haïssais votre père, j'ai rédigé ces maudites lettres pour le mettre en rage. C'était stupide, et je m'en suis largement repenti.

Il paraissait si sincère qu'elle faillit le croire. Seigneur... elle avait même envie de le croire. Envie de poser les doigts sur sa joue râpeuse et de dire qu'elle était convaincue qu'il regrettait ses fautes passées. Elle se raidit pour contrôler cet élan, étouffer une émotion qui ne lui attirerait que des ennuis. Quand elle était enfant, sa spontanéité et son impulsivité préoccupaient beaucoup sa mère, aussi avait-elle appris à les réprimer pour satisfaire Carolyn.

Elle prit une inspiration et rétorqua fermement :

— J'aimerais pouvoir vous croire. Mais on vous a libéré hier, et aujourd'hui je trouve ça sur mon bureau. Avouez que la coïncidence est troublante...

— Ce n'est peut-être pas une coïncidence.

— Que voulez-vous dire ?

— Je ne suis pas l'auteur de cette lettre. La personne qui vous l'a envoyée cherche sans doute à vous convaincre que je suis responsable.

— Mais pourquoi ?

— Pour me mettre dans une situation délicate.

Par réflexe, Ella se leva. Flûte... Seuls quelques malheureux centimètres la séparaient de Reed. Elle sentait sa chaleur, son odeur.

— Pour… pourquoi ? bredouilla-t-elle.

— Si je fais un faux pas, je retourne en prison. Le véritable assassin de Junior Blalock ne tient pas à ce que je reste dehors, à ce que je furète partout pour découvrir la vérité.

Une fraction de seconde, elle pensa qu'il allait l'embrasser. Elle se figea.

Tu ne veux quand même pas qu'il t'embrasse ?

Eh bien, si… C'était effarant. La force physique, la virilité de Reed Conway éveillaient en elle une sorte de pulsion primitive. Mais elle était trop policée, trop prudente pour céder à des instincts bestiaux.

S'écartant de lui, elle se dirigea vers la porte. Il la suivit, poussa le battant.

— Je vous accorde le bénéfice du doute pour cette fois, déclara-t-elle. Vous dites que vous n'avez pas écrit cette lettre… admettons. Mais, si jamais j'en reçois une autre, je ne serai pas aussi tolérante. Est-ce clair, monsieur Conway ?

Il lui sourit.

— Oui, mademoiselle Ella, c'est très clair. Je me permets cependant de vous faire remarquer que vous ne vous adressez pas à la bonne personne.

— Je vous conseille de ne plus vous approcher de moi… ni de ma famille.

— Avec grand plaisir.

Le feu aux joues, Ella s'en fut d'un pas pressé, ses hauts talons résonnant sur le sol du garage. Elle ne ralentit l'allure que quand elle eut atteint sa voiture. Essoufflée, elle se mit au volant et démarra sur les chapeaux de roues, mue par un impérieux besoin de fuir loin de cet homme. Elle jeta néanmoins un coup d'œil à son rétroviseur. Campé devant le garage, toujours souriant, Reed Conway agitait la main pour la saluer.

— Dis donc, mon vieux, commenta Briley Joe en rejoignant son cousin. Elle a la super-classe.

— Oui, je suis d'accord.

Reed se mit à rire.

— Elle a peur de moi. Et je ne pense pas que ce soit uniquement parce que j'ai été condamné pour meurtre.

— Tu t'imagines qu'elle est entichée de toi ?

— Je pense qu'elle a peur de moi. C'est tout.

— Et toi, ça ne te plairait pas de passer une nuit avec elle ?

Reed haussa les épaules.

— Je suis réaliste. Les femmes comme Mlle Ella ne sont pas pour des types dans notre genre.

— Erreur, mon vieux... rétorqua Briley Joe d'un air suffisant.

— Ne compare pas Ella à sa tante, tu veux ?

— Certaines dames du beau monde adorent se salir les mains. Qui te dit que Mlle le juge Porter ne ressemble pas à sa tante, qu'elle n'aurait pas envie de coucher avec un ex-détenu ?

Toujours soucieuse de ne pas inquiéter sa mère, Ella téléphona et pria Bessie de prévenir Carolyn qu'elle rentrerait un peu plus tard qu'à l'accoutumée.

Depuis une demi-heure, elle roulait au hasard, en s'interrogeant sur ce qui venait de lui arriver et en se demandant par quel extraordinaire retournement de situation elle était à présent quasiment persuadée que Reed Conway ne lui avait pas envoyé cette maudite lettre.

Tu n'es qu'une idiote, voilà la réponse.

Irritée, désemparée, elle s'engagea dans Tallulah Street. Elle avait besoin de se confier à quelqu'un. Or il n'était pas question de parler à Carolyn qui risquait d'en avoir une crise cardiaque. Et, si elle mentionnait le nom de Reed devant son père, il était capable de prendre un fusil et d'aller le menacer des pires représailles.

Elle gara la Jaguar devant le numéro 508 de Tallulah Street, une résidence victorienne superbement restaurée. Heather Marshall, sa meilleure amie depuis l'enfance, habitait là. Elle était récemment revenue s'installer à Spring Creek, après avoir vécu cinq ans à Mobile. Durant ce laps de temps, toutes deux s'étaient téléphoné régulièrement et avaient réussi à se voir une dizaine de fois. Ella avait été la demoiselle d'honneur de Heather, lorsque celle-ci avait épousé Lance Singleton. Elle était restée à son chevet, à l'hôpital, quand Heather avait fait une fausse couche, et l'avait soutenue au moment de son divorce, lequel datait de dix mois.

Ella longea l'allée pavée, bordée de fleurs, menant à la demeure qui avait appartenu à la grand-mère de Heather, décédée depuis une dizaine d'années, et qui était peu à peu tombée en ruine. Heather avait dépensé une fortune pour la retaper ; à présent la façade avait retrouvé ses couleurs d'antan : rose, crème et vert tendre. Heather disait que sauver cette maison l'avait empêchée de sombrer après son divorce. Par chance, l'argent dont elle avait hérité lui donnait les moyens de ne pas travailler, hormis si elle le désirait, et elle préférait nettement le farniente.

Ella sonna à la porte. Pas de réponse. Heather était pourtant chez elle, sa Corvette noire était là. Elle sonna une dernière fois, puis redescendit les marches du perron et contourna la demeure. En poussant le portillon qui donnait accès au jardin, elle entendit un éclaboussement d'eau. Évidemment. Heather jouait les sirènes dans sa piscine.

Elle traversa le patio et atteignit le bord du bassin à l'instant où Heather en émergeait, ruisselante. Elle était grande, svelte, et nue comme un ver. Comme d'habitude, Ella lui envia sa silhouette presque androgyne. Heather avait un appétit d'ogre et ne prenait jamais un gramme. Mais quand Ella criait à l'injustice, son amie lui rétorquait qu'avec une poitrine comme la sienne, elle n'était pas en droit de se plaindre.

— Salut, ma belle ! Qu'est-ce que tu fais là ?

Heather saisit un drap de bain blanc, posé sur une chaise longue en osier, et sécha ses bras semés de taches de rousseur. Quatre anneaux d'or dansaient à ses oreilles, deux autres ornaient ses gros orteils. Un cœur rouge tatoué sur sa fesse bronzée complétait le tableau.

— J'ai besoin qu'une amie compréhensive me dise que je n'ai pas totalement perdu l'esprit.

Ella se massa le front, dans l'espoir de dissiper la migraine qui lui taraudait le crâne depuis qu'elle avait quitté le garage Conway.

Heather jeta sa serviette sur les dalles du patio, puis enfila une courte robe transparente, rose fluo.

— Le juge Eleanor Porter, toujours si pondérée, craint-elle d'être devenue cinglée ? Oh, je suis choquée ! Assieds-toi, et raconte à tatie Heather ce qui te tracasse.

Ella prit place dans le fauteuil que lui désignait son amie et poussa un soupir à fendre l'âme.

— Je t'interdis de répéter à quiconque ce que je vais te dire.

— Oh, ce doit être croustillant ! s'exclama Heather en se laissant tomber sur la chaise longue. Rassure-moi, il s'agit bien d'un homme ?

Ella dévisagea son amie, songeant que sa visite était peut-être une mauvaise idée. Heather allait prendre ça à la légère, voire s'amuser à ses dépens. Elle avait toujours été aventureuse. Dans leur jeunesse, elle adorait flirter avec les mauvais garçons, elle en avait même épousé un.

— Mais oui, je le lis dans tes yeux ! s'exclama-t-elle, ravie. Il y a un homme là-dessous. Certainement pas Dan Gilmore. Il est aussi excitant que l'eau tiède.

— Non, ce… ce n'est pas Dan, bredouilla Ella. C'est… Reed Conway.

— Reed Conway ? répéta Heather, médusée. Le Reed Conway qu'on a condamné pour le meurtre de son beau-père ?

Ella hocha la tête.

— On l'a libéré hier, n'est-ce pas ? Je suppose par conséquent que tu l'as vu…

Heather agita des doigts impatients.

— Allez, confesse-toi. Par quel hasard l'as-tu rencontré sur...

— Ce n'était pas un hasard. Je me suis arrêtée au garage Conway pour lui parler.

Ella prit l'enveloppe dans son sac, en sortit la lettre qu'elle tendit à son amie.

— Cet après-midi, j'ai trouvé ça sur mon bureau.

D'un coup d'œil, Heather parcourut la missive et émit un petit sifflement.

— Mazette ! Ça ressemble beaucoup aux deux lettres que tu as reçues autrefois. Tu crois que c'est lui qui l'a écrite ?

— Je le pensais.

— Et tu en as discuté avec lui ? Mais pourquoi tu ne t'es pas contentée de prévenir le shérif Frank Nelson ? Ce genre d'affaire concerne la police. Mon Dieu, je n'en reviens pas... À ta place, j'aurais eu une trouille bleue ! Accuser Reed en face...

— Je ne voulais pas que mon père l'apprenne et pique une crise de rage, ni que maman soit complètement bouleversée. Alors j'ai décidé de m'en occuper moi-même.

— Et qu'a répondu Reed ? Explique, Ella... qu'est-ce qu'il a fait ?

— Il a nié.

— Évidemment ! Tu ne t'attendais pas à ce qu'il avoue ?

Ella soupira.

— Après notre entretien, je ne suis plus si sûre qu'il ait écrit cette lettre.

— Ah, ah...

— Comment dois-je interpréter ce « ah, ah » ?

— J'ai la nette impression qu'il s'est passé quelque chose entre Reed et toi, n'est-ce pas ?

Ella opina à nouveau, noua nerveusement ses mains.

— Je suis incapable d'analyser ce qui m'est arrivé. Je ne pouvais plus respirer, je suffoquais, j'avais chaud... Un instant, j'ai cru qu'il allait... m'embrasser.

— Tu plaisantes ?

Heather se pencha et prit Ella par les épaules.

— Écoute-moi. Tiens-toi loin de Reed Conway. Ce type est un fléau. J'ignore à quoi il joue avec toi, mais c'est un jeu dangereux. Il se sert de toi pour se venger de ton père.

— J'en suis consciente, figure-toi. Il n'empêche que… que je ne suis pas restée de marbre. J'avais envie qu'il m'embrasse. Je l'espérais, même.

— Zut alors…

Reed appuya sur la sonnette, puis cogna à la porte. Depuis que le juge Ella Porter avait précipitamment quitté le garage, il était dans un état d'excitation effrayant et tournait comme un fauve en cage.

Dans le bureau de Briley Joe, quand elle le regardait avec ses immenses yeux bruns où il aurait pu se noyer, il avait dû rassembler toute sa volonté pour ne pas l'embrasser. Et, s'il ne se trompait pas, elle ne lui aurait pas refusé ce baiser.

Il frappa à nouveau. La porte s'ouvrit brusquement, un grand sourire éclaira le visage d'Ivy.

— Salut, mon chou ! Tu es en avance, je sors juste de la douche.

Reed la déshabilla du regard. Son court peignoir à fleurs découvrait ses cuisses, laissait entrevoir ses seins. Il la poussa à l'intérieur de l'appartement. Sans un mot, il l'enlaça, la souleva de terre.

Docile, Ivy noua ses jambes autour des hanches de Reed, tandis qu'il l'emportait dans la chambre. Il la coucha sur le lit, se déshabilla, se jeta sur elle. Quand il la pénétra, elle cria de plaisir.

Les paupières closes, il allait et venait en elle. La femme qui ondulait sous lui n'était pas celle qu'il désirait, mais il avait quand même le droit de rêver un peu…

6

Ella décrocha le téléphone à la troisième sonnerie. Ce devait être Heather.

— Allô !

Rien. Silence de plomb. Elle crispa les doigts sur le combiné.

— Qui est au bout du fil ?

Une respiration. Lourde. Un halètement suggestif. Hier, elle avait eu deux appels identiques.

— Si vous avez quelque chose à dire, parlez. Sinon, fichez-moi la paix !

Elle reposa brutalement l'appareil, s'aperçut que ses mains tremblaient. « Du calme ! se tança-t-elle. Ne tombe pas dans le piège. »

Son mystérieux correspondant n'avait encore rien fait qui justifie l'angoisse croissante qu'elle éprouvait. Depuis l'épisode de la lettre, trois jours plus tôt, elle s'interrogeait. Reed en était-il l'auteur, était-ce lui qui se cachait derrière ces appels anonymes ? Bien sûr, la logique voulait qu'il soit le premier suspect, mais elle n'avait aucune preuve valable contre lui.

Si ce n'était pas Reed, alors qui ? Elle avait épluché ses dossiers, revu toutes les affaires qu'elle avait jugées. Aucun des individus qu'elle avait condamnés à subir une peine de prison ne l'avait menacée, n'avait crié à l'injustice.

Soudain, on frappa à sa porte.

— Oui ? dit-elle d'une voix qui chevrotait.

Où était Kelly ? Pourquoi ne faisait-elle pas barrage ?

La figure ronde et souriante de Roy Moses apparut dans l'entrebâillement de la porte. Ella poussa un soupir de soulagement. Consultant sa montre, elle vit qu'il était tout juste huit heures. Kelly n'arrivait pas avant huit heures et demie.

— Bonjour, Roy.

— Bonjour, mademoiselle Ella. J'étais en train de balayer le couloir, et j'ai trouvé ça par terre, devant votre bureau.

Il tenait dans sa main charnue une enveloppe blanche.

— Il y a votre nom dessus.

Elle inspira à fond pour tenter de dénouer la peur qui lui tordait l'estomac. Pourvu que ce ne soit pas un autre message de... *lui*. Elle se leva, s'avança vers Roy.

— Vous êtes drôlement jolie, ce matin.

— Merci, répondit-elle en grimaçant un sourire.

Elle prit l'enveloppe, identique à la première. Seigneur...

— Je vous souhaite une bonne journée, dit Roy en pivotant.

— Moi aussi !

Dès qu'il eut refermé la porte, elle décacheta l'enveloppe, déplia la feuille de papier.

Tu as pensé à moi ? Moi, j'ai pensé sans arrêt à toi. Et si tu savais à quoi je pense, ta petite culotte serait toute mouillée...

Ella ne lut pas la suite. Une nouvelle lettre ordurière, menaçante, pareille à la précédente et à celles que Reed lui avait envoyées autrefois.

Il fallait que ça cesse. Elle ne pouvait plus fermer les yeux. Trois coups de fil anonymes, deux lettres... Elle avait cru être en mesure de gérer seule la situation, mais elle s'était trompée.

Décrochant son téléphone, elle composa le numéro de la maison.

— Résidence Porter…

— Bessie, c'est moi. Mon père est là ?

— Oui, mademoiselle. Il est dans la bibliothèque.

— Je voudrais lui parler.

— Ne quittez pas, je vous le passe…

En entrant au Callahan's, Ella vit son père au bar. Le sourire aux lèvres, il lui fit signe de le rejoindre. Elle se dirigea vers lui, se frayant un chemin parmi les clients du restaurant qui attendaient qu'on les conduise à leur table.

Webb Porter l'étreignit affectueusement.

— Être invité à déjeuner par sa fille, je ne connais rien de plus agréable. Certes, ajouta-t-il avec un clin d'œil, l'idéal serait qu'elle m'invite à son mariage, mais…

— S'il te plaît, papa.

— Que veux-tu, ta mère adore Dan. Elle me tarabuste, me répète sur tous les tons qu'il serait un mari parfait, un père merveilleux… bref. Assieds-moi, ma chérie, notre table sera bientôt prête. Tu bois quelque chose ?

— Un Perrier avec une rondelle de citron, répondit-elle en se juchant sur un tabouret, à côté de Webb. Merci d'être venu. Maman n'est pas fâchée que je t'aie kidnappé ? Je sais que, quand tu es à la maison, elle profite au maximum de ta présence.

Le sourire de Webb s'évanouit.

— Elle estime que je la néglige, j'en suis conscient, malheureusement…

— Non, elle comprend que tu es très occupé, que tu consacres beaucoup d'énergie à ta carrière politique.

— Ta mère n'a pas eu une vie facile. Nous avons tous les deux fait de notre mieux, avec les cartes que le destin nous a données.

Webb acheva son bourbon, en commanda un autre et demanda un Perrier pour Ella.

— Ne t'inquiète pas, j'ai dit à Carolyn que je déjeunais avec toi. Elle était ravie. Elle t'adore, tu le sais.

— Oui, bien sûr, soupira Ella.

Souvent, l'attitude de Carolyn prouvait en effet qu'elle adorait sa fille unique. Cependant il arrivait parfois qu'Ella perçoive chez sa mère une pointe de jalousie. Carolyn, c'était compréhensible, se sentait exclue des nombreux loisirs qu'Ella et Webb partageaient – tennis, golf, natation. Sa frustration causait un profond chagrin à Ella qui redoublait d'efforts, se montrait encore plus attentionnée. Elle aurait sacrifié n'importe quoi pour que sa mère puisse remarcher. Depuis l'enfance, c'était son rêve le plus cher.

— Alors, ma chérie, en quel honneur prends-tu le temps, aujourd'hui, de déjeuner avec ton vieux père ?

Le barman posa devant eux un bourbon et un Perrier. Ella but une gorgée d'eau minérale, toussota.

— Avant tout, je veux que tu me promettes de ne pas te mettre dans tous tes états.

— Tu m'intrigues, princesse. Qu'as-tu donc à me dire ?

Une hôtesse les interrompit.

— Votre table est prête, monsieur le sénateur.

Un instant après, ils étaient installés à la meilleure table du restaurant. Webb choisit le menu, ainsi qu'il le faisait toujours. Ella faillit lui rappeler qu'elle avait trente ans, qu'elle était capable de lire une carte, mais elle garda le silence. Son père ne changerait jamais, et elle l'aimait pour ça. Il était le pilier de son existence, son héros, son meilleur ami. Elle le vénérait.

— Je te jure de rester calme, donc tu peux m'expliquer ce qui te préoccupe. Ça ne concerne pas ta tante Cybil, j'espère ? Ses exploits rendent ta mère malade, je ne t'apprends rien.

— Il ne s'agit pas de Cybil.

Ella extirpa de son sac les deux enveloppes.

— J'en ai reçu une il y a trois jours, l'autre ce matin. J'ai aussi eu trois appels anonymes.

Webb parcourut avec attention la première lettre. Une vive rougeur colora son visage, cependant il ne dit pas un mot. Quand il eut achevé la lecture de la deuxième, il glissa les feuillets dans la poche intérieure de son veston.

— Pourquoi ne m'en as-tu pas parlé plus tôt ? articula-t-il.

— Je... j'ai pensé que...

— Tu sais qui t'a envoyé ça, n'est-ce pas ? Mais s'il croit qu'il s'en tirera comme ça, il commet une lourde erreur ! enchaîna Webb d'une voix qui enflait. Je vais le réexpédier en prison !

— Papa, on ne peut pas affirmer avec certitude qu'il...

— Bien sûr que c'est Reed Conway ! Qui d'autre ?

Leurs voisins commençaient à leur lancer des coups d'œil surpris. Gênée, Ella posa la main sur celle de son père.

— Calme-toi. On nous observe.

Plaquant sur ses lèvres son sourire de politicien, Webb salua d'un hochement de tête les gens qui les entouraient.

— Si jamais ce type t'approche, je le tuerai ! marmonna-t-il.

— Je craignais que tu réagisses de cette manière. Voilà pourquoi j'hésitais à t'en parler.

La serveuse s'approcha, chargée d'un plateau.

— Je vous souhaite un bon appétit, monsieur le sénateur.

— Merci.

Il planta son couteau dans le pavé de bœuf saignant, mastiqua une bouchée de viande.

— Je me charge de tout ça. Après le déjeuner, je passerai voir Frank Nelson. Je te garantis que Reed Conway ne t'ennuiera plus.

— Tu n'as aucune preuve qu'il est l'auteur de cette lettre. Or, sans preuve, Frank est impuissant.

— Foutaises ! Il fera analyser les empreintes qui sont sur les lettres. Et en attendant les résultats, il convoquera ce garçon pour lui flanquer la peur de sa vie.

— Papa, rétorqua-t-elle à contrecœur, il trouvera les empreintes sur la première lettre.

Elle ne souhaitait pas expliquer pourquoi, cependant elle n'avait pas le choix : elle devait avouer la vérité, ou son silence risquait de condamner un homme peut-être innocent.

— Comment le sais-tu ? demanda Webb, fixant sur elle des yeux rétrécis.

— J'ai montré cette lettre à Reed, le jour où je l'ai reçue.

— Tu… quoi ?

— Ne parle pas si fort, on nous regarde.

— Je m'en fiche !

Webb reposa brusquement ses couverts qui tintèrent sur l'assiette en porcelaine de Chine.

— Tu essaies de me dire que tu…

— Il m'a juré qu'il n'était pas responsable, coupa-t-elle. Et aussi étrange que ça puisse te paraître, je… je le crois.

— Tiens-toi loin des individus dans son genre, ma petite fille. Tu m'entends ? Je te pensais plus perspicace. Tu ne sais donc pas qu'il est prêt à tout pour m'atteindre à travers toi ?

— Si, naturellement, j'en suis consciente. Il te considère comme son pire ennemi, il voudrait se venger de toi, néanmoins…

— Promets-moi de ne plus jamais te trouver sur son chemin.

— Mais, papa…

— Promets-le-moi, nom d'une pipe !

— Bon, je… tu as ma parole.

Ella avait dû recevoir la deuxième lettre. Voilà pourquoi elle déjeunait avec son père au Callahan's. Elle avait prévenu son cher papa. Chère petite Ella. Se servir d'elle était presque trop facile. Et maintenant, Webb allait courir chez le shérif Frank Nelson.

Un rire s'éleva dans la pièce. Un rire satisfait. Tourmenter Webb était un tel plaisir... Il était grand temps que le sénateur souffre un peu. Or songer que sa précieuse fille, la prunelle de ses yeux, était en danger le plongerait à coup sûr dans une atroce angoisse.

Ella n'était pas vraiment en danger. Pas maintenant. Pas encore. Il fallait bien que chacun survive, se protège, fasse le nécessaire pour savourer enfin les délices de la vengeance.

Quelques pas pour rejoindre l'ordinateur sur la table. Un message supplémentaire, identique aux autres. Ensuite on doublerait la mise, pour affoler davantage la fille du sénateur.

— Je veux que tu te rendes sur son lieu de travail, au garage de son cousin, et que tu le sommes de laisser ma famille – ma fille surtout – en paix.

Frank Nelson observait Webb Porter, le vieil ami de son père, qui arpentait le bureau de long en large. Jamais il ne l'avait vu dans un tel état d'agitation. Si on touchait à Ella, il réagissait comme n'importe quel papa poule qui préserve sa couvée. À ceci près qu'il avait beaucoup de pouvoir et d'influence.

— Je peux seulement lui donner un avertissement officieux. Je ne suis pas en mesure de prouver que c'est bien lui qui harcèle Ella.

— Bien sûr que c'est lui !

— Oui, mais sans preuve...

— Il y a quinze ans, ce garçon était déjà pire que le choléra, et il ne s'est pas amendé, loin de là. Il ne mérite pas la mère qu'il a.

— Je suis d'accord avec vous, sénateur. Judy Conway est une brave femme, et Dieu sait qu'elle a eu sa part d'épreuves...

Webb s'éclaircit la gorge.

— Judy fait quasiment partie de notre famille. Elle travaille pour Jeff Henry et Cybil depuis des lustres.

Frank tapota les lettres posées sur son bureau.

— Je les garde. Tout à l'heure, j'irai au garage Conway. J'aurai une petite discussion avec Reed.

— Merci, Frank. Je savais que je pouvais compter sur toi.

Judy prit congé de Carolyn Porter et s'en fut sur la pointe des pieds, tandis que Viola soulevait l'infirme dans ses bras et la recouchait sur le lit.

Judy referma la porte sans bruit. Elle plaignait et enviait à la fois Carolyn, comme tout le monde en ville. La malheureuse était invalide depuis plus de trente ans. Judy évitait la demeure des Porter, hormis quand elle n'avait pas le choix. Il y avait trop de rancœur entre les Porter et les Conway. Mais parfois, comme aujourd'hui, Jeff Henry lui commandait d'apporter à sa belle-sœur, qui en raffolait, du pain chaud tout juste sorti du four.

Judy aurait préféré le donner à Bessie, dans la cuisine, cependant la gouvernante était allée au marché. C'était Viola qui l'avait fait entrer. Carolyn avait demandé qui était là et insisté pour que Judy monte la voir.

— Je sors rarement, surtout par cette chaleur, avait-elle dit. Je suis ravie d'avoir de la visite. Asseyez-vous, bavardons un moment.

Le simple fait d'être face à l'épouse de Webb Porter avait mis Judy mal à l'aise, cependant elle était restée une vingtaine de minutes. Comme d'habitude, Carolyn s'était montrée charmante. Une vraie dame du Sud. Mais, comme d'habitude aussi, Judy avait perçu chez elle une indéfinissable tension.

Elle descendait l'escalier de service, quand elle vit Webb devant elle, qui montait les marches. Son cœur fit un bond dans sa poitrine. Elle avait espéré ne pas le rencontrer. Que dire ? Comment se comporter ?

— Judy...

— Bonsoir, Webb.

— Que faites-vous ici ?

— Jeff Henry m'a demandé d'apporter du pain chaud à Carolyn.

Il s'immobilisa, elle continua à descendre. Quand elle passa près de lui, il tendit la main puis la laissa retomber sans la toucher.

— J'aimerais vous parler, Judy.

— Je crois que nous n'avons rien à nous dire.

— S'il vous plaît, juste un instant.

Elle s'obligea à le regarder dans les yeux et le regretta aussitôt. Il la fixait d'un air suppliant.

Ne tombe pas dans le panneau. Webb Porter sait comment charmer et attendrir une femme. N'oublie pas qu'il est l'ennemi de ton fils.

— Qu'y a-t-il ?

— Vous voulez bien m'accompagner dans mon bureau ?

— Non, je préfère la cuisine.

— Bon, d'accord...

Il la suivit dans la cuisine. Elle se campa près de la porte.

— Alors, que se passe-t-il ?

— Depuis que Reed a été libéré, Ella a reçu deux lettres obscènes et trois coups de fil anonymes.

Judy ravala un cri.

— Vous pensez que c'est Reed qui lui a écrit et téléphoné ?

— Oui, j'en suis persuadé.

— Vous vous trompez. Comme vous vous êtes trompé il y a quinze ans, quand Junior a été assassiné.

— Vous êtes la mère de Reed, je comprends que vous le défendiez.

— Et vous, vous êtes celui qui l'a jugé pour meurtre. Moi, je vous affirme que Reed veut seulement qu'on lui donne une deuxième chance. Il ne fera rien de mal.

— Je souhaite que vous ayez raison. Mais vous devriez lui conseiller de ne pas s'approcher d'Ella.

— De ne... Vous prétendez que Reed importune votre fille ?

— Ils se sont rencontrés, et Ella est très perturbée.

— Comment ça, ils se sont rencontrés ?

— Quand elle a eu la première lettre, elle est allée lui parler.

— Ah, je vois... rétorqua Judy en pointant le menton. Si vous craignez que Reed la contamine, vous devriez conseiller à votre fille de ne pas s'approcher de mon fils.

Sur ces mots, Judy sortit précipitamment. Ses tempes bourdonnaient, son cœur cognait. Que Webb Porter soit maudit, qu'il aille rôtir en enfer...

Webb resta un moment figé. Il n'avait pas voulu la bouleverser, il avait eu tort de lui parler. Durant le procès de Reed, Judy avait défendu son fils bec et ongles. Il se souvenait encore du soir où elle était venue le supplier de faire en sorte que la police cherche ailleurs l'assassin de son mari.

— Ce n'est pas Reed qui l'a tué. Je vous le jure sur ma vie. Reed l'a assommé, d'accord. Mais ce n'est pas lui qui est revenu plus tard, quand Junior était inconscient, pour l'égorger.

Webb aurait souhaité l'aider, plus qu'elle ne l'imaginait. Cependant comment l'aurait-il pu, alors que tout accusait Reed ? Lui aussi méprisait Junior Blalock. Jamais il n'avait compris pourquoi Judy s'était mariée avec cet ivrogne. Certes, élever seule deux enfants était difficile, mais épouser Junior n'avait pas réglé ses problèmes, bien au contraire. Ce type était une ordure qui battait sa femme, et un pédophile. Webb grimaça en songeant qu'il avait tripoté la petite Regina. Si, à l'époque, il s'était douté que Junior avait tenté de violer cette enfant, il ne savait pas comment il aurait réagi.

Tu l'aurais tué, probablement.

— Oui, je l'aurais tué, marmonna-t-il entre ses dents.

Soudain, l'interphone grésilla.

— Webb ? Si tu es là, mon chéri, tu veux bien monter ? Je ne t'ai pas vu depuis le petit-déjeuner.

Naguère, la voix douce de Carolyn, teintée d'un suave accent du Sud, l'enchantait. À présent, cette voix l'exaspérait. Parfois, il ne supportait même pas d'être dans la même pièce que son épouse. Elle était si geignarde, si... collante et dans une telle demande... Il l'avait aimée, mais cela datait de longtemps. Maintenant, il avait pitié d'elle. Il restait à son côté par devoir. Carolyn ne l'ignorait pas. Pourtant cela ne semblait pas la déranger, du moment qu'elle demeurait Mme Webb Porter. Elle affirmait aimer son mari et, d'une certaine manière, peut-être était-ce vrai.

Une seule chose les unissait profondément : l'affection qu'ils vouaient à Ella, l'unique élément positif de leur existence. Pour Webb, cela se doublait cependant d'une obsession, d'une question lancinante : quels seraient les sentiments de Carolyn à l'égard de leur fille adoptive, si elle découvrait la vérité sur sa naissance ? La haïrait-elle ? Il se rassurait en se disant que cela ne se produirait pas. L'avocat des Porter, Milton Leamon – le cousin de Webb – avait veillé à ce que l'adoption soit une affaire exclusivement privée. Et Ella, Dieu merci, n'avait jamais exprimé le souhait de rechercher son père et sa mère biologiques.

— Webb ? appela à nouveau Carolyn.

Les épaules voûtées, il gravit les marches de l'escalier de service. Quand il atteignit la chambre de Carolyn, il hésita, puis frappa à la porte. Viola apparut et darda sur lui un regard sévère. Elle avait l'allure d'un sergent, revêche et irritante. Mais elle était dévouée corps et âme à Carolyn. Sans elle, il ne savait pas ce qu'il serait devenu pendant ces trente dernières années.

— Entrez, monsieur Porter, déclara-t-elle en s'effaçant. Mme Carolyn a hâte de vous voir.

Viola les laissa seuls. Carolyn était assise dans son lit, adossée aux oreillers immaculés. Elle était encore ravissante, et il faisait de son mieux pour se montrer tendre et attentionné. Il lui arrivait quelquefois de partager sa couche. Malheureusement, la paralysie de Carolyn l'empêchait d'avoir des relations sexuelles pleinement satisfaisantes, leurs moments d'intimité ne leur apportaient pas de réel plaisir. S'il l'avait aimée, c'eût été différent. Mais il n'aimait plus son épouse depuis trente ans. Les gens, s'il le leur avait avoué, auraient pensé que c'était à cause de l'infirmité de sa femme. Ils auraient eu tort.

— Te voilà enfin, mon chéri. Où étais-tu donc ? Viola t'a entendu parler à Judy Conway, dans l'escalier. Elle est partie ?

— Oui.

— Quelle femme charmante, n'est-ce pas ?

— En effet.

Carolyn tapota le drap.

— Viens là.

Il s'approcha, s'assit au bord du lit.

— Tu as passé une bonne journée ? s'enquit-il.

— Une journée pareille aux autres. Et toi ? Tu étais content de déjeuner avec Ella ?

Comment répondre sincèrement à cette question sans mentionner les lettres ? Or, si Carolyn en était informée, cela la bouleverserait.

— Je suis toujours heureux de passer un moment avec notre fille.

— Nous pouvons être fiers d'elle, n'est-ce pas ?

— Oui, nous l'avons bien élevée. Tu as été une mère parfaite.

— Merci, Webb. Penser que je n'ai pas tout raté me réconforte.

— Carolyn, s'il te plaît…

— Excuse-moi, je retire mes paroles, inutile de gâcher des instants aussi exquis.

— Tu dîneras avec nous ?

— Oui, sans doute… si tu es là. Tu n'as pas d'autres projets pour ce soir ?

— Non.

— Webb ?

— Hum…

— De quoi as-tu parlé avec Judy ?

Il perçut dans sa voix une note de jalousie. Au début de leur mariage, elle était effroyablement jalouse – un trait de caractère qui le rendait fou, d'autant plus qu'à l'époque il était un mari fidèle. Si elle était encore rongée par la jalousie, elle avait appris à le dissimuler. Elle le soupçonnait d'avoir des liaisons, mais elle gardait le silence. Entre eux, c'était un sujet tabou.

— Je lui ai parlé de Reed.

— Bien sûr… De quoi pourriez-vous parler, tous les deux, sinon de son fils ? Je suppose qu'il te hait autant qu'autrefois ?

— Probablement.

— Espérons qu'il ne mettra pas à exécution les menaces qu'il a formulées à l'époque, rétorqua-t-elle en lui caressant la main. Si quelque chose vous arrivait, à toi ou à Ella, je ne le supporterais pas. Vous êtes toute ma vie. Tu le sais, mon chéri ?

— Je le sais, Carolyn.

Il se pencha et baisa sa joue satinée.

— Ne t'inquiète pas, ma chérie. Reed Conway ne s'en prendra ni à moi ni à Ella.

— Mais que se passerait-il si ce garçon…

Il lui posa un doigt sur les lèvres.

— N'en dis pas plus, ne t'agite pas. Crois-moi, je ferai tout ce qu'il faut pour empêcher Reed de semer le désordre dans notre vie.

7

En entendant un crissement de freins sur le parking du garage, Reed, courbé sous le capot d'une Pontiac dont il vérifiait le filtre à air, tourna la tête. Une Thunderbird 1957, décapotable. Une petite splendeur.

La femme qui en sortait n'était pas mal non plus. Il l'aurait reconnue entre mille. Elle avait étonnamment peu changé. Quel âge pouvait-elle avoir, à présent ? Près de cinquante ans, pourtant on lui en donnait trente-cinq. De loin, en tout cas. Menue, mais avec des formes appétissantes qui remplissaient à merveille son pantalon rouge et son débardeur rouge et blanc. Ses épais cheveux noirs étaient coupés à la dernière mode, des créoles brillaient à ses oreilles.

Elle s'avança vers l'entrée du garage, baissa sur son nez ses lunettes de soleil pour observer Reed. Puis elle agita la main.

— Bonjour, Reed ! s'exclama-t-elle avec un sourire éblouissant. Vous êtes de retour parmi nous, tant mieux.

— Bonjour, madame Carlisle.

À cet instant, Briley Joe ouvrit la porte du bureau et vint accueillir leur cliente.

— Bonjour, madame Carlisle, dit-il en la détaillant d'un air appréciateur.

— Je suis contente de vous voir. Mon moteur ne tourne pas rond, figurez-vous.

— Entrez, nous allons discuter de tout ça.

Il s'effaça pour la laisser passer et, avant de refermer la porte, adressa un clin d'œil à Reed.

Celui-ci étouffa un petit rire, secoua la tête. Avoir une aventure avec l'épouse de Jeff Henry Carlisle, c'était de la folie. Reed comprenait que Briley Joe soit fasciné par cette femme, mais de là à risquer sa peau... Chaque jour on lisait dans le journal qu'un mari offensé et enragé avait tiré sur l'amant de sa moitié. Or un homme aussi fortuné que Jeff Henry était du genre à engager quelqu'un pour exécuter la sale besogne à sa place.

Reed n'avait jamais apprécié Jeff Henry. Trop snob, collet monté, hypocrite. Il supportait mal que sa mère travaille encore chez lui. Quand il était tout jeune, combien de journées avait-il passées à se morfondre dans la cuisine, obligé de rester assis sur une chaise et de se taire, parce que Jeff Henry ne tolérait pas les enfants bruyants ? Une enfant avait pourtant tous les droits chez les Carlisle : la petite princesse, Ella Porter. Elle était autorisée à jouer, à caracoler dans toutes les pièces, à grimper sur les genoux de son oncle. Au début, il l'avait enviée. Ensuite – après la naissance de Regina – il l'avait détestée. Il s'était mis dans la tête que Jeff Henry était le père de sa sœur cadette, et il ne comprenait pas pourquoi ce dernier ne la prenait pas dans ses bras pour lui lire des histoires, ne lui permettait pas de s'amuser et de courir dans la maison.

À douze ans, il avait réalisé que l'employeur de Judy n'était sans doute pas le père naturel de Regina. À cette époque, quelques jours avant son mariage avec Junior Blalock, Judy avait embrassé Webb Porter. Reed les avait surpris dans le jardin des Carlisle. Il n'était qu'un gamin, mais il savait faire la différence entre un baiser amical et une étreinte passionnée. Webb avait imploré Judy, d'une voix assez forte, de ne pas épouser Junior. Reed n'avait pas pu s'approcher suffisamment pour entendre ce que murmurait sa mère car, à cet instant, Ella avait appelé Webb.

À l'adolescence, Reed avait osé demander à Judy qui était le père de Regina. Elle avait répondu que cela ne le regardait pas. Ce n'était ni Jeff Henry ni Webb Porter, affirmait-elle. Avoir donné naissance à un enfant illégitime, alors que tout le monde la considérait comme une femme respectable, avait dû être une terrible épreuve. Mais pas une seconde elle n'avait envisagé d'avorter, elle était trop croyante.

Reed s'essuya le front d'un revers de main. La sueur dégoulinait dans son dos et trempait son tee-shirt. La mécanique n'était pas un métier de tout repos, surtout par une journée aussi caniculaire. Il crevait de chaleur, il était crasseux et fatigué, pourtant il se sentait bien. Il était libre et, dans l'immédiat, cela seul comptait. Certes, il n'avait pas l'intention de passer sa vie dans ce garage, ni même dans cette ville. Mais il ne pouvait pas faire de projets d'avenir tant qu'il n'aurait pas évacué le passé, autrement dit découvert le véritable assassin de Junior et recouvré son honneur.

Qu'es-tu prêt à risquer pour atteindre ton but ? Un faux pas, et tu retournes en cellule. Si tu t'avises de toucher un cheveu de la princesse Ella, Webb Porter aura ta peau.

Il avait établi une liste de suspects potentiels : tous ceux, outre sa mère et lui, qui avaient un motif de souhaiter la mort de Junior Blalock. Jeff Henry Carlisle et Webb Porter figuraient en tête de cette liste, même si Mark Leamon lui répétait que ni l'un ni l'autre n'était capable de tuer ou de laisser un adolescent innocent croupir en prison pendant des années.

Soudain, des bruits évocateurs lui parvinrent depuis le bureau. Aussitôt son imagination se mit à battre la campagne. L'image d'Ella s'imposa à son esprit. Trois jours plus tôt, ils étaient seuls tous les deux dans la pièce où, en ce moment, Briley Joe obtenait sans doute de Cybil ce que Reed désirait avoir d'Ella.

Bon sang… Il devait arrêter de penser à la fille du sénateur. Pour lui, Ella était le fruit défendu.

— Je t'ai manqué ? demanda Briley Joe, en saisissant les mains qui s'acharnaient sur la fermeture Éclair de son jean. Si on se voyait plus souvent, tu ne serais pas si pressée.

— Tu n'aimes pas que je sois pressée ?

— Chez toi, tout me plaît, répondit-il avec son sourire à fossettes. Tu le sais. Mais ce serait bien de passer plus d'une demi-heure ensemble, tu ne trouves pas ?

Elle réprima un mouvement d'impatience. Il ne pouvait donc pas se taire ? Elle n'avait pas envie de discuter, elle ne souhaitait pas une relation romantique, amoureuse ou même amicale. Elle demandait à ce mécanicien couvert de cambouis ce qu'elle avait demandé aux autres hommes, plus ou moins séduisants, qu'elle avait connus au fil des ans. Quelques minutes d'apaisement. Et elle tenait à ce que son cher mari ne l'ignore pas.

— Si nous restons là-dedans trop longtemps, Reed devinera ce que nous fabriquons.

Comme il détournait les yeux, elle fronça les sourcils.

— Ah non ! Il est au courant, tu lui as tout raconté !

— Il se taira.

— Il a intérêt !

Elle s'était toujours débrouillée pour que ses nombreuses aventures ne déclenchent pas de scandale. Les gens s'interrogeaient peut-être sur sa moralité, mais ils n'avaient que de vagues rumeurs à se mettre sous la dent.

Seuls les membres de sa famille savaient qu'elle collectionnait les conquêtes : sa sainte-nitouche de sœur, son beau-frère qui n'avait rien d'un saint, et son tendre époux Jeff Henry qui la détestait. Mais elle préférait cette haine à l'indifférence. Au moins, il éprouvait quelque chose pour elle.

Autrefois, elle avait désespérément tenté de se faire aimer de lui, avant de comprendre qu'il ne pouvait aimer qu'une femme au monde. Depuis l'enfance, Jeff Henry était en adoration devant Carolyn. Lorsqu'elle s'était mariée avec Webb, il en avait eu le cœur brisé. Puis, quand il avait admis que ce mariage durerait, il avait demandé la main de Cybil. Et la jeune idiote qu'elle était avait dit oui. En moins de six mois, elle avait réalisé qu'elle n'était qu'un succédané. Jeff Henry, lui, avait rapidement découvert qu'elle n'était pas la copie conforme de sa sœur aînée.

Le contact des mains calleuses de Briley Joe sur sa peau la ramena au moment présent. Elle se pressa contre lui. Elle n'avait pas eu de relations avec son mari depuis près d'un an – Jeff Henry en avait décidé ainsi. Pourtant, même s'ils se méprisaient, ils pouvaient encore satisfaire leurs pulsions dans le lit conjugal. Elle était consentante, lui ne l'était plus. Elle se demandait souvent s'il trouvait son plaisir au chevet de Carolyn, en lisant des poèmes à la pauvre invalide.

Si son époux l'avait aimée, elle et non sa sœur, elle n'aurait pas cherché ailleurs. Des années auparavant, elle avait eu la stupidité de croire que, si elle le trompait, il en serait blessé et s'apercevrait qu'il tenait à elle. Mais il s'était borné à lui dire :

— Si tu continues, tu vas t'attirer des ennuis. En admettant que tu n'attrapes pas une sale maladie, tôt ou tard, un de ces types que tu choisis parmi le rebut de la société te tordra le cou.

Cela n'avait pas tardé, en effet. Quinze ans plus tôt, elle avait eu une désastreuse aventure avec Junior Blalock. Il l'avait battue, meurtrie. Cet infâme salaud adorait faire mal. Comment Judy avait-elle pu rester mariée avec lui ? Mystère. C'était un bon amant, d'accord, mais infiniment trop brutal, même pour Cybil.

Elle s'était retrouvée aux urgences, un soir. Quand Jeff Henry l'avait rejointe, il était livide. Furibond. Contre qui, Junior ou elle ? Elle se posait encore la question. Ce n'était pas lui, cependant, qui était allé voir Junior pour le sommer de ne plus la toucher. C'était son beau-frère, ce bon vieux Webb. Il avait toujours été gentil et affectueux avec elle. Ils se comprenaient. En réalité, ils se ressemblaient. Piégés tous les deux dans un mariage malheureux, chacun portant au fond de son cœur un lourd secret.

Briley Joe lui prit les seins, les soupesa comme des fruits mûrs, mordilla ses mamelons. Une onde brûlante la parcourut.

— Dis-moi que tu me veux, murmura-t-il d'une voix rauque.

Elle l'agrippa par les hanches.

— Tu me fais l'amour ou tu comptes m'abrutir de discours toute la journée ?

D'un revers de main, il débarrassa le bureau des paperasses qui l'encombraient et la jucha sur la table. Les yeux plantés dans ceux de Cybil, il lui écarta les jambes, libéra son sexe turgescent.

— Tu es une vraie garce, souffla-t-il en la pénétrant d'un coup de reins.

Ils s'accouplèrent comme des animaux. Sauvages, haletants. Cybil jouit la première et noya son cri dans la bouche avide de son amant. Il renversa la tête en arrière, émit un feulement qui résonna dans la pièce minuscule. Puis il l'étreignit, lui couvrit le visage de baisers.

— C'était bon… tellement bon.

Laisse-moi partir. Surtout, ne sois pas doux et tendre avec moi. Ce n'est pas ce que je veux de toi. Je te l'ai pourtant dit : je ne veux que ça, du sexe.

Elle s'écarta brusquement, il n'essaya pas de la retenir. Tandis qu'elle ramassait ses vêtements, elle ne put s'empêcher de l'observer du coin de l'œil. Elle lui avait à moitié déchiré sa chemisette. La sueur coulait sur sa poitrine. Il était bronzé, musclé et velu comme un singe. Malgré tous ses efforts pour les nettoyer, il avait toujours sous les ongles une trace de cambouis. L'antithèse absolue de Jeff Henry, le gentleman au teint clair, né avec une cuillère d'argent dans la bouche.

Elle devait partir d'ici avant que le désir ne la reprenne. Rester plus longtemps serait déraisonnable. Les gens se demanderaient ce que Cybil Carlisle fabriquait au garage Conway, et quel problème mécanique pouvait bien justifier un si long entretien avec Briley Joe. Elle n'avait fait l'amour avec lui dans ce bureau qu'une fois, un jour où elle était furieuse contre son mari. En principe, elle rencontrait ses amants dans des lieux isolés où on ne risquait pas de la surprendre. Mais, quelquefois, elle éprouvait le besoin de tenter le diable. Dans ces moments-là, une part d'elle, la plus sombre, souhaitait que toute la ville sache à quelles activités elle se livrait sur la table bancale du bureau miteux de Briley Joe Conway.

Elle enfila son pantalon, rajusta son débardeur.

— Il faut que j'y aille.

— Je te reverrai quand ?

— Je t'appellerai, mon grand.

Elle lui sourit, franchit le seuil et se dirigea vers sa voiture. Reed Conway la suivit des yeux, elle sentait son regard sur elle. Comment Briley Joe réagirait-il, si elle jetait son dévolu sur son cousin ? Reed était un peu jeune pour elle, mais si elle calculait bien, il devait avoir trente-trois ans. Quinze ans de moins qu'elle. Quelle importance ?

Non… Reed était le fils de Judy, or elle ne voulait pas faire de la peine à sa gouvernante. Cette pauvre femme n'avait que trop souffert. Reed était tentant, néanmoins elle n'y toucherait pas. Pour Judy.

Cybil se glissa au volant de sa Thunderbird, prit dans son sac un miroir de poche et s'examina. Elle grimaça. La bouche vorace et les grosses pattes de Briley Joe avaient gâté son maquillage, ébouriffé ses cheveux. On n'avait aucun mal à deviner qu'elle sortait des bras d'un homme.

Un petit rire triste monta dans sa gorge. Jeff Henry le remarquerait-il quand elle rentrerait à la maison ? Et, s'il le devinait, s'en soucierait-il ?

Reed baissa le capot de la Pontiac, extirpa un chiffon de sa poche revolver et s'essuya les mains, les yeux rivés sur la Thunderbird qui s'éloignait. Cybil Carlisle avait-elle l'intention de réintégrer son foyer avec cette tête-là ? Elle croyait peut-être que son mari était aveugle ?

Soudain, Reed se crispa. Une voiture de police s'engageait sur le parking. « Ne pense pas tout de suite au pire », se dit-il. Briley Joe avait un contrat avec la mairie pour l'entretien de tous les véhicules municipaux.

L'homme qui descendit de la voiture était grand, maigre. Pas un poil ne dépassait de sa moustache et de sa barbe brun-roux, de la même nuance que ses cheveux. Son uniforme, sa casquette et ses chaussures étaient impeccables. Malgré la chaleur estivale du Sud, on ne distinguait pas la moindre trace de transpiration sur ses vêtements. Il semblait avoir à peu près l'âge de Reed.

Ils se dévisagèrent un instant, puis le policier lui fit signe de s'approcher. Reed ravala un soupir.

Il s'avança et, brusquement, le reconnut. Frank Nelson. Au lycée, ils étaient rivaux, quoique sans hostilité. Frank était le capitaine de l'équipe de base-ball, et le fils du shérif du comté. Reed avait entendu dire que Frank avait succédé à son père. Par conséquent, il n'était sans doute pas là pour lui souhaiter la bienvenue. On avait lâché les chiens contre lui. Mais qui ? Et pourquoi ?

Webb Porter, évidemment. Il n'a qu'à claquer des doigts pour que les autorités locales se précipitent.

— Comment ça va, Reed ?

Celui-ci nota que d'imperceptibles gouttes de sueur luisaient sur le visage du policier. Il n'était donc pas insensible à la température ambiante. Il transpirait, lui aussi, comme tout le monde.

— Jusqu'ici, j'allais bien.

Frank prit un mouchoir soigneusement plié dans sa poche, se tamponna le front.

— Tu as écrit des lettres, récemment ?

— Non.

C'était donc le motif de cette petite visite de courtoisie. Mlle Ella avait alerté le shérif. Et lui qui s'était imaginé qu'elle lui accorderait un peu de répit. Oh, ce n'était pas la première fois qu'il se trompait sur quelqu'un, et ce ne serait sans doute pas la dernière !

— Le juge Porter a reçu deux lettres passablement obscènes depuis ta sortie de Donaldson. Elles ressemblent beaucoup à celles que tu lui as envoyées quand tu étais en prison. Étrange coïncidence, non ?

— Très étrange, je le reconnais. Mais ce n'est qu'une coïncidence.

Reste calme. Pense que tu es en liberté conditionnelle.

— Alors tu prétends ne pas être l'auteur de ces messages et ne pas avoir passé de coups de fil anonymes au juge ?

— Quand elle a reçu la première lettre, elle est venue ici me la montrer. Je lui ai affirmé que je n'y étais pour rien. Je le maintiens.

— J'aimerais te croire, Reed, seulement…

— Vous avez des preuves contre moi ?

— Hein ? Euh… non, mais le sénateur Porter…

— C'est donc le sénateur Porter qui vous a chargé de me savonner la tête ? Eh bien, dites-lui qu'il en faut davantage pour me faire peur.

— Tu aurais intérêt à ne pas marcher sur les pieds de Webb Porter. Si tu t'en prends à sa fille, il t'arrachera les tripes et les donnera à manger aux vautours.

— Si je voulais m'en prendre à sa fille, je ne perdrais pas mon temps à écrire des lettres.

— Bon Dieu, Reed, tu vas t'attirer des ennuis !

Frank haussa ses épaules osseuses et poussa un soupir écœuré.

— Bref, laisse Ella Porter tranquille.

— Je n'oublierai pas votre conseil.

— Considère que c'est un avertissement.

Reed esquissa un sourire. Il intimidait ses congénères et ne l'ignorait pas. Plus que sa stature, c'étaient son assurance, sa désinvolture qui tenaient les autres à distance. En prison, il avait eu affaire à des individus infiniment plus redoutables que Frank Nelson.

Ce dernier pivota et, raide comme un piquet, regagna sa voiture. À l'instant où il démarrait, Briley Joe surgit au côté de son cousin.

— Qu'est-ce qu'il te voulait ?

— Me donner un avertissement.

— À quel sujet ?

— Si je n'arrête pas d'embêter Ella Porter, je me retrouve à la case départ.

Les yeux de Briley Joe s'arrondirent.

— Tu l'as revue ?

— Non. Pas encore.

8

Dan Gilmore la raccompagna jusqu'au perron. Peut-être devrait-elle le prier d'entrer quelques minutes... Après le concert dans le parc, il avait laissé entendre qu'il serait heureux qu'elle vienne chez lui. Non, en réalité, il ne s'était pas contenté d'une simple allusion. Il lui avait carrément proposé de passer la nuit avec lui.

— Tu ne penses pas qu'il est temps que notre relation évolue ? avait-il demandé. Nous nous fréquentons depuis près d'un an et...

— Et tu estimes qu'il est temps que nous couchions ensemble.

Il avait un peu bafouillé, puis avait dit qu'il tenait à elle et envisageait le mariage. Cependant il préférait ne pas se précipiter, son divorce avait été traumatisant, et caetera.

— J'apprécie notre relation telle qu'elle est, Dan. Pardonne-moi, mais je ne suis pas encore prête à aller plus loin.

« Lâche ! se fustigeait-elle, à présent que la soirée était terminée. Tu aurais dû lui dire que tu ne franchiras jamais le pas avec lui. Tu aurais dû lui avouer : je t'aime beaucoup, mais je ne suis pas amoureuse de toi. »

Tandis qu'elle cherchait sa clé dans son sac, il la prit par la taille.

Embrasse-le, c'est ce qu'il attend.

Il l'attira contre lui, s'empara de sa bouche. Elle s'efforça de répondre à ce baiser, sans enthousiasme.

Une part d'elle aurait voulu ressentir une étincelle de désir. Si elle épousait Dan, ses parents seraient ravis, surtout sa mère. Elle avait trente ans, elle était toujours célibataire et les hommes ne se jetaient pas à ses pieds. D'accord... Mais ce n'était quand même pas une raison pour passer sa vie entière avec un être qu'elle n'aimait pas. Même si Carolyn le considérait comme le mari idéal.

Dan s'écarta, lui saisit la main.

— On dîne ensemble demain soir ?

Refuse ! Mets un terme à cette mascarade, tout de suite. Ça ne servira qu'à vous rendre malheureux tous les deux.

— Je... oui, entendu.

— Je viens te chercher à dix-huit heures ?

— Hum... marmonna-t-elle en s'arrachant un sourire.

— Tu veux que je t'ouvre la porte ? suggéra-t-il, montrant la clé qu'elle serrait entre ses doigts.

— Non, ce n'est pas la peine. Tu peux y aller, ne t'inquiète pas.

Elle le regarda rejoindre sa Lexus, au bout de l'allée. Le sourire toujours plaqué sur ses lèvres, elle agita la main quand il démarra. Dès qu'il eut disparu au coin de la rue, elle remit la clé dans son sac, descendit les marches du perron et contourna la demeure pour pousser le portillon menant au jardin.

Elle se sentait nerveuse, mélancolique et étrangement frustrée. Une brise tiède lui caressait le visage. Le ciel était clair, clouté d'étoiles éparpillées autour d'une lune presque ronde. Elle passa sous la tonnelle de glycine, suivit le petit chemin dallé qui conduisait à la gloriette de style victorien. Une profusion de plantes disposées en parterres symétriques et somptueusement colorés le flanquait : asters, bégonias, géraniums-lierres, lis jaunes et rouges, capucines, hortensias, rhododendrons, lavandes.

Des réverbères anciens éclairaient le tout. La résidence avait été reconstruite au début du XXe siècle, après l'incendie qui avait totalement dévasté les lieux. C'était cependant la grand-mère d'Ella, la première Eleanor Porter – une passionnée du jardinage – qui avait conçu et réalisé ce jardin à la fin des années 1930, peu après son mariage.

Ella soupira. Cette nuit semblait faite pour les amants, pour prendre un bain de minuit dans la piscine, et faire l'amour jusqu'à ce que la lune disparaisse et qu'un nouveau jour commence.

« Pauvre idiote romantique ! » se gourmanda-t-elle. Il n'y avait pas de prince charmant alentour, brûlant de l'enlacer, pas de gentleman du Sud, comme il en existait jadis, prêt à tomber à ses genoux. Elle n'avait qu'un homme dans sa vie : Dan Gilmore, un garçon charmant et ordinaire, qui l'ennuyait à mourir.

L'air était saturé de parfums. Elle inspira profondément, entra dans la gloriette et, s'asseyant sur la balancelle d'osier blanc, se laissa bercer. Sur cette terre, c'était l'endroit qu'elle préférait entre tous. Elle y avait tant de souvenirs heureux... Les longues conversations avec son père, les après-midi ensoleillés de son enfance, lorsque Cybil lui lisait des contes de fées. Et les heures qu'elle avait passées ici même, seule, à se reposer loin du monde réel qui s'étendait au-delà des murs de la résidence Porter.

Dans le cocon de la gloriette, elle pouvait rêver à sa guise, devenir une autre l'espace d'un moment, aller où elle voulait, faire tout ce qu'elle désirait. Être belle et mince comme un fil. Libre et insouciante. Connaître la passion, l'amour fou.

Soudain, un bruit attira son attention. Elle regarda autour d'elle, ne vit rien. Un écureuil, un oiseau, la brise dans les feuillages ? Elle tendit l'oreille, mais n'entendit que le chant mélodieux des grillons, le murmure doux de la fontaine.

Dégrafant les trois premiers boutons de nacre de sa robe, elle renversa la tête en arrière et effleura sa gorge du bout des doigts. Sa peau était chaude et moite. Elle imagina la main d'un homme explorant son décolleté, des bras forts et musclés qui l'étreignaient.

Un bruit, à nouveau. Des pas ? Était-il possible que son père rentre si tôt de Birmingham ? Non, il avait prévu un week-end de golf avec son directeur de campagne, et aurait téléphoné s'il avait modifié ses projets. Peut-être Viola était-elle sortie prendre un peu l'air ? Cela ne lui ressemblait pas, pourtant, d'abandonner son poste auprès de Carolyn en pleine nuit. Quant à la gouvernante, elle n'habitait pas chez les Porter.

Un intrus avait donc pénétré dans le jardin.

Les battements de son cœur s'accélérèrent. Du calme, elle n'avait rien à craindre... Le taux de criminalité était remarquablement bas à Spring Creek. Sans doute s'agissait-il d'un chien ou d'un chat qui s'était faufilé entre les arbustes de la haie.

Scrutant les alentours, elle posa les yeux sur un érable qui se dressait à quelques mètres de la gloriette. Une silhouette sombre était immobile près de l'arbre. Un homme athlétique, très grand.

Il s'approchait...

Lève-toi, fuis.

Mais ses jambes refusaient d'obéir, elle était tétanisée, les yeux rivés sur cette forme menaçante qui s'avançait lentement. Enfin, elle réussit à bouger, à se mettre debout.

Il émergea de l'obscurité, nimbé par la lueur du réverbère. Instinctivement, Ella pressa une main sur sa bouche. Le soulagement la submergea, aussitôt suivi d'une vague d'effroi.

Reed Conway !

Il s'arrêta à mi-chemin entre l'érable et la gloriette. Si elle ne distinguait pas son regard, elle en sentait cependant la brûlure.

Parle, crie, fais quelque chose !

Mais elle restait là, telle une statue de sel. Reed s'approcha encore, d'une démarche élastique, assurée. Il se mouvait comme si le monde lui appartenait, comme s'il n'avait rien à redouter de personne.

Dis-lui qu'il est dans une propriété privée, ordonne-lui de s'en aller immédiatement.

Elle se tut.

Il se campa au pied des marches de la gloriette, fixa Ella droit dans les yeux. Sous le feu bleuté, glacé, de ce regard, elle eut l'impression que ses nerfs se déchiraient, que des milliers de papillons voletaient dans son estomac.

À l'instant où elle détourna la tête, il entra dans la gloriette. Elle recula, jusqu'à buter contre la balancelle. Elle n'était pas petite – un mètre soixante-quinze –, pourtant elle avait l'impression d'être minuscule face à lui. Tout ce qu'il y avait en elle de féminin la poussait à se blottir contre ce corps si incroyablement viril. En trente années d'existence, elle n'avait jamais éprouvé un désir aussi violent. C'était totalement irrationnel, grotesque. Car Reed Conway était le dernier homme sur cette terre qui aurait dû éveiller chez elle une telle émotion.

— Vous êtes seule, ce soir, mademoiselle Ella ? murmura-t-il d'une voix rauque.

Un frisson la parcourut. Une ombre de sourire joua sur les lèvres de Reed. Ce monstre savait qu'il l'effrayait et la fascinait en même temps, et cela lui donnait sur elle un pouvoir qu'elle lui refusait.

Elle prit une profonde inspiration, s'aperçut qu'il contemplait la naissance de ses seins. Cramoisie – heureusement, le réverbère diffusait une lumière feutrée – elle articula :

— S'introduire dans une propriété privée est un délit, je vous le rappelle.

Souriant d'un air narquois, il fit un pas de plus. Ils n'étaient maintenant qu'à quelques centimètres l'un de l'autre.

— Je suis venu vous voir.

Elle crut lire dans ses yeux un désir égal au sien et se raidit pour ne pas chanceler.

Non, tu délires. Il n'est pas là pour te séduire et, de toute façon, tu es trop raisonnable. Tu ne te lancerais pas dans une aventure pareille. Cet homme est un meurtrier. Il est aussi dangereux qu'un fauve qu'on a laissé sortir de sa cage.

— Monsieur Conway, déclara-t-elle d'une voix chevrotante, allez-vous-en et je ne...

— Vous n'en parlerez pas à votre père, acheva-t-il avec un petit rire amer. Il y a une chose que vous devez comprendre, mademoiselle Ella : je n'ai pas peur de votre père.

— Dans ce cas, vous êtes stupide. S'il savait que vous êtes là, à me harceler, il...

Brusquement, Reed l'agrippa par les épaules, enfonça ses doigts dans sa chair, sous le fin coton de sa robe. Elle grimaça de douleur. Il la lâcha aussitôt.

— J'ai appris que vous avez reçu une autre lettre. Et que vous avez eu des coups de fil anonymes.

— En effet, bredouilla-t-elle, la gorge nouée.

— Et vous avez prévenu votre père, n'est-ce pas ?

— Oui. Je vous avais dit que je l'avertirais si vous vous avisiez de recommencer.

— Je vous ai répondu que je n'avais pas écrit ces lettres. Mais vous ne m'avez pas cru.

— J'aurais voulu vous croire.

— Résultat, j'ai eu la visite de Frank Nelson.

Il lui posa la main sur la nuque.

— Ne me touchez pas ou je hurle, protesta-t-elle, paniquée.

Il se pencha, sa joue râpeuse contre celle d'Ella qui se mit à trembler comme une feuille. De terreur, de désir ? Elle ne savait plus.

— Vous avez peur de moi, n'est-ce pas ? souffla-t-il. Vous avez raison, je suis dangereux pour vous. Je pourrais détruire votre existence.

— Si vous me faites du mal, mon père…

D'un doigt, il traça le modelé de ses lèvres. Une caresse légère, terriblement troublante. Et tout à coup, elle eut la certitude qu'il n'avait aucune intention de l'agresser. Il se livrait à un jeu sensuel infiniment plus effrayant.

— Si vous n'êtes pas l'auteur des lettres, si vous ne m'avez pas téléphoné, balbutia-t-elle, vous n'avez rien à craindre. On ne vous causera pas d'ennuis pour des actes que vous n'avez pas commis.

Il plongea son regard dans celui d'Ella.

— Vous êtes vraiment aussi naïve ? J'ai passé quinze ans à Donaldson pour un meurtre que je n'ai pas commis. Alors ne me dites pas que je n'ai rien à craindre.

— Je suis désolée…

Ces mots lui avaient échappé. Il allait penser qu'elle croyait à son innocence. Or c'était faux, n'est-ce pas ?

Reed caressa son bras nu, sa main, le creux de sa paume.

— Moi aussi.

Puis il se retourna pour la dévisager, et disparut dans l'obscurité. Elle demeura immobile au milieu de la gloriette. Désemparée, tenaillée par une étrange souffrance.

À l'avenir, elle devait impérativement éviter de se trouver en présence de Reed Conway.

Assise près de la fenêtre, Carolyn regarda Reed Conway s'éloigner. S'il n'était pas parti, elle aurait été forcée d'alerter la police. Qu'avait-il raconté à Ella ? Et pourquoi celle-ci ne s'était-elle pas enfuie en courant ?

Ce n'était quand même pas Ella qui lui avait demandé de la rejoindre dans le jardin ? À les voir, pourtant, on aurait dit deux amoureux. Une idée saugrenue, bien sûr. Reed Conway était le rebut de la société, Ella ne s'abaisserait pas à avoir une relation avec un individu de cette espèce.

Certaines femmes étaient attirées par ce type d'homme, par les voyous. Cybil, par exemple. Mais Ella valait beaucoup mieux que sa tante, elle avait des principes moraux et ne salirait pas l'honneur de la famille comme Cybil s'ingéniait à le faire.

Il était néanmoins plus prudent de prendre des précautions.

Comment réagir ? Parler à Ella de sa rencontre avec ce garçon ? En informer Webb ? Si elle appelait Webb à son hôtel de Birmingham, Dieu sait qui décrocherait le téléphone. Une fille ramassée dans un bar ? Elle connaissait bien son mari, il n'était pas seul dans sa chambre.

Quand elle avait découvert pour la première fois que Webb lui avait été infidèle, elle en avait été anéantie. Au fil des ans, son cœur s'était endurci. Webb ne pouvait plus la blesser.

Carolyn décida d'attendre. Si sa fille n'avait rien à cacher, elle mentionnerait la visite nocturne de Reed Conway. Quant à prévenir Webb, on verrait ça plus tard, éventuellement.

— Vous souhaitez vous coucher, madame Carolyn ? demanda Viola.

Carolyn sourit à sa fidèle infirmière.

— Oui, je suis un peu lasse.

Viola regarda par la fenêtre.

— Votre fille est rentrée de sa soirée.

— Depuis un moment, en effet.

— Vous pensez qu'elle épousera M. Gilmore ?

— Si elle suit mes conseils, oui. Dan sera un mari parfait. Je ne comprends pas pourquoi elle ne se réjouit pas davantage qu'il lui fasse la cour. Elle ne peut pourtant guère espérer mieux. Dan l'apprécie pour ses qualités. Sa première femme était ravissante, il en était très amoureux. Je présume qu'à présent il préfère une compagne intelligente et raisonnable, avec qui il ait des affinités.

— Je pensais moi aussi qu'après avoir reçu ces horribles lettres, elle se tournerait vers M. Gilmore qui est si attentionné et rassurant.

— Elle a son père pour la rassurer. À ses yeux, aucun homme n'arrive à la cheville de Webb.

Viola poussa le fauteuil roulant jusqu'au lit. Alors qu'elle se penchait pour soulever sa patiente, Carolyn lui saisit la main.

— N'oubliez pas que, pour Webb et Ella, j'ignore tout de ces lettres et des coups de fil anonymes. Ils ne me l'ont pas dit pour éviter que je m'inquiète. Quelle chance, n'est-ce pas, d'avoir un mari et une fille qui se soucient tellement de ma tranquillité d'esprit ?

9

Ella ôta ses lunettes de soleil, les glissa dans la poche extérieure de son sac, et descendit de la Jaguar, garée à la place qui lui était réservée près de l'entrée nord du palais de justice. Le vénérable bâtiment abritait diverses administrations du comté de Bryant depuis plus d'un siècle. Elle se souvenait que, quand elle était enfant, sa famille avait fait circuler une pétition afin qu'on restaure l'immeuble, construit à la fin des années 1890, au lieu de le démolir et de tout bétonner. Sur ce point, Ella partageait l'opinion de la majorité des habitants – la place encadrée de magnifiques bâtiments maintenait Spring Creek en vie, alors que tant de petites cités mouraient de mort lente à cause des tours ultramodernes excentrées qui accueillaient désormais les sociétés commerciales et vidaient le cœur des villes.

Elle pénétra dans le hall rectangulaire menant à l'ascenseur. En principe, elle empruntait l'escalier, mais ce matin elle s'était réveillée avec une épouvantable migraine. Elle avait mal dormi plusieurs nuits d'affilée. En fait, depuis sa rencontre avec Reed Conway dans le jardin... Elle avait beau s'évertuer à ne plus penser à lui, il ne cessait de rôder dans son esprit.

Elle s'engouffra dans l'ascenseur, heureuse d'avoir quelques instants de solitude avant d'affronter la journée. Ce matin, il faudrait procéder à la sélection des jurés dans une affaire d'homicide. Le procès avait déjà été retardé car l'accusée avait fait une tentative de suicide. Tous les ingrédients étaient là pour allécher les médias : une femme, membre de la bonne société, soupçonnée d'avoir engagé un tueur à gages pour assassiner son mari, médecin réputé. Et c'était Ella qui héritait du dossier.

Les portes de la cabine coulissèrent, elle sortit dans le couloir et, de loin, vit que son bureau était ouvert. Son cœur manqua un battement. Du calme, s'exhorta-t-elle. Il était possible que Kelly soit en avance – possible, mais peu probable.

En découvrant Roy Moses dans la pièce, elle fut soulagée. Cela ne dura pas, cependant. Il tenait une enveloppe blanche.

— Bonjour, mademoiselle Ella, lui dit-il avec son grand sourire habituel.

— Il y a un problème ? C'est la maintenance qui vous envoie ?

— Hier, Kelly m'a demandé d'apporter du papier et une cartouche d'encre pour votre imprimante, répondit-il, désignant les fournitures soigneusement alignées sur la table.

— Merci.

Elle posa son thermos de café sur le buvard.

— C'est quoi, cette lettre ?

— Ah oui… j'allais oublier. Je l'ai trouvée par terre, devant la porte, comme la dernière fois. Il y a votre nom dessus.

Ella hésita, craignant que cette enveloppe apparemment anodine ne renferme une autre lettre obscène. Dans ce cas, elle serait contrainte de réagir, or elle tenait à mettre le plus de distance possible entre elle et Reed Conway, même si une part d'elle souhaitait croire qu'il n'était pas l'auteur de ces messages.

— Vous la voulez pas ? insista Roy. C'est pour vous. Regardez… Ella Porter.

Elle saisit l'enveloppe d'un geste brusque. Une lueur d'étonnement passa dans les yeux si doux de Roy.

— Excusez-moi, dit-elle gentiment. Je suis un peu nerveuse, ce matin. J'ai la migraine, je n'ai même pas eu le temps de boire mon café et…

— Je vais vous chercher de l'aspirine ?

— Non, ce n'est pas la peine, j'en ai dans mon sac.

— Si vous avez besoin de quelque chose, mademoiselle Ella, appelez-moi. Vous savez que je ferais n'importe quoi pour vous.

Elle posa la lettre près du thermos.

— Je sais, et je vous en suis reconnaissante. Je crois que, maintenant, il vaudrait mieux que vous redescendiez. M. Hibbett doit vous attendre.

Dès qu'il fut sorti, elle se laissa tomber dans son fauteuil et se servit une tasse de café qu'elle but à petites gorgées. Au bout d'un moment, elle se résolut à prendre le coupe-papier pour décacheter l'enveloppe.

Un seul feuillet, comme d'habitude. Elle le parcourut d'un coup d'œil.

Tu ne m'échapperas pas. Je suis une part de toi, et tu es une part de moi. Tu peux te dire que tu refuses ce que je peux te donner, mais tu n'es pas sincère…

Elle réprima une exclamation. Il fallait que ça cesse ! Elle remit le message dans l'enveloppe qu'elle fourra au fond de son sac. Puis elle consulta son répertoire et composa le numéro de Mark Leamon.

Ce fut Regina Conway qui décrocha.

— Regina ? fit-elle d'un ton hésitant. Ici le juge Porter. Je voudrais parler à Mark, s'il vous plaît.

— Ne quittez pas, je vous le passe.

Une seconde après, la voix de Mark résonnait à son oreille.

— Ella ?

— Bonjour, Mark.

— Quelle agréable surprise ! Il y a des siècles que nous ne nous sommes pas vus. Que puis-je pour vous ?

— Déjeuner avec moi aujourd'hui.

— J'en serais ravi, mais... cette invitation a-t-elle un motif particulier ?

— J'aimerais que nous discutions de Reed Conway.

Comme Mark restait silencieux, elle enchaîna :

— Je suppose que Reed vous en a parlé : depuis sa sortie de prison, j'ai reçu des lettres obscènes et plusieurs coups de fil anonymes. Or j'ai eu une troisième lettre ce matin.

— Reed m'en a effectivement parlé. Il m'a assuré qu'il n'était pour rien dans cette histoire. Je le crois, Ella. Si vous le connaissiez aussi bien que moi, vous le croiriez également.

— Retrouvez-moi au Callahan's à midi. Et débrouillez-vous pour me convaincre de son innocence.

Regina, immobile sur le seuil, regarda Mark reposer le combiné sur son support. Elle avait entendu la fin de sa conversation. Ella Porter lui avait téléphoné à propos de Reed. Avait-elle l'intention de le renvoyer en prison ? Si cela se produisait, leur mère en serait désespérée. Regina se cramponnait à l'idée que son frère était innocent, malheureusement – et elle se détestait pour ça – elle ne parvenait pas à se délivrer du doute.

Certes, elle croyait sincèrement que, malgré la rage qui l'habitait lors de cette nuit d'épouvante, Reed n'avait pas égorgé Junior. Mais, s'il n'était pas l'assassin, alors qui ? Parfois, elle se demandait si elle n'était pas coupable et n'avait pas occulté ce souvenir. Elle avait souhaité la mort de Junior. Elle l'avait tellement haï...

N'y pense plus !

Seigneur, elle ne voulait pas se remémorer le passé ! Les jambes en coton, elle pivota et regagna son bureau. Malgré ses efforts pour se vider l'esprit, les images de cette nuit-là l'assaillaient... La bouche avide de Junior, son haleine qui empestait l'alcool, ses mains brutales qui l'exploraient, les choses abominables qu'il lui disait et essayait de lui faire... Ses vêtements déchirés, son corps meurtri... Et Reed qui avait surgi juste à temps, qui avait frappé Junior, encore et encore...

Il l'avait sauvée. Elle lui en serait éternellement reconnaissante. Mais, coupable ou innocent, Reed avait payé pour ce meurtre et croupi quinze ans en prison. Regina et Judy n'en étaient pas non plus sorties indemnes. Tous les détails sordides de leur vie privée avaient été évoqués pendant le procès. Quinze ans plus tard, les gens la considéraient toujours avec pitié et jasaient dans son dos. Elle était la fille qui avait failli être violée – la sœur de celui qui avait tué leur beau-père. Il lui avait fallu des années de thérapie – payées par Cybil Carlisle – pour être capable de mener une existence à peu près normale. Elle avait obtenu une bourse universitaire, et Mark l'avait engagée comme secrétaire pendant qu'elle étudiait pour décrocher son diplôme d'assistante juridique.

Mais elle n'était jamais sortie avec un garçon.

Elle en rêvait pourtant, elle voulait aimer et être aimée, se marier, avoir des enfants. Elle avait longtemps cru que tout cela était inaccessible, jusqu'à ce qu'elle réalise – récemment – qu'elle était amoureuse de son patron. Mark était un homme bien. Gentil, prévenant, respecté par ses amis et ses pairs. Hélas, ils n'appartenaient pas au même monde. La mère de Regina n'était qu'une gouvernante. Mark, lui, était fils et petit-fils d'avocat, cousin d'un sénateur. Et il ne voyait en elle qu'une assistante pour qui il avait de l'amitié.

— Regina ?

Elle sursauta violemment. Mark se tenait devant elle, l'air inquiet.

— Excusez-moi, je vous ai fait peur.

— Ce n'est pas grave. Je ne sais pas où j'étais, à des milliers de kilomètres d'ici. Vous avez besoin de moi ?

— Depuis que Clara est malade, je vous accable sous les travaux de secrétariat, n'est-ce pas ?

Il lui sourit, et elle sentit son cœur se serrer. Elle aimait son sourire, son rire, sa voix. En réalité, elle aimait tout chez lui.

— Ça ne me dérange pas, vous le savez bien.

— Vous êtes un vaillant petit soldat, je me demande ce que je deviendrais sans vous.

Il consulta sa montre.

— Je voudrais régler ça moi-même, mais je suis attendu au tribunal dans un quart d'heure et...

— Ordonnez et j'exécuterai.

— Vous pouvez appeler Heather pour la prévenir que notre déjeuner est reporté à demain ?

— Bien sûr.

— À midi, j'ai rendez-vous avec Ella.

— J'ai entendu une partie de votre conversation, avoua-t-elle. Elle désire vous parler de Reed, n'est-ce pas ?

— Elle a reçu une autre lettre.

— Rassurez-moi... vous ne croyez pas que c'est lui ?

Mark haussa les épaules.

— Non... Mais c'est ennuyeux pour Reed, même sans preuve concrète. J'espère pouvoir convaincre Ella que quelqu'un cherche à le faire accuser, comme il y a quinze ans.

— Le véritable assassin ?

— Probablement. Ce mystérieux individu ne tient pas à ce que Reed soit libre, il redoute que votre frère ne découvre la vérité et l'identité du meurtrier de Junior.

— Alors, Reed est en danger ?

— Oui, de même qu'Ella, si on la harcèle pour mettre Reed dans le pétrin.

— Vous réussirez à persuader le juge Porter qu'il est innocent. Vous êtes le meilleur avocat de tout l'État.

— Vous ne seriez pas un peu partiale ? plaisanta-t-il.

— Pas du tout.

— Bon, il faut que je me dépêche.

Avant de sortir, il se retourna.

— Encore une chose... Téléphonez au fleuriste, qu'il livre des roses à Heather. D'accord ?

Regina hocha la tête et se força à sourire. Heather Marshall ! Depuis son divorce et son retour à Spring Creek, la belle rousse faisait des ravages parmi les célibataires. Regina n'aurait cependant pas imaginé qu'elle pût plaire à Mark. Il était tellement sérieux, travailleur, tandis que Heather était la frivolité incarnée. Peut-être avait-on raison de dire que les contraires s'attirent. En tout cas, ce serait leur troisième déjeuner en quinze jours.

Regina soupira. Pourquoi ne parvenait-elle pas à séduire Mark ? Elle se savait pourtant jolie, on le lui disait souvent. Quand il la regardait, ne voyait-il en elle, comme la plupart des gens, que la pathétique créature agressée autrefois par Junior Blalock ? Ne voyait-il en elle que la fille de la gouvernante des Carlisle et la sœur d'un homme condamné pour meurtre ?

— Je suis si content que tu aies eu envie de déjeuner dans le patio, déclara Jeff Henry.

Il couvait Carolyn d'un regard adorateur, indifférent à la présence de Viola. Ses sentiments envers sa belle-sœur n'étaient un secret pour personne. Trente-quatre ans auparavant, il l'avait demandée en mariage quelques semaines avant que Webb ne fasse de même. Ensuite, il l'avait suppliée de ne pas épouser Webb. Mais elle était éprise de ce séduisant escroc et depuis, bien qu'il lui fût infidèle, elle avait toujours refusé de le quitter.

— Quelle agréable journée, n'est-ce pas ? rétorqua Carolyn en contemplant le jardin d'un air satisfait. Tu sais combien j'apprécie nos déjeuners du lundi et du jeudi. Webb est rarement à la maison, et maintenant qu'Ella est juge, elle n'a plus guère de temps à me consacrer.

Elle tendit un bras frêle.

— Que deviendrais-je sans toi, mon cher frère ?

Il prit sa main fine et douce, une main de dame, en caressa les ongles pareils à des amandes nacrées. L'énorme diamant de Webb et l'alliance piquetée de brillants étincelaient dans la lumière.

— Je serai toujours là pour toi, Carolyn. Les moments que nous passons ensemble me sont infiniment précieux.

Viola, installée à quelques mètres d'eux, son ouvrage de broderie sur les genoux, toussota.

— Si vous n'avez pas besoin de moi et si vous le permettez, je vais rejoindre Bessie à la cuisine.

— Mais oui, dit Carolyn, allez donc manger. Je suis très bien ici, avec mon cher ami.

Son cher ami. Voilà tout ce qu'il était pour elle, mais cela lui suffisait. Être auprès d'elle, entendre sa voix suave, son rire flûté, toucher sa main. Contempler son visage sur lequel le temps n'avait quasiment pas laissé de traces. Elle était aussi belle qu'à vingt ans.

— Emmène-moi à la gloriette et fais-moi la lecture, dit-elle, montrant le livre qu'il avait posé sur la table. Il fait plus frais qu'hier, profitons-en.

— J'ai apporté *Les Hauts de Hurlevent*. Je sais que tu ne t'en lasses pas.

Il lui donna le roman et poussa le fauteuil roulant sur le petit chemin dallé. Lorsqu'ils atteignirent la gloriette, il la souleva dans ses bras pour l'installer sur la chaise longue en osier, à l'intérieur du gracieux édifice. Elle appuya la tête sur les coussins, ferma les yeux. Il s'assit sur la balancelle, prit le livre et l'ouvrit à la première page.

— Webb rentre aujourd'hui ? s'enquit-il.

Carolyn battit des cils, soupira.

— Non, il a téléphoné pour nous prévenir qu'il restait à Birmingham jusqu'à demain.

— Il te manque, n'est-ce pas ?

Pourquoi se torturait-il ainsi ? Pourquoi lui parlait-il de son mari ? Sans doute parce que Webb Porter était une réalité qu'il ne pouvait ignorer. Et si le fait d'être avec Webb rendait Carolyn heureuse, alors il voulait que son beau-frère soit là.

— Bien sûr qu'il me manque. De plus, je pense qu'il devrait veiller davantage sur Ella.

— C'est la libération de Reed Conway qui t'inquiète ? Il ne serait pas stupide au point de...

Jeff Henry n'acheva pas sa phrase. Il connaissait suffisamment Carolyn pour déchiffrer son expression. Elle lui cachait quelque chose.

Il se pencha vers elle.

— Explique-moi ce qui te tracasse.

— Je ne veux pas que Webb et Ella sachent que je suis au courant.

— Au courant de quoi ?

Il comprit que, d'une manière ou d'une autre, elle avait dû apprendre l'existence de ces maudites lettres et des appels anonymes. Mais qui l'en avait informée ?

Qui, sinon Viola ? L'infirmière se serait jetée dans les flammes pour Carolyn, elle était la seule qui oserait aller contre la volonté de Webb d'épargner à son épouse toute anxiété.

— Les lettres, les coups de fil... admit-elle. Reed Conway harcèle Ella et, apparemment, tout le monde est impuissant. Il n'y a aucune preuve contre lui. Mais j'ai peur que cet homme ne fasse du mal à ma fille. Je... je...

Carolyn s'interrompit, essuya une larme du bout des doigts.

Jeff Henry s'agenouilla près de la chaise longue, prit le visage de Carolyn entre ses mains.

— Qu'y a-t-il, ma chérie ? Que s'est-il passé ?

— Il était ici, dans la gloriette, vendredi soir. Avec Ella.

— Seigneur ! Ella a alerté la police, j'espère ?

— Non, et elle n'a parlé de cet incident à personne. Je ne sais pas quoi en penser, mais je t'assure que si quelqu'un les avait surpris... il aurait cru voir deux amoureux qui se retrouvaient en cachette.

— Tu exagères... rétorqua Jeff Henry en secouant la tête.

Leur tendre Ella aurait un lien quelconque avec ce gredin de Conway ? Non, c'était inenvisageable.

— Ella ne fréquenterait pas un homme de cette espèce.

— Tu as raison, évidemment. À mon avis, Reed lui fait peur. Je pense qu'elle redoute surtout la réaction de Webb, s'il apprenait ça. Je la redoute aussi, d'ailleurs. Jeff Henry...

Elle lui saisit la main, la pressa sur son cœur.

— Je me demande jusqu'où Reed Conway pourrait aller pour se venger de Webb. Je suis tellement angoissée... Il faut que cet homme retourne en prison. Il représente un danger pour tous les êtres que j'aime.

— Allons, ma chère, ne te mets pas dans un état pareil... Dès le retour de Webb, je lui parlerai. Nous trouverons un moyen de neutraliser Reed, même si nous devons le renvoyer derrière les barreaux.

Carolyn poussa un profond soupir et le regarda avec une telle gratitude qu'il eut toutes les peines du monde à ne pas la serrer dans ses bras, l'embrasser passionnément et lui jurer un amour éternel.

— Je savais que je pouvais compter sur ton aide, murmura-t-elle en lui posant sur la joue un baiser aussi léger qu'une plume.

10

Au Callahan's, c'était le coup de feu, comme chaque jour entre onze heures et quatorze heures. Situé au cœur de Spring Creek, dans un bâtiment restauré qui avait abrité un drugstore depuis les années 1930 jusqu'au milieu des années 1980, le restaurant attirait tous les hommes d'affaires de la ville, les employés du palais de justice ainsi que la horde d'avocats et juristes dont les bureaux étaient disséminés autour de la place centrale. Le Callahan's n'avait quasiment pas de concurrence, hormis deux fast-foods et une sandwicherie.

L'hôtesse conduisit Ella vers un box au fond de la salle, où Mark l'attendait.

— Je nous ai commandé leur fameux thé à la framboise, dit-il, désignant les deux grands verres givrés, posés sur des napperons en papier.

— Excellente idée, rétorqua-t-elle en buvant une gorgée. Hum... c'est délicieux !

Elle n'eut pas le loisir d'engager la conversation, le maître d'hôtel était déjà là.

— Je peux prendre votre commande ?

— Vous n'avez pas encore ouvert le menu, Ella, dit Mark.

— Peu importe, je sais ce que je veux : salade de poulet.

— Et vous, monsieur ?

— Travers de porc, avec des oignons confits et des frites.

Ella esquissa un sourire.

— Au diable le régime, n'est-ce pas ? Les hommes ont de la chance. Nous autres, pauvres femmes, si nous avons cinq kilos de trop, nous sombrons dans la dépression.

— J'espère que ce n'est pas votre cas ? Je ne vois rien à reprocher à votre silhouette.

— Je ne partage pas votre avis, hélas ! Bon, venons-en au fait. Passer le déjeuner à parler de futilités ne me déplairait pas, mais cela ne résoudrait pas notre problème.

Mark poussa un soupir.

— Je persiste et signe, Ella : je suis absolument convaincu de l'innocence de Reed Conway. J'estime qu'il a été injustement condamné pour le meurtre de son beau-père, et je sais que ce n'est pas lui qui vous harcèle.

— Vous paraissez vraiment sûr de vous.

Fouillant dans son sac, elle en sortit l'enveloppe.

— Jetez un œil à ça. Cette lettre est identique à celles que j'ai reçues la semaine dernière, et que mon père a confiées à Frank Nelson. Or toutes les trois ressemblent énormément à celles que Reed Conway m'a envoyées au début de son séjour en prison.

Mark lut le message, replia le feuillet et le remit dans l'enveloppe.

— Je comprends que ce soit perturbant.

— C'est le moins qu'on puisse dire.

— Écoutez, si je n'avais pas appris à connaître intimement Reed depuis que mon père est mort et que je suis devenu son avocat, je pourrais le soupçonner d'avoir écrit ces saletés. Mais l'homme que je connais, le Reed Conway qui s'est évertué à être un prisonnier modèle pendant ces dix dernières années ne ferait jamais une chose pareille.

— Encore une fois, vous êtes vraiment sûr de vous. Mon père, lui, pense que Reed met simplement ses menaces à exécution. Il me persécute parce qu'il sait que c'est le moyen le plus efficace de se venger de Webb Porter.

— Reed ne songe pas à se venger de qui que ce soit. Il veut découvrir qui a tué Junior Blalock et laver son honneur. Mais, d'abord et avant tout, il souhaite rester libre. Il est conscient que, s'il commet le moindre délit, il retournera en prison. Il n'est pas assez stupide pour courir ce risque.

— J'aimerais vous croire, mais... Reed m'effraie. Je l'ai vu à deux reprises depuis son retour, et chaque fois... je me suis sentie en danger.

Le serveur les interrompit. Tandis qu'il posait sur la table une corbeille de petits pains, Ella fouilla la salle des yeux. Soudain, elle aperçut Cybil au bar. Elle faillit se lever pour aller lui dire bonjour et, surtout, la persuader de ne pas trop boire. Mais sa tante était avec des amies – deux femmes membres de l'association historique de Spring Creek – ce qui signifiait qu'elle ne s'enivrerait pas. Cybil n'abusait de l'alcool que quand elle était seule ou en famille.

— Reed peut être intimidant, je vous l'accorde, déclara Mark.

— Pardon ? marmonna-t-elle, reportant son attention sur lui.

— Je disais qu'il est intimidant. N'oubliez pas qu'il a survécu à quinze ans de prison. Il est dur, implacable. Mais ce n'est pas un criminel.

— Dur, implacable... Entre nous, ça ne me rassure pas.

— Je vous rappelle que, pendant sa détention à Donaldson, il a décroché un diplôme universitaire. Lorsqu'on l'a libéré, il commençait à préparer son doctorat. Il a tout mis en œuvre pour se forger un avenir. Pourquoi détruirait-il ce qu'il a obtenu au prix de tant d'efforts ? Pour se venger de Webb ? Non... c'est absurde.

— J'ignorais qu'il était diplômé, rétorqua-t-elle, stupéfaite.

Elle n'aurait jamais imaginé qu'il puisse être un intellectuel. Mais, à vrai dire, elle ne savait quasiment rien de cet homme, hormis ce que les uns et les autres lui avaient raconté.

— Pourquoi travaille-t-il comme mécanicien dans le garage de son cousin ? ajouta-t-elle.

— Parce qu'il n'est pas du genre à se faire entretenir par sa mère et sa sœur, et que personne en ville n'était prêt à lui offrir un emploi digne de ses compétences.

— Il aurait dû s'installer ailleurs, à Birmingham ou Huntsville, par exemple, où on ne le connaît pas.

— Sa famille et son passé sont ici. Reed ne trouvera pas l'assassin de Junior à Birmingham ou Huntsville.

Elle devait admettre que Mark était très convaincant… et aussi qu'elle l'avait invité à déjeuner dans l'espoir qu'il la convaincrait. Pour une raison inexplicable – ou plutôt qu'elle refusait d'analyser – elle avait besoin de croire que Reed Conway n'était pas un meurtrier et qu'il n'était pas non plus celui qui la harcelait.

Le serveur revint et déposa devant eux les plats qu'ils avaient commandés.

— Si Reed est innocent, qui s'amuserait à m'adresser ces lettres et pourquoi ?

— Il y a plusieurs possibilités, répondit Mark en nappant ses frites de ketchup. Primo, quelqu'un que vous auriez condamné au cours des derniers mois. Deuzio, un amoureux que vous auriez éconduit et qui aurait l'esprit vraiment tordu. Enfin et surtout, un individu qui chercherait à attirer des ennuis à Reed.

— Mais dans quel but ?

— L'individu en question ne peut pas se permettre que la vérité sur le meurtre de Junior éclate au grand jour.

— Ce serait donc le coupable…

Ella se mordit les lèvres.

— Enfin, je… en supposant que Reed n'ait pas tué son beau-père.

— J'ai l'impression que votre instinct vous dit que, même s'il vous effraie un peu, il n'est pas un meurtrier.

— Si je reçois d'autres lettres, d'autres coups de fil, je vous préviens : mon père ne restera pas les bras croisés.

— Alors n'en parlez pas à Webb. N'entrez pas dans le jeu de l'assassin de Junior. Si vous ne prêtez pas attention à ce qu'il ou elle manigance, ça s'arrêtera.

— Vous en êtes certain ?

— Je suis persuadé que cette personne veut tendre un traquenard à Reed. Si vous harceler ne la mène nulle part, elle renoncera.

— Admettons que votre scénario soit juste. Qu'est-ce qui empêchera cette personne de passer à l'étape suivante ? Les lettres et les appels anonymes ne sont peut-être qu'un début.

— Ella, je ne crois pas que vous soyez en danger. On n'a aucun motif de vous nuire. La cible, c'est Reed, pas vous.

— Vous pensez que la vie de Reed est menacée ? rétorqua-t-elle impulsivement.

En quoi cela te concerne-t-il ? Reed Conway n'est rien pour toi. Seulement un cauchemar, un fantasme dont tu ne parviens pas à te délivrer.

— Vous voulez mon avis ? Quelque part dans notre paisible petite ville, il y a un assassin qui, voici quinze ans, a tué en toute impunité. Alors oui, je crains que la vie de Reed ne soit en danger. Et vous êtes sans doute celle qui peut l'aider.

À dix-huit heures trente, Ella garait sa Jaguar devant une librairie où l'on vendait aussi des cartes de vœux, des petits cadeaux originaux, et qui abritait l'unique salon de thé de Spring Creek.

Elle entra dans le magasin avec l'intention de s'acheter un roman. Elle avait désespérément besoin d'un dérivatif pour ne plus songer à Reed Conway.

Elle n'en pouvait plus de se demander si son père n'avait pas contribué à faire condamner un innocent.

— Ella !

Celle-ci tourna la tête vers le bar et aperçut Heather en compagnie d'un homme plutôt séduisant, qu'il lui sembla vaguement reconnaître. Heather se borna à la saluer d'un geste, sans l'inviter à se joindre à eux. Ella lui rendit son salut et s'éloigna. Elle ne voulait pas déranger son amie qui, visiblement avait fait une nouvelle conquête. À vrai dire, depuis son divorce, Heather collectionnait les aventures.

En passant devant le rayon des cartes de vœux, elle avisa sa tante Cybil. Au Callahan's, à midi, elle n'avait pas eu le temps de l'embrasser et, quand elle avait quitté Mark après le déjeuner, Cybil était déjà partie.

— Bonjour ! Comment vas-tu ?

— Et toi, ma chérie ? Ça me fait plaisir de te voir. J'avoue que nos parties de tennis me manquent, déclara Cybil avec un sourire mélancolique.

— Pourquoi ne pas aller au cinéma, le week-end prochain ? On choisira une comédie romantique et on se gavera de glaces, pour se remonter le moral.

— Oh, ma petite chérie, tu ne sais pas encore que les histoires sentimentales sont toutes des comédies, voire des vaudevilles ? Au cinéma comme dans la vraie vie. Dès qu'il s'agit d'amour, les femmes ne sont que des bécasses.

Cybil s'approcha d'un pas vacillant. À l'évidence, elle était éméchée. Quand elle avait bu, elle avait la faculté stupéfiante de s'exprimer de façon absolument cohérente, alors qu'elle ne pouvait pas marcher droit.

— Tu n'as pas pris ta voiture, n'est-ce pas ? s'enquit Ella, prête à lui subtiliser ses clés pour la ramener à la maison.

— Seigneur, non ! Jeff Henry m'a déposée devant la boutique. Il est garé un peu plus loin dans la rue. Quel enquiquineur, celui-là ! Il a refusé que je vienne ici toute seule acheter une carte d'anniversaire pour

Sue Ellen Ricks. Il sait pourtant que Sue Ellen m'en envoie une chaque année. Jamais elle n'a oublié de me souhaiter mon anniversaire.

— Et tu en as trouvé une qui te plaît ? rétorqua Ella, désignant la grande carte rose vif que Cybil serrait sur son cœur.

— Hum… regarde… elle est jolie, non ?

— Tu veux que je t'accompagne, quand tu seras passée à la caisse ?

— Pourquoi donc ? Je suis parfaitement capable d'aller jusqu'à la Cadillac de Jeff Henry. Mon cher mari me traite comme si j'étais aussi invalide que Carolyn. Mais, moi, je ne suis pas une poupée de porcelaine, et nous le savons tous. Simplement, il m'arrive parfois de boire un peu trop.

— Ça ne me dérange pas de te…

— Tu as un rendez-vous ? coupa Cybil, changeant habilement de sujet. J'ai remarqué que Heather bavardait avec un beau jeune homme. Voilà ce qu'il te faudrait. Je voudrais tant que tu tombes amoureuse.

— Je te rappelle que je sors avec Dan Gilmore, qui est charmant.

— Dan Gilmore. Beurk… gloussa Cybil. Ma nièce serait amoureuse de ce collet monté ?

— Je n'ai pas dit ça.

— Tant mieux. Je supporterais mal que tu donnes ton cœur et ta vie à un garçon qui n'apprécierait pas le cadeau que tu lui offres.

Cybil l'embrassa sur la joue.

— Ma petite Ella chérie…

Celle-ci voulut prendre sa tante par le bras, mais Cybil se dégagea et se dirigea vers la caisse, titubante, la tête haute pourtant. Ella soupira. Tous les membres de la famille avaient tenté d'aider Cybil, en vain. Elle avait toujours été portée sur la boisson, cependant son alcoolisme mondain s'était nettement aggravé durant ces dernières années. Naguère, elle ne s'enivrait qu'une fois par mois ; maintenant, elle en était à une fois par semaine, au minimum.

Ella savait que sa tante était malheureuse. Elle n'avait jamais travaillé, appartenait à de nombreux clubs et associations caritatives, qui ne remplissaient cependant pas le vide de son existence. Son union avec Jeff Henry était une mascarade, et Ella se demandait souvent pourquoi ils ne divorçaient pas. Ils avaient si peu d'affinités. Jeff Henry l'avait épousée uniquement parce qu'elle était la sœur de Carolyn. Cybil en revanche, d'après Webb, avait sans doute été amoureuse de son mari, du moins au début.

Ella ignorait pourquoi ils n'avaient pas eu d'enfants. Peut-être auraient-ils dû en adopter un, comme les Porter lorsqu'ils avaient appris que Carolyn ne pourrait pas être mère.

Ella surveilla discrètement sa tante jusqu'à ce qu'elle ait franchi le seuil du magasin. Jeff Henry l'attendait. Malgré tous ses défauts, il faisait de son mieux pour veiller sur elle. Il avait une patience infinie.

Elle pivota, rejoignit le rayon des romans et examina les volumes alignés sur les étagères. Elle hésita. Science-fiction, fantastique ? Oui... ça lui permettrait de s'évader de son univers quotidien et d'oublier ses problèmes. Elle ne voulait surtout pas de thriller ni d'histoire d'amour. Rien qui lui évoque Reed Conway.

Elle avait fixé son choix sur le dernier titre d'Anne McCaffrey quand, soudain, un frisson glacé la parcourut. Une bizarre sensation de malaise. Elle jeta un coup d'œil autour d'elle, ne vit rien d'anormal.

Mon imagination me joue des tours.

Résolue à payer son livre et rentrer à la maison, elle se dirigea vers la caisse. En passant près du rayon des documents et essais, une silhouette attira son attention.

Reed Conway... Il arrivait probablement du garage, à en juger par son jean et son tee-shirt blanc d'une propreté douteuse. Comme à l'accoutumée, une ombre de barbe lui salissait les joues.

Va-t'en vite, avant qu'il te voie. Avant qu'il te surprenne, plantée là, à le contempler. Ne lui adresse pas la parole, ce serait de la folie.

Comme s'il avait senti sa présence, il leva brusquement la tête et la regarda droit dans les yeux.

— Bonsoir, mademoiselle Ella.

Elle faillit lui crier : laissez-moi tranquille ! Mais, bien sûr, elle garda le silence pour ne pas se ridiculiser davantage. Il remit le livre à sa place, s'approcha de sa démarche élastique. On aurait dit un félin qui s'apprêtait à fondre sur sa proie.

Ne t'affole pas. Il ne peut rien te faire dans un lieu public.

Elle se mentait à soi-même, cependant. D'un seul regard, il avait pris possession de son esprit et de son corps.

Il s'immobilisa, montra le roman qu'elle tenait.

— Vous comptez consacrer votre soirée à la lecture ?

— Euh... oui, bredouilla-t-elle.

— Si j'étais à la place de votre fiancé, je vous assure que vous ne passeriez pas vos nuits à lire.

— Mais vous n'êtes pas à sa place. D'ailleurs, je n'ai pas de fiancé.

— Je suis heureux d'apprendre que vous n'appartenez pas à un autre homme.

Elle tressaillit.

— Je n'appartiens à personne, monsieur Conway.

— Ça viendra, rétorqua-t-il en souriant.

Il s'approcha encore, si près qu'elle distingua les paillettes argentées dans ses yeux bleus et la fine cicatrice qui barrait sa lèvre inférieure.

— Ce matin, j'ai reçu une lettre, articula-t-elle. Identique aux deux précédentes.

Le sourire arrogant de Reed s'évanouit.

— Alors je présume que je vais encore avoir la visite de Frank Nelson et un nouvel avertissement.

— Je n'ai prévenu personne, excepté Mark Leamon. Il est persuadé que quelqu'un cherche à vous incriminer pour vous renvoyer en prison avant que vous découvriez le véritable assassin de Junior Blalock.

— Et vous, qu'en pensez-vous ?

— Je... je ne sais pas. Ce que dit Mark me paraît sensé, mais...

— Mais il est plus confortable pour vous de me penser coupable, n'est-ce pas ?

— Non, je préférerais croire que vous êtes innocent.

Idiote ! Pourquoi lui faisait-elle un tel aveu ? Autant admettre qu'il exerçait sur elle une attirance irrésistible.

— Croyez-le, parce que c'est vrai. Je n'ai pas tué Junior.

Du bout des doigts, il lui effleura la joue.

— Eh, vous deux ! lança soudain Heather. Vous venez prendre un café ?

Ella sursauta, Reed recula d'un bond. Un instant, leurs regards restèrent accrochés l'un à l'autre. Ce fut comme s'ils se parlaient en silence. Ils se comprenaient : il y avait quelque chose entre eux, quelque chose qui les dépassait. Cette rencontre fortuite n'était qu'un début...

— J'allais partir, marmonna Reed. Au revoir, mademoiselle Porter.

Muette, décontenancée par la courtoisie nonchalante de Reed, Ella hocha la tête et, raide comme un piquet, s'obligea à ne pas le suivre des yeux.

— Je l'ai fait fuir ? ironisa Heather. Je ne voulais pourtant pas rompre le charme.

— Tu n'as rien rompu du tout. Nous nous sommes croisés par hasard. J'imagine que tu as dû l'embarrasser en nous proposant de nous joindre à vous comme si nous étions un... un couple.

— Ella, coucou ! C'est à moi que tu causes. Moi, ta meilleure amie, ta confidente. J'ai remarqué la façon dont vous vous regardez. Tu joues avec le feu, ma fille.

— Tu peux baisser la voix, s'il te plaît ?

— Pardon... pouffa Heather en la prenant par le bras. Tu veux que je te déniche un beau ténébreux pour te distraire un peu ?

— Je te laisse les beaux ténébreux, répondit Ella en riant. Pour ma part, je vais payer ce livre, rentrer chez moi, me plonger dans un bain moussant et lire jusqu'à ce que je tombe de sommeil.

— À chacun ses plaisirs. Toi, tu te couches avec un bon roman, et moi avec un bon amant. Enfin, j'espère qu'il ne me décevra pas.

— Franchement, tu es insatiable.

— Et toi, tu es une sainte-nitouche.

— Heather !

— Si Reed Conway me mangeait des yeux comme il le fait avec toi, je te garantis que je l'emmènerais illico dans l'hôtel le plus proche.

— Tu aimes peut-être vivre dangereusement, mais pas moi. De plus, je te rappelle que tu m'as conseillé de me tenir loin de Reed, sous prétexte que cela ne me vaudrait que des problèmes. Or j'ai pour principe d'éviter les problèmes.

— Oui, seulement... tu ne sais pas ce que tu loupes.

11

Webb aurait préféré être n'importe où plutôt qu'à Spring Creek en ce 4 juillet, jour de fête nationale. Les années passant, il redoutait de plus en plus ces apparitions publiques avec les siens – vivante illustration de la famille idéale. Mais le vice-gouverneur était là, de même que Conners – membre du Congrès –, les personnalités du Parlement de l'État et le maire de la ville. Par conséquent, les Porter se devaient d'être présents et de faire leur numéro.

Carolyn n'assistait pas souvent à ce genre de manifestation, les gens comprenaient que son infirmité l'empêchait de remplir pleinement ses fonctions d'épouse d'homme politique. Peu à peu, Ella l'avait remplacée, toujours disponible pour saluer la foule, sourire jusqu'à en avoir des crampes et adresser aux partisans de son père des speechs enthousiastes.

Carolyn, lorsqu'elle accompagnait Webb, semblait pourtant n'avoir aucune difficulté à jouer son rôle de femme aimante. Peut-être que dans l'univers fantasmatique qu'elle s'était créé, où elle s'enfermait, leur couple incarnait-il l'amour parfait qu'elle voulait montrer au monde et à leur fille. En réalité, Webb ne l'aimait plus depuis des lustres – avant même son accident – et il avait l'impression que, depuis une dizaine d'années, elle avait aussi cessé de l'aimer. Il la soupçonnait même de le haïr. Il ne l'en blâmait pas, naturellement. Elle était en droit de le détester.

Cependant, que pouvait-il faire ? Il était attaché, pieds et poings liés, à une femme pour qui il n'éprouvait plus rien, coincé dans un mariage qui n'avait plus de raison d'être. Ne méritait-il pas un peu de bonheur ? Il était discret, il ne voulait surtout pas blesser Carolyn ni décevoir Ella. Sa fille le respectait trop. Comment réagirait-elle si elle découvrait que son héros n'était qu'un homme ordinaire, un colosse aux pieds d'argile ?

Plaquant son sourire de politicien sur ses lèvres, Webb poussa le fauteuil roulant de Carolyn sur la pelouse du jardin public, pareille à un tapis de velours vert. Il se dirigea droit vers la table de pique-nique qui leur était réservée, protégée par un dais flambant neuf, don des familles Carlisle et Porter. Plusieurs personnes l'arrêtèrent au passage pour lui serrer la main, lui dire quelques mots. Des électeurs potentiels – notamment un partisan fortuné que Webb ne pouvait se permettre de négliger, et un vieux camarade qu'il était sincèrement content de voir.

Un orchestre country, installé sur le podium dressé au centre du parc, jouait des airs entraînants. Sur un terrain en terre battue, du côté nord du chemin circulaire, se déroulait un tournoi moyenâgeux, tandis qu'au sud des représentants de la nation Cherokee dansaient des danses tribales. Des chariots semblables à ceux des pionniers d'antan, et où l'on vendait de quoi manger et boire, étaient disposés en rond à l'orée du jardin, comme pour se préparer à défendre les lieux. Des stands, devant et derrière le podium, proposaient des produits artisanaux. Sous une immense tente bariolée, près de l'étang alimenté par une source, les artistes locaux présentaient leurs peintures et leurs sculptures.

Jeff Henry, resplendissant dans une chemisette et un pantalon en lin blanc soutenu par des bretelles moutarde, s'illumina littéralement quand il aperçut Carolyn. Pauvre vieux fou ! songea Webb. Adorer ainsi une femme qui ne l'avait jamais aimé… En fait, Webb se demandait si Carolyn était capable d'aimer quelqu'un, excepté elle-même. Sans doute, à sa manière, avait-elle de l'affection pour Ella, même si parfois il percevait chez elle de la jalousie, s'il s'occupait trop de leur fille. Carolyn jalousait tous ceux qui comptaient pour Webb. Or il aimait Ella par-dessus tout. Elle était pour lui le sel de la terre, le meilleur de lui-même.

— Ella chérie, je suis si contente que tu arrives enfin ! s'exclama Cybil en la prenant par les épaules. Nous sommes là depuis une demi-heure, et je m'ennuie déjà à mourir. Allons nous amuser, reluquer les beaux mecs et nous empiffrer de chocolat.

— Ella, si tu accompagnes ta tante, n'oublie pas l'heure, déclara Carolyn. Nous devons être sur le podium avec ton père à quatorze heures. Et si Dan n'est pas là à midi, téléphone-lui pour lui rappeler qu'il est invité à se joindre à nous.

— D'accord !

Sans un regard en arrière, Ella et Cybil s'éloignèrent, pouffant comme des gamines, et se fondirent dans la foule.

Webb les suivit des yeux. Malgré les défauts de Cybil – et elle n'en manquait pas –, il lui était infiniment reconnaissant de tenir une place si importante dans la vie d'Ella. Les similitudes entre elles étaient nombreuses, si subtiles cependant que personne ne semblait les remarquer. Hormis peut-être Jeff Henry. Cybil était menue, comme Carolyn, alors qu'Ella était grande et charpentée. Mais elles avaient les mêmes cheveux noirs et brillants, le même teint de pêche mûre, le même sourire éblouissant. Et leur rire... généreux et communicatif. Elles étaient tellement différentes de Carolyn, qui riait rarement et dont le sourire paraissait toujours faux.

— Webb, je meurs de soif, se plaignit Carolyn. Aurais-tu la gentillesse d'aller me chercher de la citronnade ?

— Je t'apporte ça, rétorqua-t-il en lui tapotant l'épaule. Tu en veux aussi, Jeff Henry ?

— Volontiers, répondit celui-ci en s'asseyant sur le banc de pierre. Et ne t'inquiète pas pour Carolyn, je veille sur elle.

— Je ne m'inquiète jamais quand elle est avec toi.

Sur ces mots, Webb s'en fut à grands pas et prit place dans les files d'attente qui s'étiraient devant les chariots. Il aurait pu passer par-derrière et se faire servir, mais ce serait fâcheux pour son image d'homme simple – qu'il s'était évertué à imposer à ses concitoyens.

Soudain, il avisa Judy Conway et sa fille Regina, non loin de lui. Judy était le genre de femme sur qui les hommes se retournaient, bien qu'elle ne fît rien pour attirer l'attention. Mais la nature l'avait dotée de traits finement ciselés, de grands yeux bleus et d'une luxuriante chevelure blonde. Regina était tout son portrait, à cela près que son visage était plus structuré.

Ses rencontres avec Judy étaient, on le sait, toujours empreintes de gêne, surtout depuis qu'il avait jugé Reed pour meurtre. En général, il avait du mal à la regarder en face. Le souvenir du soir où elle l'avait supplié de sauver son fils le hantait. Elle avait dit qu'elle était prête à lui donner tout ce qu'il voulait. Dieu sait qu'il avait été tenté, néanmoins il la respectait trop. Résultat, elle ne lui avait jamais pardonné d'avoir estimé que Reed était coupable.

Sans doute avait-elle senti sa présence, car elle se retourna. Elle soutint son regard une fraction de seconde. De toutes les femmes qu'il avait connues au cours des années – et il en avait connu beaucoup – aucune ne l'avait fasciné autant que Judy. Il l'avait passionnément aimée, autrefois. Si Carolyn n'était pas devenue infirme à cause de cet épouvantable accident, il aurait divorcé. À l'époque, il avait déjà réalisé que Carolyn n'était pas celle qu'il croyait. Cela aurait changé sa vie et celle de Judy. Elle serait son épouse, au lieu d'être la gouvernante de Cybil. Reed serait son beau-fils, et non son ennemi. Et Regina serait sa fille.

Mais, dans ce cas, Ella ne ferait pas partie de son existence. S'il le pouvait, échangerait-il une enfant contre une autre ? Seigneur, il avait commis tant d'erreurs – trop – pour les réparer en une seule existence.

— Je suis très heureux de vous rencontrer à l'occasion de notre fête nationale, dit-il à Judy, songeant que, devant les gens, elle n'oserait pas feindre de l'ignorer.

— Cette année, c'est une vraie fête pour nous, répliqua-t-elle d'un ton crispé. Mon fils est enfin de retour à la maison.

— J'en suis content pour vous.

Il sourit à Regina, qui le dévisageait, manifestement étonnée que le sénateur Porter parle à sa mère avec une telle chaleur.

— Bonjour, Regina. Il y a longtemps que je ne vous avais pas vue, vous êtes devenue une ravissante jeune femme.

— Merci, bredouilla-t-elle.

— Je crois savoir que vous êtes l'assistante de Mark ?

— Oui, il m'a poussée à poursuivre mes études pour être avocate.

— Vraiment ? Quelle excellente idée ! Vous reprenez les cours bientôt ?

— Non... Il faut d'abord que je mette un peu d'argent de côté.

Pas à pas, ils s'approchaient du stand.

— Ah, l'argent... Peut-être pourrait-on vous attribuer une nouvelle bourse. Voulez-vous que je m'en occupe ?

— Sénateur, ce serait merveilleux. Vous pensez que c'est possible ?

Judy posa la main sur le bras de Regina.

— Ma fille n'acceptera aucune aumône. Mais elle est intelligente et travailleuse. Si elle a droit à une bourse, alors votre aide serait la bienvenue.

— Je me renseignerai, je vous le promets.

À ce moment-là, ils furent séparés et se retrouvèrent devant deux stands différents. Webb laissa son regard s'attarder sur la mère et la fille – si belles toutes les deux, et dont il aurait pu partager le quotidien – puis, avec un grand sourire, il commanda deux citronnades et un soda.

Reed rejoignit sa mère et sa sœur au centre du parc et prit le plateau des mains de Judy. Il l'avait vue dans la file d'attente bavarder avec Webb Porter. Il avait dû déployer des efforts surhumains pour ne pas se précipiter et boxer le sénateur. La scène qu'il avait surprise autrefois, quand il était gamin, l'obsédait. L'idée que cet individu ait pu toucher Judy le rendait malade. Il ne tolérerait pas qu'il rôde maintenant autour de sa sœur.

Regina avait besoin d'un mari, d'un homme qui l'aimerait, lui apprendrait que le sexe était un plaisir divin et non une odieuse agression. Il avait la quasi-certitude que Regina était encore vierge. Sa mère lui avait dit qu'elle n'était jamais sortie avec un garçon, malgré ses années de psychothérapie. Peut-être avait-il tort de penser que Mark Leamon et Regina n'étaient pas faits l'un pour l'autre. Qui était-il pour rejeter Mark – dont il respectait la droiture et la bonté – et pour charger sa sœur de son propre sentiment d'infériorité ? Après tout, pourquoi deux êtres issus de milieux sociaux différents ne pourraient-ils pas former un couple uni ?

— J'ai à te parler, maman.

— Je prends les sandwichs, dit Regina. Briley Joe s'impatiente, ne nous faites pas trop attendre.

Dès que Regina se fut éloignée, Reed darda un regard étincelant sur sa mère.

— Qu'est-ce qui s'est passé avec Webb Porter ?

— Rien. Nous avons échangé quelques mots.

— Ce vieux renard flirtait avec Regina, je l'ai vu. Si tu ne le remets pas à sa place, je m'en chargerai.

— Ne sois pas ridicule, Webb ne flirtait pas avec ta sœur. Nous avons bavardé, voilà tout.

— Tu n'as donc pas remarqué qu'il la couve des yeux ?

— Il l'a regardée comme il regarderait Ella.

— Non, je te répète qu'il la mangeait des yeux !

— Crois-moi, Webb Porter n'a pas de mauvaises pensées en ce qui concerne ta sœur, rétorqua Judy d'un ton apaisant.

— Tu me demandais aussi de te croire à propos de Junior Blalock, sous prétexte qu'il serait un excellent beau-père pour Regina et pour moi.

— Reed... murmura Judy, blessée.

— Oh, bon sang... Pardonne-moi, maman. Seulement je... je ne supporte pas que ce type tourne autour d'elle.

— Tu te trompes sur ses intentions, je t'assure. Il a fait en sorte qu'elle ait une bourse pour entrer à l'université et que Mark l'engage. De plus, même si Cybil signait les chèques pour les séances de psychothérapie, je pense que c'était Webb qui payait.

— Et pourquoi Webb Porter se donnerait-il tout ce mal pour ta fille... pour ma sœur ?

— Peut-être se sent-il en partie responsable de ta condamnation. Peut-être est-ce une façon pour lui d'aider ta famille. Malgré ce qui s'est passé entre vous deux, Webb est un homme bon.

— Il ne l'est pas, et tu le sais pertinemment. Il n'agit que par intérêt.

Judy secoua tristement la tête. Elle paraissait au bord des larmes, et Reed changea aussitôt de sujet. Il avait le don, semblait-il, de prononcer les mots qui bouleversaient sa mère – la dernière personne en ce monde à qui il voulait faire de la peine.

Il l'escorta jusqu'à la table de pique-nique, où Regina et Briley Joe avaient disposé les couverts en plastique et des sets en papier sur une nappe à carreaux rouges et blancs. Il se débarrassa du plateau de boissons fraîches, observa attentivement sa sœur, à l'affût d'une ressemblance physique quelconque avec Webb Porter. Comme d'habitude, il n'en vit aucune. Était-il possible, cependant, que le sénateur soit le père de Regina ? Cela expliquerait l'intérêt qu'il lui portait.

Au fil des ans, alors qu'il croupissait en prison, Reed avait échafaudé d'innombrables scénarios. Si Webb Porter avait eu une liaison avec Judy, il aurait pu vouloir éliminer Junior Blalock. De même, s'il était le père de Regina – sachant que Junior avait tenté de la violer – il aurait pu assassiner ce monstre. Reed lui-même – dans sa fureur – avait été à deux doigts de le tuer. Si sa mère ne l'avait pas éloigné de force de cet infâme ivrogne, il l'aurait battu à mort.

Pourtant, même si les jurés s'étaient fondés pour rendre leur verdict sur les éléments concrets qui paraissaient l'accuser, il n'était pas retourné sur les lieux du crime. Quelqu'un d'autre l'avait fait – quelqu'un qui haïssait Junior au point de l'égorger et qui n'avait pas hésité à coller ce meurtre sur le dos d'un garçon de dix-huit ans.

Mark Leamon fouilla du regard la pelouse, devant le podium, où les pique-niqueurs avaient étalé des couvertures pour déguster des viandes grillées au barbecue, tout en écoutant les orchestres country et les chanteurs régionaux.

Il se demandait où était Regina, dans cette foule. Elle devait être là, elle lui avait dit que sa mère espérait que Reed assisterait avec elles aux manifestations organisées pour la fête nationale.

Il avait songé à lui proposer de l'accompagner, mais chaque fois qu'il s'enhardissait à caresser le projet de l'inviter, il perdait tout courage au dernier moment. Il n'avait jamais été un séducteur. Au lycée, on le traitait de rat de bibliothèque et de crétin. Depuis qu'il avait terminé la fac de droit et pris la succession de son père, son image s'était heureusement quelque peu améliorée. Certes, il était toujours trapu, pas très grand, avec un visage plutôt ordinaire, des cheveux et des yeux bruns. Mais il soignait sa tenue vestimentaire, conduisait une belle voiture. Il avait découvert que de nombreuses femmes appréciaient les hommes au portefeuille bien garni.

Beaucoup de ses congénères, aujourd'hui, l'envieraient d'avoir Heather Marshall à son bras. Elle était flamboyante et sexy. Ils étaient sortis ensemble à plusieurs reprises depuis son retour à Spring Creek, néanmoins ni l'un ni l'autre n'envisageait une relation à long terme.

— Je la vois, dit Heather.

— Qui donc ?

— Ta petite assistante, répondit Heather avec un sourire malicieux. Elle est sur ta gauche, là-bas près de l'étang. Avec sa famille.

— Merci de me prévenir.

Mark tourna le regard dans la direction que Heather lui indiquait.

— Je suis content qu'elle soit venue, qu'elle s'amuse un peu.

Il observa Regina qui riait avec son cousin Briley Joe, ravala un soupir. Il adorait entendre rire Regina. C'était rare, hélas. Elle était si posée, si sérieuse. Et si douce…

— Tu la cherchais, n'est-ce pas ? insista Heather, arquant un sourcil narquois.

— Pour quelle raison, alors que je suis avec toi ?

— Ne te fatigue pas, mon vieux, rétorqua Heather qui, elle aussi, scrutait les alentours.

— D'accord, j'avoue… j'espérais qu'elle serait là. Elle travaille trop dur et ne se distrait pas assez. Pas du tout même, je le crains.

Mark entoura de son bras les épaules de sa compagne.

— Et toi, qui cherches-tu ?
— Moi ? Ella, bien sûr.
— Bien sûr, acquiesça-t-il en riant.
— Tu ne me crois pas ?
— À mon avis, tu veux surtout vérifier si Dan Gilmore est avec elle. Je ne comprends pas pourquoi tu ne parles pas sincèrement à Ella. Vous êtes les meilleures amies du monde, non ?
— Ce n'est pas Ella qui me pose problème. Elle n'est pas amoureuse de Dan.
— Comment le sais-tu ?
— Elle me l'a confié. J'en ai été soulagée et je me suis sentie affreusement coupable. Du coup, je lui ai dit que je trouvais Dan aussi excitant que de l'eau tiède.
Mark s'esclaffa.
— C'est la vérité, n'est-ce pas ?
— Oui… À cela près que j'étais déjà amoureuse de lui quand je portais des nattes, et qu'il était le seul garçon de la ville dont je ne pouvais pas attirer l'attention. Lorsqu'il a épousé cette mijaurée de Greer Swain, j'ai cru l'avoir définitivement perdu.
— Et maintenant, il est à nouveau libre.
— Libre comme l'air et toujours aussi indifférent. Viens, allons saluer la famille Conway.
— Nous ne devrions pas les déranger.
— Si cette fille te plaît, remue-toi. Comment le devinera-t-elle si tu ne lui montres rien ?
— J'ignore quelle serait sa réaction. Tu connais son histoire.
— Je sais que son abominable beau-père a tenté de la violer quand elle était gamine. La moitié de l'État d'Alabama est au courant.
— Regina n'a jamais fréquenté qui que ce soit.
— Tu plaisantes ? Elle n'est jamais sortie avec un homme ? Quel âge a-t-elle, près de trente ans ?
— Elle aura vingt-six ans en novembre.
— Eh bien… si elle est bloquée à ce point, tu as du pain sur la planche. Lui voler ne serait-ce qu'un baiser

ne sera pas une sinécure. Tu es certain de tenir suffisamment à elle pour patienter et l'apprivoiser ?

— Si je pensais qu'elle puisse m'aimer un jour, alors oui, je serais prêt à patienter. Prêt à tout, en réalité. Mais…

— Range tes « mais » au placard, coupa-t-elle en le prenant par la taille. Suis tatie Heather et laisse-la faire. Objectif de l'opération : découvrir si Mlle Conway est sensible ou non au charme de son patron.

— Et comment comptes-tu procéder ?

— Tu vas voir.

— Où est donc Cybil ? s'enquit Carolyn.

— Je crois qu'elle est allée se reposer, chuchota Ella. Ces files d'attente sont interminables.

— Elle est probablement en train de boire quelque part, rétorqua Carolyn, pincée. Je ne comprends pas où Jeff Henry trouve la force de supporter ça. Nous avons tous essayé de la convaincre de suivre une cure, mais elle refuse. J'aimerais que tu lui parles, ma chérie. Elle t'adore, peut-être écouterait-elle tes conseils.

— Je lui ai souvent parlé, maman, tu le sais. Tant que Cybil ne sera pas décidée, nous ne pourrons rien pour elle, sinon ramasser les morceaux quand elle s'écroule.

— Je commence à penser que nous ne lui rendons pas service en réparant les dégâts derrière elle. Malheureusement, il faut bien l'empêcher de déshonorer la famille.

Carolyn se mit à triturer nerveusement sa serviette.

— Pour la carrière de ton père, ce serait terrible si les médias révélaient que sa belle-sœur est une alcoolique.

— Ça arrivera fatalement, tout le monde ou presque à Spring Creek le sait. D'ailleurs, je ne crois pas que ce serait un problème pour papa. À notre époque, l'addiction, l'infidélité et le mensonge semblent être à la mode.

— Eleanor Porter, depuis quand es-tu cynique ?

— J'ai mûri, je vois le monde tel qu'il est et non tel que j'aimerais qu'il soit.

— Oh, quelle tristesse ! Ma petite fille a perdu ses lunettes roses.

Ella se pencha pour l'étreindre. Comme toujours, le corps frêle de Carolyn se crispa. Elle tapota cependant le dos d'Ella avec une affection contrainte. Ella songea que jamais Carolyn ne l'avait serrée dans ses bras dans un élan d'amour maternel. Certes, elle ne manifestait jamais physiquement sa tendresse, pas même avec son mari. Webb était différent. Chaleureux, démonstratif. Et quand Ella était enfant, sa tante Cybil lui avait donné sans compter sa part de caresses et de baisers. Jeff Henry lui-même l'embrassait souvent.

Comme par un fait exprès, son oncle apparut à cet instant, revêtu de son uniforme de général de l'armée des Confédérés. On aurait cru qu'il sortait tout droit des années 1860, et Ella songea une fois de plus que Jeff Henry Carlisle s'était décidément trompé de siècle.

— La commémoration est prévue pour quinze heures trente, déclara-t-il. Les soldats installent les canons et amènent les chevaux à l'entrée ouest du parc.

Extirpant un mouchoir blanc de sa poche, il s'épongea le front.

— J'étouffe dans ce costume, mais si je ne m'étais pas habillé en avance, j'aurais manqué le discours de Webb.

— Tu es superbe, dit Ella.

— Merci, ma chérie.

— Jeff Henry est toujours magnifique, commenta Carolyn. C'est un gentleman, et les gentlemen prennent soin de leur apparence. Mon père était toujours remarquablement élégant.

— Je regrette de n'avoir pas connu mon grand-père Walker.

— M. John était effectivement un gentleman, renchérit Jeff Henry. J'avais pour lui un immense respect. Lorsque j'étais tout jeune, il m'a pris sous son aile. J'avais perdu mon père à l'âge de cinq ans, et je suppose qu'il avait pitié de moi. Mère faisait de son mieux, bien sûr, mais M. John, qui avait été l'un des associés de mon père, comprenait qu'il fallait dans ma vie une présence masculine, un guide.

Ella esquissa un sourire. Elle avait entendu cette histoire des milliers de fois, cependant elle l'écoutait toujours avec attention… ça faisait tant de plaisir à sa mère et à son oncle.

Tandis que Jeff Henry continuait à ressasser ses souvenirs pour la plus grande joie de sa belle-sœur, Webb les rejoignit, manifestement ravi. Au milieu de ses concitoyens, il était dans son élément.

— Carolyn, tu n'as pas encore vu les œuvres de nos artistes. Je souhaiterais faire un tour de l'exposition et acheter un tableau ou une sculpture. Tu as un goût très sûr, tu choisiras quelque chose que je puisse mettre dans mon bureau de Spring Creek.

Carolyn lui sourit. L'espace d'un instant, l'émotion brilla dans ses yeux.

— Quelle bonne idée ! Vous nous accompagnez ? demanda-t-elle à sa fille et son beau-frère.

— Je crains de mourir de chaleur, sous ces tentes, répondit Jeff Henry. J'irai plus tard, quand je me serai changé.

— Je reste avec toi, déclara Ella en glissant son bras sous le sien. Je te propose une petite promenade dans le parc, à l'ombre.

— Ne soyez pas en retard pour l'allocution de Webb, leur rappela Carolyn, tandis que son mari poussait son fauteuil en direction de la tente qui abritait l'exposition.

Ella et Jeff Henry s'éloignèrent, flânant parmi les groupes de pique-niqueurs, dont la plupart arboraient shorts, débardeurs et sandalettes.

— Les gens n'ont aucune décence, critiqua Jeff Henry. On peut le comprendre quand il s'agit des couches sociales les plus défavorisées de notre société... Mais regarde comment sont attifés les enfants de certains de nos amis. Avoue que c'est inquiétant.

— Les adolescents veulent tous se ressembler. À seize ans, être différent est une malédiction.

— Hum... Tu as sans doute raison.

Jeff Henry, lui, ne voyait pas d'inconvénient – dans son uniforme de la guerre de Sécession – à se distinguer de la multitude. Au contraire, il adorait ça. En réalité, il souffrait d'un complexe de supériorité et affichait un indécrottable snobisme. De nombreuses personnes ne supportaient pas son attitude, mais Ella, même si elle en était parfois agacée, la trouvait attendrissante. Au fond, c'était inoffensif.

Depuis longtemps, l'extrémité est du parc avait été transformée en jardin floral que les dames du comté de Bryant, membres de divers clubs et associations, bichonnaient particulièrement. Elles avaient récemment fait aménager un chemin dallé qui serpentait parmi les parterres et menait au bosquet dont les arbres centenaires semblaient toucher le ciel.

— Comme toujours, ma nièce a eu une brillante idée, déclara Jeff Henry. Enfin un peu de fraîcheur et de calme...

En effet, une petite dizaine de personnes se promenait alentour, quelques-unes se dissimulaient dans les niches de verdure.

Deux amoureux, notamment, s'embrassaient et se caressaient.

— Se donner en spectacle de cette manière, grommela Jeff Henry. Ils pourraient attendre d'être dans une chambre !

— Ils sont jeunes. Tu as oublié ta jeunesse ?

— Bien sûr que non. Quand j'avais leur âge, je n'aurais jamais eu l'impudeur de... de faire ça.

— Laissons-les tranquilles. L'étang n'est pas loin. Il y a des bancs, nous nous reposerons un moment.

— Il ne faudrait pas nous mettre en retard. Carolyn serait fâchée que nous manquions le discours de Webb.

Carolyn, encore et toujours Carolyn... Pauvre Jeff Henry ! songea Ella. Cependant elle plaignait surtout sa tante Cybil. Comment vivre avec un homme qui en aimait une autre ?

Ils se dirigèrent vers le pont – une passerelle qui enjambait gracieusement l'étang –, lequel s'étendait dans le parc puis s'enfonçait dans les bois pour se mêler aux eaux du ruisseau tout proche.

Comme ils approchaicnt, Ella aperçut un éclat pâle dans la végétation luxuriante. Un autre couple, se dit-elle, ennuyée. Bruyant, celui-ci. Gémissant, haletant. Manifestement, ces deux-là étaient en train de faire l'amour.

— Nous devrions peut-être retourner à... bredouilla-t-elle, dans l'espoir que son oncle n'entendrait rien.

— Seigneur ! s'exclama-t-il, cramoisi. Mais c'est une honte !

Avant qu'elle ait pu l'arrêter, il s'avança sur le pont, son sabre de général confédéré battant sa hanche. Elle se hâta de lui emboîter le pas. Pourvu qu'il ne fasse pas d'esclandre...

Soudain, Jeff Henry s'immobilisa, livide. Ella découvrit alors ce qui semblait l'hypnotiser. Une femme était à moitié couchée sur le sol, adossée à un arbre, sa jupe relevée sur ses cuisses. Son compagnon l'enfourchait.

Quand elle cria de plaisir, Ella détourna la tête et s'aperçut que son oncle avait les yeux embués. Sans un mot, il s'éloigna.

Ella resta figée, abasourdie. Comment était-ce possible ?

Elle avait reconnu l'homme. Briley Joe Conway. Et la femme était Cybil Carlisle.

À l'instant où, retrouvant enfin l'usage de ses jambes, elle allait s'élancer à la poursuite de son oncle, elle distingua une haute silhouette sur le sentier, qui venait vers elle. Reed Conway… Lui aussi, à l'évidence, avait assisté aux ébats frénétiques du couple.

Leurs regards se croisèrent. Il arborait une expression indéchiffrable. Dans ses yeux d'un bleu glacé, elle ne lut aucune sympathie, aucune compréhension. Pas de jugement ni de condamnation.

Elle se mit à courir comme si elle avait le diable aux trousses. Essoufflée, atterrée, elle rejoignit son oncle effondré sur un banc, à l'entrée du jardin. Elle s'assit à son côté.

Il ne la regarda pas.

— Nous ne parlerons plus jamais de cet incident, dit-il d'une voix blanche.

— Mon oncle… balbutia-t-elle en lui pressant la main.

— Je suis au courant des infidélités de Cybil depuis des années. Simplement, je ne comprends pas pourquoi elle choisit toujours des brutes épaisses. Tu sais, elle a eu une aventure avec Junior Blalock.

Là-dessus, Jeff Henry se pencha et vomit dans l'herbe. Ella pressa son poing sur sa bouche pour étouffer le gémissement de douleur qui montait du plus profond de son être.

12

— Bonjour, mademoiselle Ella, dit Roy Moses qui tenait deux ballons rouges. Je les ai achetés pour vous.

— Oh, merci, Roy ! Comme c'est gentil...

Elle prit les ballons, observant du coin de l'œil Jeff Henry qui, la tête haute, se dirigeait vers les Porter.

— Vous vous amusez bien, mademoiselle Ella ?

— Oui, et vous ?

En réalité, c'était une journée cauchemardesque. Elle venait d'assister à l'humiliation de son oncle, et Reed Conway en avait également été témoin. Allait-il raconter dans toute la ville que son cousin était l'amant de Cybil Carlisle ? Peut-être aurait-elle dû rester là-bas, et exiger de lui qu'il garde le silence. Mais à quoi bon, avec un homme de son espèce ?

— Moi, je m'amuse beaucoup. J'ai mangé des hot dogs et de la barbe à papa, je me suis payé plein de friandises. Mais lorsque j'ai vu les ballons, j'ai pensé à vous. Vous m'aviez dit que vous aimiez les ballons, je n'ai pas oublié.

— Quand vous ai-je dit ça ?

— Quand votre papa vous en a envoyé un énorme bouquet pour votre anniversaire. Vous étiez toute contente. Et vous m'avez dit que vous aimiez les ballons autant que les fleurs.

— Roy, vous avez une mémoire phénoménale.

— Je peux vous offrir un soda ? Il fait drôlement chaud.

— Merci, mais je n'ai plus le temps. Mon père va parler, rétorqua-t-elle, montrant le podium.

Webb poussait le fauteuil de Carolyn sur la rampe menant à l'estrade.

— Je dois être avec eux, ajouta-t-elle.

— Alors je vous l'offrirai plus tard, ce soda. D'accord ?

Il y avait tant d'espoir dans les yeux de Roy qu'elle n'eut pas le cœur de refuser. Elle lui tapota l'épaule.

— Entendu.

Elle se hâta de rejoindre ses parents. En passant près de son oncle, immobile au pied du podium, très droit, elle l'embrassa impulsivement sur la joue.

— Je t'aime, murmura-t-elle.

— Moi aussi, ma petite fille chérie, rétorqua-t-il d'une voix rauque.

Elle crut que son cœur allait se fendre. Il avait utilisé les mots de tendresse que Cybil réservait à sa nièce. Quel était son état d'esprit en cet instant ? Qu'éprouvait-il ? L'envie d'étrangler son épouse ou l'amant de celle-ci ?

Elle a eu une aventure avec Junior Blalock.

Ella ne s'en était jamais doutée. Jeff Henry, en revanche, le savait. Avait-il tué Junior, était-ce possible ? Était-il capable d'une telle jalousie ? Peut-être pas, mais il était du genre à tout faire pour que le scandale n'entache pas la réputation de sa famille.

Et Cybil ? Pouvait-elle assassiner un homme de sang-froid ?

Arrête de ruminer ces hypothèses absurdes ! Reed Conway est le meurtrier de son beau-père. Il a été jugé et condamné.

Oui, mais tu n'es plus si sûre de sa culpabilité...

La voix du présentateur la fit brusquement sursauter.

— Et voici le sénateur Porter, accompagné de sa ravissante épouse et de sa fille, le juge Eleanor Porter !

S'arrachant à ses sombres pensées, Ella monta les marches du podium pour se camper près de son père qui la prit par la taille, tout en saluant la foule enthousiaste.

Lorsque les politiciens eurent achevé leurs discours, l'orchestre les remplaça et les couples commencèrent à tournoyer sur le parquet installé sur la pelouse. Regina les observait, tapant du pied au rythme des guitares. Elle regardait Mark Leamon et Heather Marshall. Elle connaissait à peine cette femme, pourtant elle la détestait. Parce qu'elle était tout contre Mark.

— On danse, sœurette ? proposa Reed.

Elle lui sourit.

— Oui, seulement je te préviens que je ne suis pas très douée. Au lycée, je n'allais jamais au bal.

— Tu n'as qu'à te laisser guider, rétorqua-t-il en l'entraînant sur la piste. Moi aussi, je suis un peu rouillé, mais j'ai une camarade qui a eu la gentillesse de me donner quelques leçons particulières ces derniers temps.

— Je la connais, cette camarade ?

— Non, ce n'est pas le genre de demoiselle que tu fréquenterais.

— Je vois…

— Bon, puisque je t'ai fait des confidences sur ma vie amoureuse, si tu me parlais un peu de la tienne ?

— Tu ne m'as rien dit de ta vie amoureuse. D'ailleurs, je crois que je préfère ne pas en savoir plus, plaisanta-t-elle, heureuse d'être dans les bras solides et rassurants de son frère. Quant à la mienne, elle est inexistante.

— Tu aurais dû aller aux bals du lycée et de la fac. Tu aurais eu des meutes de soupirants devant ta porte et, à l'heure qu'il est, tu serais mariée avec un gentil garçon. Il ne faut pas que ce qui s'est passé avec Junior t'empêche de vivre. Ce serait trop bête. Tant que tu te couperas du monde, tu laisseras Junior gâcher ton existence – tu lui donneras encore plus de pouvoir qu'il n'en a eu sur toi cette nuit-là.

Si quelqu'un avait osé lui parler ainsi, elle se serait enfuie en courant. Mais Reed, plus que quiconque, savait ce qu'elle avait subi. Même si Junior ne l'avait pas pénétrée, il l'avait bel et bien violée avec ses mains et sa bouche. Il lui avait volé son innocence. À cause de lui, elle avait peur des hommes. De tous les hommes, excepté Reed qui l'avait sauvée. Et Mark, dont elle était amoureuse, malgré elle.

— Je voudrais être différente. J'ai suivi une thérapie pendant des années, mais je me dis toujours que, si je rencontre un homme, il saura ce que m'a fait Junior et il me jugera.

— Mark est au courant de tout, pourtant il ne s'aviserait pas de te juger.

— Mark n'est pas comme les autres.

— Tu l'aimes bien, n'est-ce pas ? rétorqua Reed d'un ton malicieux. Tu l'aimes beaucoup.

Elle eut un sourire timide. Il lui était difficile d'avouer, même à son grand frère, ses sentiments.

— Oui, mais... il ne s'intéresse pas à moi.

— D'où sors-tu cette idée-là ?

— Ce n'est pas moi qu'il a invitée à la fête. En ce moment, ce n'est pas avec moi qu'il danse.

— Voilà un problème qu'on peut résoudre facilement.

Avant que Regina comprenne ce que son frère mijotait, Reed l'entraîna habilement vers Mark et Heather. Quand ils furent tout près, il tapa sur l'épaule de Mark et suggéra de changer de cavalières. Regina en rougit de honte.

— Volontiers ! s'exclama Heather en se blottissant dans les bras que lui tendait Reed.

Face à face sur la piste, Mark et Regina se dandinaient d'un pied sur l'autre, embarrassés.

— Vous... vous dansez ? bafouilla Mark.

Elle se borna à hocher la tête. Mark la prit par la taille, sans la serrer.

— Vous êtes particulièrement belle, aujourd'hui. Cette robe jaune vous va à ravir.

— Elle est toute neuve, je l'étrenne.

Je l'ai achetée pour vous. Pour vous plaire. Pour que vous me regardiez comme une femme, et non simplement comme votre assistante.

Imperceptiblement, Mark l'attira plus près, jusqu'à ce que leurs corps se frôlent. L'espace d'un instant, elle lut dans ses yeux de la tendresse – en tout cas, une émotion qui dépassait la simple amitié. Son imagination s'emballait-elle, ou était-il vraiment possible que Mark partage ses sentiments ?

— Je suppose que vous connaissez Heather Marshall depuis longtemps, balbutia-t-elle.

— Heather ? Oui, depuis que nous sommes gamins.

Il resserra ses bras autour d'elle, appuya sa joue contre la sienne.

— Nous sommes de vieux copains. Il n'y aura jamais rien de plus entre nous.

— Ah oui ? murmura-t-elle.

Un tel bonheur la submergea qu'elle faillit chanceler.

— Il n'y a personne dans ma vie, poursuivit-il. Mais je voudrais que ça change.

— Vraiment ? rétorqua-t-elle et, cette fois, elle eut l'audace de le regarder dans les yeux.

— Et vous, Regina, vous souhaiteriez avoir quelqu'un dans votre vie ?

— Oui...

— Alors peut-être que, tous les deux, nous trouverons ce que nous cherchons. Bientôt...

— Peut-être...

Elle était tout étourdie, une sensation qu'elle n'avait jamais éprouvée auparavant. Une voix intérieure lui soufflait de dire : *Je suis à vous, prenez-moi*. Cependant la Regina trop sage et méfiante prêchait la prudence.

Ne te précipite pas, attends. Aimer Mark est une chose, faire l'amour avec lui en est une autre. Tu n'es pas prête.

Se pressant contre lui, Heather joignit les mains sur la nuque de Reed.

— Dites-moi, vilain garnement, votre petite manœuvre avait-elle pour but de jeter votre sœur dans les bras de Mark ou de me jeter, moi, dans les vôtres ?

Il se mit à rire. Heather était une effrontée. Il avait toujours apprécié les filles qui n'avaient pas froid aux yeux.

— À votre avis ?

— Je pense que vous avez agi par altruisme, pour aider votre petite sœur.

— Vous êtes aussi maligne que sexy.

— Merci, rétorqua-t-elle avec son sourire ravageur. Alors, quel effet ça fait d'être de retour chez soi ?

— C'est bien agréable.

— Je m'en doute. Je n'aurais jamais imaginé revenir dans ce trou perdu, mais après un mariage qui ressemblait fort à un emprisonnement, je ne rêvais que d'être libre et de rentrer à la maison.

— Vous étiez tombée sur un mauvais numéro ?

— Sur le pire. Il me trompait d'une manière éhontée et il me frappait.

— Je suis désolé, ce devait être pénible.

— Pas autant que ce que vous avez traversé. On raconte que la prison est un enfer, surtout pour les jeunes garçons séduisants.

— Les premières années ont été dures, rétorqua-t-il d'un ton sec, mais j'ai vite appris à me défendre.

— Ella m'a dit que vous clamiez toujours votre innocence et que vous étiez déterminé à découvrir le véritable meurtrier de Junior Blalock.

Il la dévisagea.

— Pour quelle raison me faites-vous part des confidences d'Ella ? Je présume qu'elle vous a parlé des lettres et des appels anonymes, n'est-ce pas ?

— Vous êtes également aussi intelligent que sexy, mon cher.

L'air de rien, Heather l'entraînait peu à peu vers l'autre côté de la piste.

— Ella est ma meilleure amie, enchaîna-t-elle. Nous n'avons pas beaucoup de secrets l'une pour l'autre.

— Dans ce cas, puisque vous êtes sa meilleure amie, expliquez-moi donc ce que le juge Porter pense de moi.

— Qui vous dit qu'elle pense à vous ?

Heather, d'un mouvement du menton, lui fit signe de regarder derrière lui. Il la fit pivoter. Près d'eux, un couple dansait sans se toucher. La femme se tenait très raide, comme si elle n'avait aucune envie d'être là. Avant qu'il ait pu détourner la tête, les yeux d'Ella Porter s'arrondirent de stupéfaction. Quand elle découvrit qui était sa cavalière, son expression se durcit et elle concentra son attention sur son compagnon.

— Ella est une fille vraiment bien, elle a un cœur d'or, commenta Heather.

— Puis-je savoir pourquoi vous me brossez son panégyrique ?

— Parce que je vous préviens, Reed Conway. Si jamais elle verse ne fût-ce qu'une larme à cause de vous, si vous lui faites du mal, je vous découperai en morceaux.

Reed haussa les sourcils.

— Vous êtes la deuxième personne qui me donne cet avertissement.

— Je suppose que le sénateur était la première.

— Je voudrais bien comprendre pourquoi vous imaginez qu'Ella pourrait pleurer à cause de moi.

— Vous êtes un homme, c'est une femme. Certaines choses se produisent entre les hommes et les femmes.

— En effet...

Il observait Ella du coin de l'œil, guettant une réaction. Soudain, elle le regarda. Que le Ciel lui vienne en aide, il la désirait de toutes les fibres de son corps. Et, s'il n'avait pas totalement perdu son instinct, elle partageait son trouble.

— Si c'est ce que tu désires, allons-y, déclara Dan. Choisissons une bague, fixons une date et laissons Carolyn organiser le mariage de la décennie.

Ella le dévisagea comme s'il avait perdu l'esprit.

— Pourquoi souhaiterais-tu soudain te marier ? Tu voulais, me semble-t-il, que nous devenions amants avant de songer au mariage.

Dan jeta un coup d'œil gêné autour de lui, craignant manifestement qu'on ne les écoute. S'il l'aimait, pensa-t-elle, il se moquerait que le monde entier les entende.

— D'après Carolyn, une femme comme toi passe d'abord par le mariage. J'y ai réfléchi, et je suis d'accord avec elle.

Il se pencha, chuchota :

— Ta mère m'a expliqué que tu étais encore... euh... vierge et que par conséquent...

— Elle t'a raconté ça ? articula-t-elle, s'efforçant de garder son calme.

— Ce n'est pas vrai ?

— Tu y attaches de l'importance ?

— Eh bien... je présumais qu'à ton âge, tu avais déjà eu une relation intime avec un homme, mais j'avoue que l'idée d'être le premier est assez excitante.

Ella s'immobilisa au milieu de la piste de danse, des couples qui les entouraient. Reed Conway continuait à l'observer, elle sentait ses yeux sur elle.

— Mettons les choses au point, murmura-t-elle d'une voix sifflante. Tu ne seras ni le premier ni le vingtième. Je ne coucherai pas avec toi. Jamais. Et je ne t'épouserai pas.

— S'il te plaît... Ne te donne pas en spectacle. Les gens nous regardent.

— Ça m'est complètement égal !

Dan lui saisit les poignets, elle se dégagea d'un geste brusque.

— Je ne comprends pas ce que tu as, ces temps-ci, se plaignit-il. Je pensais que...

— Tu pensais que je serais follement heureuse de me marier avec un homme qui ne m'aime pas et que je n'aime pas ? Tu te trompais !

Sur ces mots, elle le planta là. Carolyn avait-elle réellement dit à Dan qu'elle était une vieille fille, sans aucun espoir de trouver un compagnon prêt à l'aimer ?

S'éloignant d'un pas pressé, elle se fondit dans la foule. Elle entendit vaguement Dan l'appeler, ne se retourna pas. Elle marchait droit devant elle, à l'aveuglette. Elle avait besoin d'un coin tranquille pour se calmer et surmonter le sentiment d'humiliation qui la tenaillait.

— Qu'est-ce que vous attendez ? susurra Heather.

— Je devrais la suivre, selon vous ? rétorqua Reed qui n'attendait qu'un mot d'encouragement.

— Il va lui falloir une épaule robuste sur laquelle pleurer. Pourquoi pas la vôtre ?

— Je suis un ex-détenu, et vous me faites confiance ?

— Ai-je dit que je vous faisais confiance ? Junior Blalock méritait la mort, j'estime donc que, si vous l'avez tué, vous avez rendu au monde un grand service. De plus, je considère que, dans l'immédiat, Ella a besoin d'un mauvais garçon comme vous. Sa chère maman lui met beaucoup trop de gentlemen dans les pattes.

— Vous êtes vraiment étonnante, Heather Marshall.

— Je sais.

Reed l'embrassa sur la joue, puis se lança à la poursuite d'Ella. À plusieurs reprises, il faillit la perdre de vue, mais quand elle eut traversé le chemin circulaire, il devina qu'elle se dirigeait vers le jardin floral et le bosquet où elle avait surpris sa tante et Briley Joe.

Elle ne ralentit l'allure qu'après avoir franchi la passerelle. À l'évidence, elle ne s'était pas rendu compte qu'il la suivait. Il n'y avait personne alentour. Au loin, un chanteur interprétait, sur fond d'harmonica, de guitare et de contrebasse, un blues mélancolique : *Tu me regretteras*.

Reed s'avança sans bruit. S'il se manifestait trop tôt, elle s'enfuirait. Mais elle sentit sa présence, pivota et se pétrifia.

— Ça va ? lui demanda-t-il. J'ai cru remarquer que vous vous disputiez avec votre fiancé, et...

— Laissez-moi tranquille.

Une lueur paniquée brillait dans ses yeux bruns écarquillés, elle avait l'air d'un petit animal pris au piège.

— Rester seule ne vous ferait aucun bien. Vous ne préférez pas qu'on s'occupe un peu de vous ?

— Non, pas du tout !

Il s'avança d'un pas, elle recula. Il esquissa un sourire et, soudain, la peur dans le regard d'Ella céda la place à la provocation. Elle le défiait de s'approcher encore, or il n'avait jamais pu résister à un défi.

Il fit un pas, elle reculait toujours, sans voir l'arbre qui, derrière elle, allait lui barrer le chemin.

— Mais fichez-moi la paix ! s'écria-t-elle.

— Ce n'est pas ce que vous voulez, n'est-ce pas ?

Voilà, elle était acculée contre l'arbre. Le souffle court, elle jeta un coup d'œil à droite, à gauche, cherchant une issue. Il n'y en avait pas.

Reed posa les mains de chaque côté de sa tête, sur le tronc. Son torse frôlant la poitrine de la jeune femme, il plongea son regard dans le sien.

— Votre tante a le goût du risque. Et vous, Ella ?

— Je... Non.

— Je n'en suis pas convaincu. Je pense que ça vous plairait de faire l'amour dans un lieu public...

Elle se boucha les oreilles.
— Assez, taisez-vous !
Il se pressa contre elle. Son sexe était déjà dur comme de l'acier, et il ne l'avait même pas touchée.
— Je veux vous embrasser jusqu'à ce que vous ne puissiez plus respirer, je veux vous entendre crier mon nom et me supplier de vous prendre. Ici, maintenant.
— Je vous déteste !
— Vraiment ? Vous me détestez parce que vous me désirez. Ne prétendez pas le contraire, je le lis dans vos yeux chaque fois que vous me regardez.
— Allez-vous-en...
Il lui mordilla le cou, elle poussa un imperceptible gémissement.
— Il n'y a pas de honte à admettre que vous avez envie de moi. C'est réciproque, croyez-moi. Je ne pense qu'à vous, jour et nuit.
Il ne mentait pas, jamais il n'avait à ce point rêvé de posséder une femme. Pour lui, elle était l'incarnation de la tentation. Il n'avait pas le droit de poser la main sur elle, pourtant il en avait la certitude absolue : elle était faite pour lui, elle lui appartenait. S'il osait ébaucher un geste, réussirait-il à se réfréner, à garder le contrôle ? Rien n'était moins sûr.
Il s'empara de sa bouche, elle essaya de se dérober, se débattit. Ils se mesurèrent du regard, l'air entre eux semblait crépiter.
Il l'embrassa à nouveau, avec toute la douceur dont il était capable, savoura le miel de ses lèvres. Elle ne luttait plus, elle répondait à son baiser.
Ils étaient seuls au monde, libres, consumés par la même fièvre, emportés par la même passion. Ella avait glissé ses doigts dans les cheveux de Reed, elle se frottait contre lui, voluptueusement, langoureusement. Il tremblait, en proie au désir fou de l'ouvrir comme une mangue juteuse, de se noyer en elle. Malgré lui, ses mains l'exploraient, épousaient les courbes de son corps si somptueusement féminin.

Elle frémissait dans ses bras, vibrante, vivante. Elle aussi brûlait d'aller plus loin, de s'abandonner à la magie de cet instant.

Il couvrit sa gorge, ses seins ronds de baisers. Elle ravala un petit cri de plaisir.

— Dis que tu as envie de moi, murmura-t-il d'une voix rauque.

— J'ai envie de toi, souffla-t-elle.

— Dis mon nom.

— Reed…

Elle se cramponnait à son cou, cherchait sa bouche.

— Je te veux, Reed.

Soudain, un bruit les fit tressaillir. Des rires d'enfants. Au prix d'un effort surhumain, Reed s'écarta. Ella battit des cils, respira à fond. Elle avait les joues écarlates.

Une seconde après, une femme accompagnée d'un groupe de gamins traversait la passerelle.

Ella s'essuya la bouche d'un revers de main, se détourna. Reed lui saisit le poignet.

— Quand te reverrai-je ? Ce soir ?

Il avait posé cette question d'un ton presque implorant, et il s'en moquait. Si elle voulait qu'il se prosterne à ses pieds, il n'hésiterait pas.

— Non, répondit-elle, regardant autour d'elle pour s'assurer qu'on ne les avait pas remarqués.

— Quand ? insista-t-il.

— Je n'en sais rien.

— Tu ne souhaites pas en rester là, sois franche. Tôt ou tard, nous finirons ce que nous avons commencé aujourd'hui.

— Non… c'est impossible.

Sans un regard en arrière, elle disparut, le laissant seul avec sa frustration.

13

— Je voudrais que tu puisses te libérer quelques jours pour nous accompagner, dit Webb en étalant sur son toast une généreuse couche de marmelade d'orange. Ce sera la première fois que tu ne viens pas à la plage avec nous. Sans toi, ce ne sera pas pareil.

— Tu sais bien qu'Ella, maintenant qu'elle est juge, a des obligations, objecta Carolyn. Cet été, nous avons proposé de retarder notre petit voyage annuel, et elle a refusé.

— Je n'aime pas l'idée de la laisser à Spring Creek, avec Reed Conway qui traîne en ville. Comment savoir ce qu'il a derrière la tête ? Nous devrions rester ici.

Ella reposa sa tasse en porcelaine sur la soucoupe. Il était rare que sa mère descende prendre le petit-déjeuner. En général, Viola la servait dans sa chambre. Mais ce matin était particulier. Il marquait le début des vacances que les Porter passaient au bord de l'océan, où ils possédaient une maison.

— J'ai pensé que vous seriez heureux d'être en tête à tête, déclara Ella. Ce sera romantique.

— Elle a raison, approuva Carolyn en prenant la main de Webb. Il y a si longtemps que nous n'avons pas été seuls tous les deux.

Webb pressa les doigts de Carolyn, sans cesser de regarder sa fille.

— Les Hall et les Donnell ont prévu de passer une semaine là-bas en même temps que nous. Je doute que nous ayons une minute d'intimité. Kit Hall et Pattie Donnell ne lâchent pas ta mère d'une semelle.

— Et toi, dès le lendemain de notre arrivée, tu iras à la pêche au gros avec Jim Donnell et Trey Hall. Sais-tu, Ella, que Pattie emmène ses deux petites-filles, les enfants de Jim Junior ? Si tu encourageais un peu Dan, je pourrais devenir bientôt grand-mère, moi aussi.

— Maman, s'il te plaît. Je n'ai plus envie de parler de Dan. Je vous ai expliqué que nous avions rompu. Demain, nous avons rendez-vous pour un déjeuner d'adieu.

— Franchement, Eleanor, je ne te comprends pas, rétorqua Carolyn en grignotant délicatement un bout de toast. Les hommes comme Dan ne courent pas les rues. Tu risques fort d'attendre des lustres avant que quelqu'un d'aussi charmant et convenable ne s'intéresse à toi.

— Carolyn ! protesta Webb. Pour ma part, je considère plutôt que personne n'est assez bien pour elle, et si elle n'aime pas Dan…

— Elle pourrait apprendre à l'aimer, répliqua Carolyn d'un ton sec.

— Tu devrais plutôt souhaiter la voir heureuse. En ce qui me concerne, c'est mon désir le plus cher.

Brusquement, Ella émit un long sifflement. Ses parents sursautèrent.

— Hello ! Ne parlez pas de moi comme si j'étais absente. D'accord ?

— Pardon, ma chérie, répondit Webb.

— Je vous serais reconnaissante de ne pas vous inquiéter pour moi. Je suis une grande fille capable de prendre des décisions. Et je tiens à ce que ma mère et mon père passent une semaine de détente, en amoureux, dans leur maison de vacances.

À ce moment, Bessie entra dans la pièce, portant une longue boîte blanche. Elle toussota.

— J'ai trouvé ça sur les marches, à l'extérieur de la cuisine. Le nom de Mlle Ella est inscrit sur le bristol.

— Ah… des fleurs un vendredi matin, commenta Carolyn. Sans doute envoyées par quelqu'un qui veut recoller les morceaux, si je puis dire.

— Mais pourquoi le fleuriste qui les a livrées n'a-t-il pas sonné à la porte d'entrée ? s'étonna Webb.

— Qu'est-ce que j'en fais ? demanda Bessie.

Carolyn leva les yeux au ciel, exaspérée.

— Donnez-les à Mlle Ella, évidemment.

Bessie travaillait chez les Porter depuis que sa tante, Maisie Clark, avait pris sa retraite à l'âge de soixante-dix ans. Or elle n'avait toujours pas l'attitude qui convenait à une gouvernante. « Maisie savait quelle était sa place ici, disait parfois Carolyn. Bessie est insolente, elle se comporte comme si elle était notre égale. » Entre les deux femmes, c'était une éternelle pomme de discorde.

— Bien, madame, rétorqua Bessie en posant la boîte sur la table, d'un geste brusque.

Dès qu'elle fut retournée dans sa cuisine, Carolyn déclara :

— Webb, nous devons trouver quelqu'un pour la remplacer. Elle n'a vraiment rien d'une domestique.

— Nous avons déjà abordé ce sujet des centaines de fois, soupira Webb. Bessie fait correctement son travail, notre maison est impeccablement tenue. En outre, elle est une excellente cuisinière, presque aussi douée que Maisie. Ce n'est pas parce qu'elle ne rampe pas devant nous qu'il faut la licencier.

— Je n'exige pas qu'elle rampe, mais qu'elle nous témoigne un minimum de respect, répliqua Carolyn, pointant le menton.

Ella dénoua le ruban qui entourait la boîte et souleva le couvercle. Des roses rouges. Magnifiques, même si cette couleur n'était pas sa préférée.

— C'est étrange, marmonna-t-elle, je ne vois pas d'étiquette de fleuriste.

— Peut-être sur le bristol, suggéra Carolyn. Je suppose que Dan les a commandées au Bouquet de Spring Creek.

« Bien sûr, songea Ella, Dan s'adresserait forcément à ce fleuriste, qui fournissait les gens de leur milieu. » Elle espérait que Dan n'était pas l'expéditeur de ces roses. S'il croyait l'attendrir et la faire revenir sur sa décision, il avait jeté son argent par les fenêtres.

Et si ce n'était pas Dan ?

Ella sentit les battements de son cœur s'accélérer. Sa main tremblait quand elle détacha le bristol du couvercle. Reed n'aurait pas l'idée de lui envoyer des fleurs, n'est-ce pas ? Ce n'était pas son style.

Mais si c'était lui, que dirait-elle à ses parents ? « Hier, dans le parc, j'ai failli faire l'amour avec lui. » Ils en tomberaient à la renverse.

Seigneur, comment avait-elle pu perdre ainsi le contrôle de soi-même ? Sa raison l'avait désertée. Dans les bras de Reed, elle n'était plus que pure sensualité. Reed avait éveillé en elle un désir qu'elle n'avait jamais éprouvé, si violent qu'elle aurait volontiers pris tous les risques. Elle se serait donnée à Reed dans le jardin floral comme Cybil s'était donnée à Briley Joe, en oubliant toute prudence, toute pudeur. Ils auraient fait l'amour... Mais non, cela n'avait rien à voir avec l'amour, ce n'était que du sexe.

— Tu ne lis pas ce qui est écrit sur le bristol ? lui dit Carolyn.

— Pardon ? Oh... oui, bien sûr.

Elle extirpa la carte de la petite enveloppe qui ne portait aucun logo de fleuriste et, à voix haute, déchiffra le message :

Des roses rouges pour la femme la plus attirante de cette ville. Et une surprise pour entretenir le mystère. Cette fois, il n'y a pas de danger. Mais la prochaine fois... prends garde à toi.

Webb repoussa vivement sa chaise, contourna la table et prit la carte des doigts de sa fille.

— Qu'est-ce que ça signifie ? grommela-t-il. C'est tapé à la machine.

— Je ne comprends pas, rétorqua Carolyn d'un ton plaintif. Pourquoi Dan...

— Ne sois pas stupide ! tonna Webb. Ce n'est pas Dan Gilmore qui a envoyé ça.

Ella effleura machinalement les fleurs. Douze roses rouges à longue tige. Soudain, parmi les feuilles luisantes, elle perçut un mouvement. Le sang se mit à cogner à ses tempes.

— Papa, je... je crois qu'il y a quelque chose dans la boîte.

Webb empoigna aussitôt le carton et en fit tomber le contenu. Les roses s'éparpillèrent sur le parquet, et un serpent verdâtre se tortilla aux pieds de Webb.

Carolyn poussa un hurlement ; Ella bondit de sa chaise.

— Nom d'un chien ! jura Webb en se penchant pour saisir la répugnante créature.

— Attention ! s'écria Carolyn.

— Ce n'est qu'une couleuvre inoffensive, rétorqua-t-il, et il quitta la pièce pour aller tuer le serpent.

— C'est encore un coup de Reed Conway, décréta Carolyn. Je craignais qu'il ne se contente pas de lettres et d'appels anonymes.

Ella la dévisagea, stupéfaite.

— Comment as-tu appris que... Papa et moi ne voulions pas que tu sois au courant. Qui t'en a parlé ?

Carolyn baissa les yeux d'un air embarrassé.

— C'est Viola, n'est-ce pas ? Oh, je vais lui...

— Ne te fâche pas contre elle, l'interrompit Carolyn. Viola me permet de ne pas vivre totalement en marge. Pendant toutes ces années, elle a été ma plus loyale confidente. Elle a compris que j'avais le droit de savoir que ma fille était menacée.

— En réalité, personne ne m'a menacée. Harcelée, d'accord, mais pas menacée.

— Selon toi, un serpent n'est pas une menace ?

Carolyn coula un regard en direction de la porte de la cuisine.

— Il n'est plus question de partir et de te laisser seule.

— Maman, je refuse. Vous ne vous priverez pas de ces vacances, que tu attends chaque année avec tant d'impatience, à cause d'une vulgaire couleuvre.

— Cette fois, ce n'est qu'une vulgaire couleuvre, comme tu dis. N'oublie pas ce qui est écrit sur cette carte : la prochaine fois, prends garde à toi.

— Ce n'est peut-être qu'une mauvaise plaisanterie, sans rapport avec les autres lettres et les coups de fil.

Webb, qui revenait dans la pièce et avait entendu les paroles de sa fille, fulmina :

— Je pensais que nous avions convenu de ne pas parler à ta mère de...

— Elle ne m'en a pas parlé. Je le savais déjà.

— Viola, grogna-t-il.

— Webb, nous ne pouvons pas partir.

— Je suis d'accord.

— Pas moi ! s'exclama Ella, excédée. Des lettres, des appels téléphoniques et une couleuvre ne me tueront pas. Je ne me laisserai pas effrayer par la personne qui s'amuse à ces petits jeux.

— La personne ? répéta Carolyn. Tu veux dire que tu penses que ce n'est pas Reed Conway ?

— J'ignore qui c'est, et nous n'avons aucune preuve contre Reed.

Ella se mordit les lèvres. Elle ne pouvait pas défendre Reed et risquer de mécontenter ses parents.

Mécontenter ? Sois un peu réaliste, ma grande. Ils seraient fous de rage.

— Je considère qu'aujourd'hui il est allé un peu trop loin, déclara Webb. Frank devrait être en mesure de trouver d'où viennent ces roses, et peut-être de découvrir qui les a achetées.

— Sauf si elles ont été volées, objecta Carolyn.

— Comment ça ? rétorquèrent en chœur le père et la fille.

— Reed Conway a assassiné un homme. Vous croyez sincèrement qu'il hésiterait à voler des fleurs ?

— J'appelle Frank, marmonna Webb.

Ella le retint par le bras.

— Ces roses sont probablement vendues dans un hypermarché quelconque. Dans ce cas, il sera difficile de remonter la piste. Appelle Frank si tu le souhaites, mais ensuite ne t'en mêle plus. Je veux que, maman et toi, vous partiez ce matin comme prévu. Vous serez de retour dans une semaine, je me débrouillerai très bien sans vous. Jeff Henry et Cybil sont à côté et, si je me sens trop seule, j'irai dormir chez Heather.

Carolyn secoua la tête.

— Oh, ma chérie... Je suppose que tu n'as pas tort, mais je frémis à l'idée de ce qui pourrait t'arriver pendant notre absence.

— Il ne m'arrivera rien. Et si j'avais un problème, je contacterais Frank immédiatement.

— Je vais peut-être rendre visite à Reed avant notre départ, bougonna Webb d'un ton féroce.

— Non, papa, s'il te plaît. Tu te mettras en colère, Reed et toi risquez d'en venir aux mains... Tu n'as pas envie de passer tes vacances avec un œil au beurre noir, n'est-ce pas ?

— Ce garçon a besoin d'un autre avertissement, insista-t-il, crispant les poings.

— Si c'est nécessaire, Frank s'en chargera. Encore une fois, il n'y a aucune preuve contre Reed.

— Nous l'obtiendrons, cette preuve, rétorqua Webb. À ce moment-là, nous aurons les moyens de le réexpédier en prison.

— D'où il n'aurait jamais dû sortir, renchérit Carolyn.

Reed était-il vraiment derrière tout ça ? se demanda Ella. Elle n'y croyait pas. Pourtant... si elle se trompait ? S'il était résolu à se servir d'elle pour se venger ?

Elle ne le reverrait plus, elle ferait en sorte de n'être plus jamais seule avec lui. Il l'attirait irrésistiblement, certes. Cependant elle éprouvait aussi une peur étrange, inexplicable. Reed était sans nul doute un homme dangereux. Et elle était trop intelligente pour aller se jeter dans la gueule du loup.

Cybil s'examina dans le miroir de la salle de bains, grimaça. Elle s'était fait lifter trois ans plus tôt, pour son quarante-cinquième anniversaire, malheureusement la vieillesse la rattrapait. Chaque jour, elle repérait une nouvelle ride, de fines griffures sur son cou et au coin de ses yeux. Elle passa les doigts dans sa chevelure ébouriffée. Si elle ne courait pas chez le coiffeur tous les mois, elle aurait des cheveux gris.

Elle remplit un verre d'eau et se gargarisa. Les nombreux whiskies de la veille lui avaient laissé un goût amer dans la bouche.

Malgré tout, songea-t-elle en reculant d'un pas pour mieux se voir, elle avait encore des atouts : des seins en pomme – pas aussi fermes qu'autrefois, mais qui remplissaient bien une main d'homme – des hanches minces, des jambes fuselées, et pas une once de cellulite. En outre, et elle en remerciait le Ciel, elle ne souffrait d'aucun trouble lié à la ménopause dont se plaignaient tant de femmes de son âge.

Soudain, on tambourina à la porte. Probablement Judy, toujours fraîche comme un gardon. Comment la gouvernante parvenait-elle à garder le sourire en toutes circonstances ? Mystère. Elle était aussi pauvre qu'un rat des champs, trimait cinq jours par semaine depuis une vingtaine d'années, et avait un fils qui sortait de prison. Elle s'était mariée à deux reprises, s'était retrouvée veuve deux fois – même si son dernier mari méritait amplement qu'on l'expédie au cimetière.

Avec le recul, Cybil reconnaissait que sa brève liaison avec Junior avait été la pire erreur de son existence. La mort était trop douce pour les monstres comme Junior Blalock. Il aurait fallu le torturer, le dépecer pendant des jours entiers avant de lui trancher la gorge. Elle n'avait pas la cruauté d'un bourreau. Tuer, oui, elle en était capable. Torturer, non.

— Judy ? Laissez le plateau dans le couloir !

— Ce n'est pas Judy.

Cybil se figea. Son époux ne s'aventurait que rarement dans sa chambre. S'il venait plus souvent, elle ne collectionnerait peut-être pas les amants. Si Jeff Henry l'aimait, elle arrêterait peut-être même de boire. Mais il ne l'aimerait jamais, pas plus que Webb n'aimerait à nouveau Carolyn.

Elle enfila un peignoir de satin noir, sans nouer la ceinture, et alla ouvrir la porte. Son mari, le plateau dans les mains, considéra sa poitrine et son ventre nus, sa toison. Il demeura impassible. Elle remarqua cependant qu'une lueur fugace brillait dans son regard. Malgré ce dont il voulait la convaincre, il n'était pas totalement insensible à ses charmes.

— Nous avons à parler, articula-t-il en franchissant le seuil.

Depuis quand n'était-il pas entré dans cette chambre ? Hum... presque un an. Le soir de leur anniversaire de mariage, elle s'était arrangée pour qu'il boive trop de champagne et l'avait attiré ici. Il lui avait fait l'amour, tendrement et passionnément. Jeff Henry était toujours un amant respectueux de sa partenaire.

— De quoi devrions-nous parler ? rétorqua-t-elle, désinvolte.

Il posa le plateau sur le secrétaire placé devant une fenêtre donnant sur le jardin.

— J'ai été patient et compréhensif. J'ai excusé tes beuveries et fermé les yeux sur tes aventures.

— Quelle noblesse d'âme !

Elle était intriguée par la violente rougeur qui colorait son visage. Il ne rougissait ainsi que quand il souffrait de la chaleur, qu'il était furieux ou sexuellement excité.

— Seigneur, mais tu es écarlate...

Il crispa ses larges mains aux doigts épais.

— Je ne permettrai pas que tu te déshonores en public, que tu souilles ma réputation et celle de nos familles. Je pensais que, sur ce point, nous avions un accord tacite.

— Mais qu'est-ce que tu racontes ? soupira Cybil en soulevant le couvercle d'argent, bombé, qui gardait au chaud des pancakes enduits de beurre et de sirop d'érable.

Jeff Henry lui assena un coup sur le poignet pour l'obliger à lâcher le couvercle qui tomba bruyamment sur le sol.

— Tu n'es qu'une catin !

— Tu le découvres seulement maintenant ?

— Je t'ai vue, hier ! dit-il d'une voix sifflante. Dans le parc, dans le petit bois. Toi et Briley Joe, ce gorille noir de cambouis.

Cybil crut que son cœur se décrochait. Il l'avait surprise avec Briley Joe ? Oh non… Ils avaient pourtant choisi un endroit à l'abri des regards indiscrets, dissimulé par la végétation et les arbres.

— Je… je suis désolée.

— Tu peux l'être, ça ne change rien. Car le pire n'est pas là. Je n'étais pas seul, figure-toi. J'étais avec Ella. Tu m'entends ? L'enfant que tu aimes plus que n'importe qui au monde était avec moi, et elle a été témoin de ce spectacle… pornographique.

— Ella m'a… vue ?

— Oui, et elle a été aussi écœurée que moi. À ton avis, comment va-t-elle te juger, à présent qu'elle sait que tu écartes les jambes pour le premier venu ?

Cybil pressa les mains sur son ventre, tant la douleur qui la fouaillait était violente. Ella était la seule personne dont l'opinion comptait encore pour elle. Elle l'avait adorée dès l'instant où elle l'avait tenue dans ses bras.

— Et toi, évidemment, tu t'es empressé de lui expliquer que je suis une traînée, que j'ai eu une armée d'amants. N'est-ce pas ? Peut-être même lui as-tu dit que j'avais bien connu Junior Blalock ?

Elle s'interrompit, lut la vérité dans le regard de Jeff Henry.

— Mon Dieu, tu le lui as dit... Espèce de salaud !

Furieuse et révoltée, elle le gifla de toutes ses forces.

Il lui agrippa les poignets, l'attira rudement contre lui. Ses narines frémissaient, ses yeux étincelaient. Pour la première fois depuis longtemps – depuis la nuit où Junior avait été assassiné –, elle eut peur de son mari.

Il l'entraîna vers le lit, la jeta sur la courtepointe de satin. Effrayée et stupéfaite, elle le regarda se débarrasser de son pantalon et de son caleçon. Elle tenta de lui échapper, mais il s'abattit sur elle de tout son poids. Le souffle coupé, elle scruta son visage qui semblait taillé dans de la pierre, éclairé par un regard glacé. Elle ne le reconnut pas. Ce n'était pas Jeff Henry Carlisle, le si courtois gentleman du Sud.

— Qu'est-ce qui te prend ? balbutia-t-elle.

— Je vais coucher avec ma femme.

Elle n'eut pas le temps de réagir. Il l'empoigna par les hanches et la pénétra brutalement, lui mordant la bouche. Une onde de plaisir la transperça.

Ils s'accouplèrent sauvagement, bestialement. Jeff Henry la chevauchait comme si elle était une prostituée payée pour le satisfaire. Il jouit le premier et enfouit sa figure au creux de l'épaule de Cybil.

Puis, sans un mot, il se releva, se rhabilla et se dirigea vers la porte.

— Je crois que, exceptionnellement, tu ne pensais pas à ma sœur ! lui lança-t-elle par défi.

Il ne se retourna pas, sortit et referma la porte derrière lui.

Cybil resta pétrifiée sur le lit dévasté. Elle n'avait vu Jeff Henry dans cet état qu'une seule fois. Par le passé, il ne l'avait prise avec une telle rage qu'une seule fois.

Et, elle devait l'avouer, elle avait aimé ça – jadis et aujourd'hui. Ce matin, il aurait été capable de tuer. Comme la première fois, quand il l'avait surprise avec Junior Blalock, moins de huit heures avant qu'on ne le découvre assassiné.

14

Ella descendait Main Street, souriant et adressant quelques mots aux passants qu'elle croisait. Elle avait rendez-vous avec Dan au Callahan's. Ils avaient décidé de rester amis. Après tout, ils évoluaient dans le même cercle et étaient destinés à se rencontrer régulièrement.

Ella sentait qu'il ne tarderait pas à se remettre de leur rupture – Heather s'empresserait de le consoler. Pourquoi n'avait-il jamais prêté attention à la belle rousse ? Cela dépassait l'entendement. Au lycée déjà, Heather était folle amoureuse de lui. Certes, il était plus âgé et ne manquait pas d'admiratrices, cependant il était surtout conservateur jusqu'au bout des ongles, tandis que Heather se moquait des conventions. Ces deux-là étaient l'eau et le feu. Mais les contraires s'attirent. La preuve : Ella Porter et Reed Conway. Jamais elle n'aurait imaginé être séduite par un homme comme Reed. Non… pas un homme comme Reed. Reed, seulement lui.

Néanmoins, il n'était pas question de céder à l'élan qui la poussait vers lui. Instinctivement, elle était à peu près convaincue qu'il n'était pas celui qui s'amusait à la persécuter. D'accord, mais… si elle avait tort ? Après tout, pourquoi la désirerait-il ? Elle n'était certainement pas son type. Au lycée, déjà, il ne sortait qu'avec des sex-symbols.

Consultant sa montre, elle réalisa qu'elle avait cinq minutes de retard. Flûte… Dan était un maniaque de la ponctualité. De fait, elle l'aperçut derrière la vitrine du Callahan's, les bras croisés, tapant du pied.

Elle approchait de l'entrée du Callahan's, lorsqu'elle remarqua une silhouette plus loin dans la rue. Reed Conway...

Il ne t'a pas aperçue et, s'il tourne la tête de ton côté, tu n'auras qu'à feindre de ne pas le voir.

Malheureusement, elle ne parvenait pas à détacher son regard de lui. Mais... que faisait-il ? Il s'arrêtait devant la boîte aux lettres, tirait une enveloppe de sa poche de poitrine, la glissait dans la fente.

Le cœur d'Ella manqua un battement. Une enveloppe blanche. Allait-elle recevoir une nouvelle lettre obscène ?

Non, pitié, non.

Même si elle s'interdisait de succomber à la tentation de devenir sa maîtresse, elle ne voulait pas le croire capable de pareilles bassesses.

Seigneur, faites qu'il soit innocent !

Réfléchis... Ce n'est pas parce que Reed a posté une enveloppe blanche que cette lettre t'est forcément destinée. C'est peut-être une facture du garage, un courrier quelconque...

Cependant, si demain elle avait un autre message, alors il lui faudrait admettre que Reed en était sans doute l'auteur. Mais pourquoi aurait-il posté celui-ci ? Les précédents lui avaient été remis directement.

L'esprit en ébullition, elle posait la main sur la poignée de la porte du restaurant, quand le battant s'ouvrit à la volée. Surprise, elle fit un bond en arrière.

— Je commençais à me demander où tu étais passée, lui dit Dan. Tu es en retard.

— Oui, excuse-moi.

— Enfin, dépêchons-nous de rattraper le temps perdu.

Comme il la prenait par la taille, elle jeta un coup d'œil par-dessus son épaule. Reed était toujours près de la boîte aux lettres. Il hocha la tête, signifiant ainsi qu'il savait qu'elle l'avait vu. Puis il sourit, et ce sourire disait : « Oui, j'ai posté une enveloppe blanche sous vos yeux, et je me fiche de ce que vous pensez. »

Elle se hâta de reporter son attention sur Dan, consciente qu'il lui parlait.

— Quelle bonne idée de déjeuner ensemble ! Je tiens beaucoup, moi aussi, à ce que nous restions amis.

À l'instant où Ella détourna le regard, le sourire de Reed s'effaça. Il considérait fixement le bras de Dan Gilmore sur la taille de la jeune femme. Il aurait voulu courir l'arracher à cet homme et l'emmener ailleurs, dans un abri à l'écart de tout. Depuis qu'ils s'étaient embrassés dans le parc, la veille, il ne songeait qu'à elle.

Il aurait pu aller chez Ivy pour se détendre. Il s'était pourtant abstenu et continuerait à s'abstenir. Les moments passés avec Ivy ne lui apportaient qu'un soulagement fugitif, ce n'était qu'un leurre. Ella Porter était le seul être au monde capable de le combler.

Oui... et avant qu'elle te permette de l'approcher à nouveau, tu rôtiras en enfer.

Sitôt qu'Ella et Dan eurent disparu à l'intérieur du Callahan's, il traversa la rue et poussa à son tour la porte du restaurant. L'hôtesse les conduisait à leur table, lorsqu'il s'assit sur un tabouret, au bar. De là, il les voyait parfaitement. Il commanda un Coca, grignota des cacahuètes. S'efforçant de paraître aussi désinvolte que possible, il ôta ses lunettes de soleil.

Il s'en voulait d'avoir laissé Ella le distraire de son objectif. S'il avait décidé de revenir à Spring Creek, au lieu d'essayer de recommencer à zéro dans une autre ville, c'était uniquement pour chercher l'assassin de Junior Blalock. Il savait que ce serait difficile, voire irréalisable. Junior, de son vivant, ne manquait pas d'ennemis. Presque tous ceux qui le côtoyaient pouvaient figurer sur la liste des suspects.

Mais quelqu'un – probablement le véritable meurtrier – avait peur. Ce quelqu'un s'évertuait à remettre

Reed derrière les barreaux, à le priver de sa liberté pour qu'il ne remue pas les cendres du passé. En réalité, sans s'en rendre compte, cette personne l'aidait. Il serait éventuellement impossible de rouvrir un dossier vieux de quinze ans, mais il serait peut-être moins compliqué de résoudre une affaire de harcèlement.

Reed devait cesser de considérer Ella comme une femme désirable, qui le hantait, et la voir comme un moyen d'atteindre son but. S'il la persuadait qu'il n'était pour rien dans ce qu'elle subissait pour l'instant, il pourrait avec un peu de chance la convaincre de lui faire confiance : à eux deux, ils réussiraient à découvrir qui se cachait derrière ces lettres obscènes et ces appels anonymes.

Cela posait néanmoins un problème. Collaborer impliquait de passer du temps ensemble, et il n'était pas sûr d'avoir la force de contrôler ses pulsions.

Tu vas trop vite. Rien ne dit qu'elle acceptera de coopérer. Regarde-la sourire à son petit ami. Et il lui tient la main !

Il détestait les émotions qu'elle éveillait en lui. Une faim qu'aucune autre femme ne pouvait apaiser, et une jalousie féroce qu'il n'avait jamais éprouvée auparavant.

Qu'avait-elle donc de si spécial ? Elle était séduisante, cependant il en avait connu de plus belles. Elle avait des formes appétissantes, voluptueuses, mais elle n'incarnait pas la perfection physique. En fait, elle était la dernière au monde qui aurait dû l'attirer. La fille de Webb Porter, nom d'une pipe !

Que se produirait-il s'il prouvait que son père avait tué Junior ?

Elle te haïra.

Certes, il n'avait pas la certitude que le sénateur était bien celui qu'il cherchait, mais il l'avait toujours soupçonné. Car Junior s'était vanté devant lui, autrefois, de détenir des informations sur la famille Porter qui, si elles étaient révélées, la mettrait dans un grand embarras. Il entendait encore le rire gras de Junior.

— Ils en ont, des sales petits secrets, et je les connais. Je suis sûr qu'ils paieraient cher pour que je la ferme. Avec une partie du fric de Webb Porter et de Jeff Henry Carlisle, je nous sortirais vite de ce taudis.

Junior avait-il fait chanter Webb ? Ou Jeff Henry, ou même Cybil ? Reed ne savait qu'une chose : tous les membres de la famille d'Ella avaient une raison de souhaiter que Junior disparaisse de la surface de la terre.

Il vida d'un trait la moitié de son Coca, s'essuya la bouche d'un revers de main, et jeta un coup d'œil en direction d'Ella. Dan lui avait lâché la main. Elle ne souriait plus. Elle ne le regardait pas comme si elle brûlait de le couvrir de baisers et de caresses, il ne voyait pas sur son visage ce qu'il y avait lu la veille, dans le parc, quand il l'avait sentie vibrer dans ses bras.

Ce simple souvenir le mettait dans tous ses états.

Va-t'en d'ici avant de te ridiculiser.

Il régla sa consommation, descendit de son tabouret et s'avança jusqu'à la lisière de l'espace réservé au bar, surélevé par rapport à la salle. À ce moment, Ella leva les yeux, le vit. Une délicate rougeur envahit ses joues.

Elle fréquentait peut-être M. Costume-Cravate, mais Reed aurait volontiers parié son dernier sou que Dan Gilmore n'était pas l'homme dont elle avait rêvé cette nuit.

Mark paya le livreur, avec un généreux pourboire, et emporta le sac en papier qui contenait leur dîner dans son bureau, que Regina s'affairait à ranger. Il lui avait demandé de rester plus longtemps, ce soir, pour l'aider à préparer une affaire importante qui serait jugée la semaine suivante. Elle avait naturellement proposé de lui consacrer son week-end et de l'assister de toutes les manières possibles. Cara, la secrétaire, les avait quittés à dix-sept heures trente, quatre heures plus tôt, et depuis tous deux avaient travaillé dur. Regina venait de commander leur repas au Spring Creek Café, un fast-food qui restait ouvert jusqu'à minuit le vendredi et samedi.

— Laissez donc ces bouquins, dit-il. Je m'en occuperai plus tard.

Il montra du doigt l'ordinateur de Regina, dans la pièce adjacente.

— Vous avez tout sauvegardé ?

— Vous me posez toujours la question, et je vous réponds toujours : oui, j'ai tout sauvegardé.

Quand elle lui souriait, il en avait le vertige. Elle était incroyablement belle. Fine et si fragile qu'il avait envie de l'envelopper dans un cocon douillet pour la préserver de tout ce qui pourrait la blesser. Ces derniers temps, face à Regina, il avait l'impression d'être un adolescent maladroit, aux hormones en folie. Depuis des mois, il désirait l'inviter à dîner, mais il n'en avait pas le courage. Elle ne sortait jamais, pourquoi donc ferait-elle une exception pour lui ?

— Vous croyez que vous serez en mesure d'aider Reed ? s'enquit-elle, tout en disposant les sandwichs, les chips et les cookies sur les sets en papier.

Surpris, il la dévisagea sans répondre. Pourquoi cette interrogation ? N'avait-elle pas discuté de ce sujet avec Reed ?

— J'ai tout mis en œuvre pour l'aider, j'espère que vous n'en doutez pas. Mon père aussi s'est démené pendant des années. Il a eu recours à tous les moyens légaux dont il disposait pour faire appel du jugement. Et il a tenté de persuader les autorités de rouvrir le dossier.

— Ma mère s'inquiète. Elle... nous sommes au courant, pour les lettres et les appels anonymes qu'a reçus Ella Porter. Et Webb est convaincu que Reed harcèle sa fille, nous ne l'ignorons pas. Les familles Porter et Carlisle sont les plus puissantes de la région. Elles peuvent compliquer singulièrement la vie de Reed.

Maman a peur que mon frère se révolte, qu'il commette une bêtise et se retrouve en prison.

— Nous savons tous que ce n'est pas Reed le responsable. Sur ce point, je pense avoir bien plaidé sa cause auprès d'Ella.

— Vous voulez dire qu'elle croit en l'innocence de Reed ?

Mark s'installa dans son fauteuil.

— Non, je dis qu'elle a l'esprit plus ouvert. Elle est prête à lui accorder le bénéfice du doute.

Regina s'assit à son tour, près du bureau, et prit un sandwich.

— Est-il vraiment possible de prouver que Reed n'a pas tué Junior ?

— Il n'y a qu'une façon d'y parvenir : découvrir l'assassin.

— Si la police n'a pas trouvé d'autres suspects il y a quinze ans, comment pourriez-vous réussir aujourd'hui ?

— La police n'a pas *cherché* d'autres suspects. On a arrêté Reed tout de suite après le meurtre et on a estimé que l'affaire était réglée.

— Beaucoup de gens haïssaient Junior, rétorqua Regina en mordant dans son sandwich crudités-poulet.

— Oui, d'après ma petite enquête, la liste est longue comme le bras.

Mark scrutait le visage de Regina. Elle arborait une expression sereine, comme si parler de Junior Blalock n'avait aucun effet sur elle, comme s'il n'avait pas tenté de la violer quand elle n'était encore qu'une enfant.

— Je suppose que maman et moi pourrions logiquement être en tête de cette liste, murmura-t-elle. Nous étions celles qui avaient le plus de raisons de le détester. Il était violent avec elle. Il rentrait ivre à la maison, il la battait. Reed et lui se querellaient sans arrêt. Et Reed en voulait à maman, parce qu'elle ne divorçait pas. Pour le meilleur et le pire – voilà ce que répétait maman. Le mariage est sacré pour elle.

— Vous avez dû traverser des épreuves épouvantables, vous et votre famille.

Mark n'imaginait même pas de telles horreurs. Il avait grandi dans un cadre normal : un père, une mère, une sœur aînée. Sans doute n'avait-il pas, à l'époque, mesuré à sa juste valeur la chance qu'il avait d'être le fils d'un homme qu'il aimait et respectait.

Que ressentait-on lorsqu'on vivait avec un beau-père ivrogne, une brute ? Le père de Mark se serait coupé la main plutôt que de frapper son épouse.

— Maman n'aurait pas laissé Reed aller en prison pour un crime qu'elle aurait commis, déclara soudain Regina.

— Je ne l'ai jamais suspectée ! protesta Mark en mordant dans son sandwich au thon.

— Et moi ? Vous m'avez suspectée ?

De stupeur, Mark faillit s'étrangler. Il déglutit, toussa.

— Vous n'étiez qu'une gamine de onze ans.

— Cette nuit-là, Junior était soûl et Reed l'avait assommé. Junior était presque inconscient, lui trancher la gorge ne réclamait pas beaucoup de force. J'aurais pu prendre le couteau de Reed et…

Mark bondit sur ses pieds et l'agrippa par les épaules.

— Vous ne l'avez pas tué.

— Non, je ne crois pas, mais j'aurais pu. Je le haïssais assez pour ça. Je voulais qu'il meure. Pendant que… qu'il me touchait, j'ai prié pour que Dieu lui ôte la vie.

Bouleversé, Mark la mit debout et l'enveloppa de ses bras. Elle ne se déroba pas.

— Si je vous avais connue à cette époque, si j'avais été là, moi aussi j'aurais voulu l'égorger. Penser à ce qu'il vous a fait subir m'est insupportable.

Elle se raidit, s'écarta et le dévisagea.

— Bien sûr… quand on me voit, on pense forcément à ce qui m'est arrivé. C'est pour cette raison qu'aucun homme bien ne pourrait avoir envie d'être avec moi.

Mark en fut abasourdi. Était-ce réellement ce qu'elle ressentait ? Il comprenait maintenant pourquoi elle n'avait jamais fréquenté personne.

— Regina… est-ce que vous me considérez comme un homme bien ?

— Naturellement. Vous êtes honnête et vous avez bon cœur.

Tant pis si elle le repoussait… Le moment était venu d'être sincère avec elle, de lui avouer ses sentiments.

— Alors, vous avez devant vous un homme bien qui a profondément envie d'être avec vous.

Les yeux de Regina, si bleus, s'écarquillèrent.

— Vous… c'est vrai ?

Il brûlait de la serrer dans ses bras, de la bercer pour effacer de son esprit tous les mauvais souvenirs. Il se contenta de lui effleurer la joue.

— Je ne sais plus exactement quand ça s'est produit, mais un beau jour, durant ces derniers mois, je suis tombé amoureux de vous.

— Oh, Mark, je… je risque d'être incapable de vous donner ce qu'un homme attend d'une femme. Malgré la thérapie que j'ai suivie pendant mon adolescence, je ne suis pas encore guérie.

— Je vous demande seulement de me laisser une chance. De *nous* laisser une chance. Vous croyez que c'est possible ? Est-ce qu'au moins vous le souhaitez ?

Il plongea son regard dans le sien.

— Vous pourriez ne pas partager mes sentiments. Je le comprendrais, vous…

— Je les partage, souffla-t-elle avec un doux sourire, les yeux brillants de larmes.

Il eut la sensation que son cœur se dilatait de bonheur. Regina l'aimait…

— Nous irons lentement, pas à pas. Nous commencerons, comme tout le monde, par un premier rendez-vous. Qu'en dites-vous ?

— Un premier rendez-vous ? C'est merveilleux…

— Demain soir ? Nous quitterons le bureau assez tôt pour dîner et aller au cinéma. Ensuite je vous reconduirai chez vous, et nous verrons bien si vous décidez de m'accorder ou non un baiser.

Impulsivement, elle l'embrassa sur la joue, puis s'écarta d'un bond. Il ne bougea pas. Il voulait lui montrer ce qu'était une relation amoureuse entre un homme et une femme qui tenaient profondément l'un à l'autre, qui se désiraient vraiment. Il lui ferait la cour, comme il l'avait promis, en s'accrochant à l'espoir qu'un jour elle soit capable de se donner à lui corps et âme. Il attendrait aussi longtemps que nécessaire, quoi qu'il lui en coûte.

Plus de lettres – du moins pour le moment – ni de coups de fil. Ces stratégies rudimentaires n'obtenaient guère de résultats.

La couleuvre dans le bouquet de roses, en revanche, était plus qu'une simple plaisanterie – une petite pierre destinée à poser les bases des événements futurs.

On ne pouvait pas précipiter le mouvement, même si, à mesure que les journées s'enchaînaient et que Reed Conway restait en liberté, la situation devenait plus périlleuse. Naturellement, il n'était pas question que la vérité sur le meurtre de Junior Blalock éclate. Cependant, il ne fallait pas aller trop vite en besogne, sinon quelqu'un finirait par avoir des soupçons.

Une étape après l'autre.

Patience…

Jusqu'ici, personne n'avait eu de réel problème, tout cela n'était pas bien méchant. Peut-être était-il temps d'accentuer un peu la pression, de resserrer sur Reed les mâchoires de l'étau.

Puisque Ella était seule, pourquoi ne pas en profiter ?

15

Comme tous les soirs depuis le départ de ses parents, Ella passa à la maison en rentrant, avant d'aller chez son oncle et sa tante. Son père avait tenu à ce qu'elle ne reste pas seule la nuit durant leur absence. Pour le rassurer, elle avait accepté.

Pourtant elle s'était toujours sentie en sécurité dans la vaste demeure d'East First Street et, malgré les événements récents, c'était encore le cas. En outre, elle possédait un petit revolver dont elle savait se servir, et les chiens de chasse de son père réveilleraient tout le quartier si un intrus s'avisait de pénétrer dans l'enceinte de la résidence. Cependant, en fille docile, elle dormait chez les Carlisle et, le matin, retournait chez elle pour se doucher et s'habiller.

Mais aujourd'hui, elle était exténuée et n'avait qu'une envie : se plonger dans un bain moussant puis s'écrouler sur son lit. Elle allait téléphoner à son oncle pour lui dire qu'elle ne viendrait pas. Webb ne le saurait pas, donc il ne se tracasserait pas.

Même si elle les avait poussés à partir, ses parents lui manquaient. À trente ans, c'était certainement le signe que, hormis le travail, elle n'avait pas de vie personnelle.

Coinçant son attaché-case sous son bras, elle déverrouilla la porte, entra dans le hall et actionna l'interrupteur. En se tournant vers l'escalier gracieusement incurvé, elle posa les yeux sur le miroir ancien, au cadre doré, accroché au-dessus de la commode marquetée du dix-huitième siècle. La glace était étoilée, comme si on l'avait brisée avec un objet lourd ou d'un coup de poing.

Une sensation de malaise lui noua la gorge. Qui avait cassé le miroir ? Et quand ? S'obligeant à garder son calme, elle recula vers la porte close. La salle à manger, sur sa gauche, était plongée dans la pénombre ; seules les lueurs du soleil couchant, mêlées à celles des réverbères de la rue, filtraient à travers les tentures. Cela permit néanmoins à Ella de constater que la pièce était vide, à moins que quelqu'un ne soit dissimulé derrière un meuble.

Elle pivota pour fouiller le salon des yeux, poussa un cri étranglé. Au-dessus du manteau de la cheminée, en marbre bleuté, une main avait barré les portraits de ses parents d'une horrible croix noire. Les fauteuils gisaient sur le flanc, les vases et les bibelots étaient en miettes, les coussins éparpillés sur le sol, éventrés. Tout était saccagé.

Mon Dieu… Son revolver était en haut, au fond du tiroir de sa table de chevet. Et les fusils de chasse se trouvaient dans le bureau de son père, dans une vitrine fermée à clé.

Non… oublie les armes, ce n'est pas la meilleure façon de se défendre s'il y a quelqu'un dans la maison. Sors d'ici, bon sang !

Mais elle était tétanisée, au bord de la nausée tant la peur lui tordait l'estomac. Puis soudain, la gangue de glace qui lui paralysait les jambes vola en éclats. Elle se rua sur la porte. À l'instant où elle posa les doigts sur la poignée, les chiens de Webb, dans leur enclos au bout du jardin de derrière, se mirent à aboyer férocement. Ella sursauta, lâcha son attaché-case.

La poignée en bronze de la porte refusait de lui obéir. Elle avait les mains tellement moites, comme enduites de graisse, qu'elles glissaient sur le métal. Le vandale était sans doute encore dans les parages – les chiens l'avaient vu, entendu ou flairé. Était-il en train de s'enfuir ou s'était-il caché dans un recoin du jardin ?

La poignée tourna enfin, Ella poussa le battant et s'élança dans l'allée pavée de briques disposées en chevrons. Des éclairs de chaleur zébraient le ciel crépusculaire. Elle atteignit la rue. Personne ne la suivait.

Quand elle sonna chez son oncle et sa tante, elle était hors d'haleine, les nerfs à vif. Cybil apparut sur le seuil, Ella se jeta dans ses bras.

— Ma chérie... mais qu'est-ce que tu as ?

— La maison... un cambrioleur... il est encore là...

— Jeff Henry ! s'écria Cybil.

Ella se mit à farfouiller dans son sac, à la recherche de son portable.

— Je préviens la... la police.

— Calme-toi, ma chérie, lui dit Cybil en la serrant contre elle. Tu ne risques plus rien.

Ella s'obligea à s'emplir les poumons d'oxygène pour faire refluer la terreur qui la suffoquait. Trouvant enfin son téléphone, elle composa le 911 et réussit à expliquer de façon cohérente qui elle était et ce qui se passait. Son interlocutrice lui assura qu'une voiture de police serait là dans un moment. Après avoir appelé une deuxième fois son mari, Cybil entraîna sa nièce dans le vestibule.

— Viens, nous avons besoin d'un remontant.

Ella se laissa guider vers le salon meublé d'antiquités, où aucun détail ne changeait jamais, car Jeff Henry avait horreur du changement. Comme chaque été, le divan et les fauteuils étaient recouverts de plaids blancs, et les lourdes tentures qui masquaient les fenêtres en hiver avaient été remplacées par des rideaux de basin immaculé. Le papier peint imprimé de roses pompon et le tapis à larges motifs apportaient heureusement des touches de couleur à ce décor un peu froid.

— Pourquoi diable hurles-tu ainsi ? demanda Jeff Henry en faisant irruption dans la pièce.

Avec sa veste d'intérieur en satin et sa pipe à la main, il aurait pu poser pour un tableau intitulé *Le maître de céans* – un maître qui, pour l'heure, était manifestement irrité.

Lorsqu'il vit Ella, cependant, son expression se radoucit.

— Ça ne va pas, ma chère enfant ? Tu es bien pâle.

— Un vandale s'est introduit chez nous... Le salon a été saccagé, peut-être toute la maison. Je ne sais pas, je ne suis pas allée plus loin que le hall, je me suis immédiatement réfugiée ici.

— Seigneur Dieu ! s'exclama Jeff Henry en se précipitant vers sa nièce, si bien que Cybil et lui la tenaient chacun par un bras. Il faut appeler Frank Nelson immédiatement.

— J'ai déjà alerté le 911.

— Ah, parfait... Mais il vaudrait mieux que Frank soit averti. Cet acte de vandalisme est sans doute l'œuvre de ce voyou, Reed Conway. Il est dangereux, on n'aurait jamais dû le relâcher. Grâce au Ciel, tu n'es pas tombée sur lui. Je préfère ne pas penser à ce qu'il aurait pu te faire.

Reed ? Jeff Henry croyait Reed coupable ? Cette idée n'était même pas venue à l'esprit d'Ella.

— Ce n'est pas juste d'accuser systématiquement Reed Conway, déclara-t-elle, surprise d'exprimer ainsi son opinion à voix haute. Aucun indice ne permet d'établir un rapport entre lui et le cambriolage, les lettres, les coups de fil anonymes ou la couleuvre dans le bouquet de roses.

— Si ce n'est pas lui, alors qui ? rétorqua-t-il en la conduisant vers le divan. Assieds-toi, ma chère enfant.

— Je nous sers un cognac, dit Cybil.

— L'alcool... le remède miracle de ta tante, grommela Jeff Henry qui s'installa au côté d'Ella. Tout a commencé quelques jours après que cet homme est sorti de Donaldson. Il avait juré, autrefois, de se venger de Webb. C'est un assassin, capable de tout. Adolescent, ce n'était déjà que de la mauvaise graine, je m'en souviens. Crois-moi, c'est lui qui te persécute.

Cybil tendit à Ella un verre en cristal.

— Bois, ça te détendra.

Ella avala une gorgée de cognac. Excellent, parfumé et moelleux. Jeff Henry n'achetait que des produits de premier choix. Une caractéristique familiale depuis des générations, comme il se plaisait à le répéter. Les Carlisle étaient des connaisseurs, ils n'aimaient que le meilleur, la perfection ; pourtant, quand il s'était marié, Jeff Henry avait épousé la sœur imparfaite de celle qu'il considérait comme la perle rare.

— Je vais contacter Frank et appeler Webb pour…

— Non, s'il te plaît. Ne les dérangeons pas ce soir, maman et lui. Nous leur téléphonerons demain.

— Bon… acquiesça-t-il. Tu as raison, il est inutile d'affoler Carolyn pour l'instant. Elle sera bouleversée quand elle apprendra ce qui s'est passé, mais dès demain Frank aura fait remettre Reed Conway en prison, et cette affaire insensée sera réglée.

Ella hocha la tête, observant sa tante à la dérobée. Les traits de Cybil, en entendant son mari parler de Carolyn, s'étaient crispés. Cela ne dura qu'une fraction de seconde, cependant Ella songea que seule une femme amoureuse pouvait réagir de cette manière. En dépit de ses aventures extraconjugales, sa tante était-elle encore éprise de son mari ?

Malgré les protestations de Jeff Henry, Ella insista pour être avec lui lorsque la voiture de police se gara dans la rue. Avant que les deux policiers ne franchissent le seuil de la résidence des Porter, Frank Nelson apparut et prit les opérations en main. Il pria Ella et son oncle de rester dehors, à l'abri, puis suivit ses subordonnés à l'intérieur de la maison. Quelques minutes plus tard, une deuxième voiture arriva et deux autres policiers – un homme et une femme – entreprirent de fouiller les lieux. Les chiens, au fond du jardin, aboyaient comme s'ils avaient trouvé quelque chose.

Était-ce le cas ? se demanda Ella. Non, bien sûr que non. Ils étaient confinés dans le chenil, fermé par une clôture. Néanmoins, leurs hurlements lui écorchaient les nerfs. L'image de Reed Conway fulgurait devant ses yeux : il courait, traqué par les policiers qui le capturaient, le menottaient, alors qu'il clamait son innocence.

Elle secoua la tête pour chasser ces pensées odieuses. Elle ne voulait pas que Reed soit coupable, cette idée lui était intolérable. Pourtant elle l'avait suspecté la semaine précédente – un bref instant – quand elle l'avait vu poster une enveloppe blanche. Mais elle n'avait pas reçu de lettre. N'était-ce pas la preuve que Reed n'était pour rien dans toute cette histoire ?

Lorsque Frank les rejoignit, il ne put s'empêcher de lancer un regard appuyé à Cybil, immobile près du chêne qui ombrageait le perron. Vêtue d'un court peignoir de soie noire, elle tenait entre ses doigts son verre de cognac.

Il s'éclaircit la gorge.

— Bonsoir, Cybil.

En guise de salut, elle porta le verre à ses lèvres et but, voluptueusement, une gorgée d'alcool. Rougissant, il reporta son attention sur Ella.

— Il n'y a plus personne dans la maison. Mes hommes fouillent les environs et interrogent les voisins. Plusieurs pièces du rez-de-chaussée ont été saccagées. Du pur vandalisme. On croirait que celui qui a fait ça a eu une crise de folie. Une chose me paraît certaine : il s'agit de quelqu'un qui éprouve de la haine envers votre famille.

— Alors dépêchez-vous d'arrêter Reed Conway, dit Jeff Henry.

— Nous allons chercher tous les indices que l'intrus aurait pu laisser derrière lui, notamment des empreintes. Et si Reed Conway…

— *Si ?* coupa Jeff Henry, furieux. Bon Dieu, mais qui d'autre aurait pu commettre un acte aussi inqualifiable ?

— Il m'est impossible de l'appréhender sur de simples présomptions.

— Vous pouvez quand même le bousculer un peu, non ?

— Je l'interrogerai, je vérifierai s'il a un alibi pour l'heure approximative du cambriolage. À ce propos, Ella... pourquoi la résidence n'est-elle pas équipée d'un système de sécurité ?

Ella soupira.

— Mes parents n'ont pas estimé que c'était nécessaire. Spring Creek est une cité paisible, et les portes sont blindées. Au fait, par où est-il entré ?

— Par les portes-fenêtres du salon. Je vous conseille de passer la nuit chez M. et Mme Carlisle et de prévenir votre agent d'assurances demain matin. Je suppose que c'est Steve Williamson qui s'occupe de vous. Je le contacterai, si vous voulez.

Ella opina. Steve Williamson était leur agent d'assurances, naturellement. Tous les habitants d'East First Street, et quasiment tous ceux qui appartenaient au même cercle social que les Porter, avaient le même médecin, le même dentiste, et le même agent d'assurances. Le père d'Ella détenait la moitié du capital – héritée de son père – de la compagnie Williamson & Porter, maintenant dirigée par Steven Williamson.

— Si vous trouvez une piste, surtout prévenez-moi, marmonna-t-elle.

— Je n'y manquerai pas. La maison sera surveillée jusqu'à ce que la porte-fenêtre soit réparée. Et je suggérerai au sénateur de faire installer un système de sécurité.

— Oui, vous avez raison.

Elle contempla encore la façade de la demeure à deux étages qui avait abrité des générations de Porter, puis, soutenue par son oncle, s'éloigna dans l'allée. Elle avait envie de crier que tout cela était trop injuste. Il n'y avait pas très longtemps qu'elle était juge, mais elle avait déjà traité de nombreuses affaires. Elle avait vu défiler les petits délinquants de la région et des criminels plus endurcis. Elle n'était pas naïve, elle savait de quoi les humains sont capables, même dans une zone rurale comme le comté de Bryant. Cependant dans son milieu, on semblait à l'abri des malheurs qui frappent les gens ordinaires. Inconsciemment, depuis son enfance, elle s'était toujours protégée parce qu'elle était la fille de ses parents.

Mais tu n'es pas leur fille. Elle ne s'était pas souvent interrogée sur ses véritables parents, ni sur les raisons qui avaient incité sa mère biologique à l'abandonner. À la fin de son adolescence, elle avait envisagé de faire des recherches sur ses géniteurs. Carolyn l'en avait dissuadée, sous prétexte qu'ils n'étaient pas de « leur monde ».

— Ton père a obtenu les informations indispensables concernant leurs origines, leur niveau d'éducation et leur passé médical, lui avait dit Carolyn. Tes parents biologiques n'étaient pas mariés, et ta mère a décidé qu'il valait mieux que tu sois élevée par un couple... normal. Elle t'a confiée directement à nous sans passer par un organisme officiel. Milton Leamon a réglé toutes les formalités d'adoption. Nous n'avons jamais rencontré cette femme... ton autre mère.

— Vous avez donné de l'argent ?

— Tu me demandes si nous t'avons achetée – si elle t'a vendue ? Non...

Cybil leur emboîta le pas. Dès qu'ils furent dans le vestibule, Jeff Henry fixa sur son épouse, et le verre qu'elle tenait, un regard glacial.

— Tu devrais aller prendre un bain et te coucher, suggéra-t-il à Ella. J'imagine que tu es exténuée.

— Oui, je l'avoue.

Elle embrassa son oncle sur la joue, puis s'approcha de sa tante qu'elle étreignit.

— Je suis tellement soulagée qu'il ne te soit rien arrivé, ma chérie.

Ella se détourna et s'élança dans l'escalier. Les voix de Jeff Henry et de Cybil – vibrantes, furieuses – la poursuivaient. Elle s'engouffra dans la chambre et referma la porte pour ne plus les entendre. Enfant déjà, elle supportait mal leurs querelles, elle en avait même parlé à Carolyn.

— Papa et toi, vous ne vous disputez jamais. Pourquoi ils se chamaillent tout le temps ?

— Ton père et moi, nous nous aimons. Malheureusement, ton oncle et ta tante se font parfois de la peine, et ces blessures s'enveniment. S'ils s'aimaient...

Ella se rappelait encore l'expression étrange, distante, qu'avait eue sa mère en prononçant ces mots. Elle s'était demandé pourquoi Jeff Henry et Cybil s'étaient mariés, s'ils n'étaient pas amoureux l'un de l'autre. Et elle s'était juré de ne pas commettre la même erreur, de vivre comme ses parents un grand amour. Bien sûr, depuis cette époque, elle avait compris que leur mariage n'était pas parfait. Mais, malgré tout, ils s'aimaient.

N'est-ce pas ?

Cybil arpentait sa chambre de long en large.

Sur le palier, l'horloge sonna onze coups.

Elle baissa les yeux sur le liquide ambré qu'elle faisait machinalement tourner dans le verre en cristal. Son troisième cognac. Ou le quatrième, peut-être. La dose nécessaire pour ne plus souffrir. Et, de fait, elle était anesthésiée. C'était agréable. Si Ella n'avait pas dormi ici cette nuit, elle aurait appelé Briley Joe pour lui proposer de la retrouver au motel de River Road, à la sortie de Smithville, la ville voisine de Spring Creek. Mais elle ne quitterait pas la maison, au cas où sa nièce aurait besoin d'elle.

Sa nièce. Sa petite Ella. L'être qu'elle aimait le plus au monde.

Elle acheva son cognac, posa le verre sur la table de chevet, noua la ceinture de son peignoir. Puis elle sortit, longea le couloir et entrebâilla sans bruit la porte de la chambre d'Ella. Celle-ci était couchée en chien de fusil, les cheveux étalés sur l'oreiller rose. Le clair de lune la nimbait d'un halo argenté.

Sur la pointe des pieds, Cybil s'avança dans la pièce qui était « la chambre d'Ella » depuis la première fois qu'elle avait dormi dans cette maison. Elle avait deux ans à l'époque et avait fini la nuit dans les bras de Cybil, qui avait passé des heures à la contempler. Avoir Ella tout contre elle lui donnait l'illusion de connaître les joies de la maternité.

Elle s'immobilisa au pied du lit, observa sa nièce. Si elle avait donné un enfant à Jeff Henry, l'aurait-il aimée ? Elle ne le saurait jamais, hélas.

Que penses-tu de moi, Ella, ma chérie ? Que je suis une ivrogne et une traînée ? As-tu honte de moi, comme Carolyn ? Comme Jeff Henry ? Tu ne l'as jamais dit, jamais montré. Je ne voulais pas te décevoir, je te le jure. Je croyais bêtement que tu ne découvrirais pas à quel point je suis lamentable.

Soudain, Cybil sentit une présence. Elle tourna la tête, vit une silhouette sur le seuil. Elle regarda une dernière fois Ella, sortit à pas de loup. Son mari referma la porte.

— Elle va bien ? s'enquit-il.

— Elle dort comme un ange.

Vacillante, elle s'éloigna dans le couloir. Jeff Henry la suivit, la prit par le coude. Elle leva vers lui des yeux pleins de larmes.

— Elle aurait dû être notre fille, balbutia-t-elle.

— Oui, c'est vrai.

Il l'aida à regagner ses appartements, à ôter son peignoir et à se coucher. Elle était nue dans le lit, tout près de son mari. Elle lui tendit les bras. Elle distinguait à peine son visage à travers ses pleurs. Elle eut l'impression qu'il était triste.

Il se pencha, l'embrassa sur le front.

— Repose-toi.

Puis il la laissa seule. Étreignant son oreiller, elle éclata en sanglots.

16

Reed laissa tomber son sac marin sur le sol et, les sourcils froncés, regarda autour de lui. Ce n'était pas un palace, certes, mais au moins il avait un toit sur la tête. Sa mère lui avait demandé de rester, il l'avait persuadée que louer son propre appartement était la meilleure solution pour tout le monde. Vivre chez elle l'humiliait. Un homme de son âge ne devait pas dépendre de sa mère. La liberté, c'était justement de n'avoir de comptes à rendre à personne, de ne pas être forcé de dire à quelle heure on rentrait, où on allait et avec qui.

Heureusement, le minuscule studio au-dessus du garage était disponible. Il y avait un cabinet de toilette, avec une douche – mais pas d'eau chaude. Pour l'instant, vu la canicule ambiante, ce ne serait pas un problème majeur. Les douches froides le calmeraient et l'empêcheraient peut-être de fantasmer sur Ella Porter.

Il avait passé les quatre dernières heures à aménager son nouveau logement, à nettoyer et aérer la petite pièce, à tout récurer.

Le mur du fond était percé de deux fenêtres donnant sur l'allée qui séparait le garage de l'arrière d'un ancien cinéma. Au plafond, un antique ventilateur brassait l'air chaud et humide avec force gémissements.

Il jeta un coup d'œil au lit à sommier métallique, aux draps havane empruntés à sa mère. Frais et bien repassés, ils invitaient au sommeil. Reed s'étira pour décontracter ses muscles endoloris, soupira. Habiter ici serait parfait. Comme il n'avait pas de voiture, il s'épargnerait ainsi de longs trajets à pied le matin et le soir pour aller au travail et rentrer chez lui.

Il ôta sa chemise trempée de sueur, la fourra dans le panier à linge flambant neuf, acheté comme tout le reste au bazar. Il était sorti de prison depuis quelques semaines, et la liberté le grisait toujours. La peur le tenaillait, pourtant. Il trouvait que la situation n'évoluait pas assez vite. Chaque jour qui passait offrait au vrai meurtrier de Junior Blalock une opportunité supplémentaire de le renvoyer derrière les barreaux sous un prétexte quelconque.

Il se débarrassa de son jean et pénétra dans le cabinet de toilette, lorsqu'on frappa bruyamment à la porte. Surpris, il regarda le réveil que lui avait offert sa mère. Vingt-trois heures trente. Qui débarquait chez lui à cette heure ?

— Un instant ! cria-t-il en remettant son pantalon. Qui est là ?

— Le shérif Nelson. Ouvre, Reed. Il faut que nous parlions.

Reed s'exécuta. Frank Nelson semblait passablement fatigué.

— Nous avons quelque chose à nous dire ? rétorqua Reed en le toisant des pieds à la tête.

— Où étais-tu ce soir, entre dix-neuf heures et vingt heures trente ?

— J'emménageais dans ce studio. Pourquoi ?

— Il y avait quelqu'un avec toi qui pourrait témoigner que tu étais bien ici ?

Une nauséeuse sensation de déjà-vu se répandit dans les veines de Reed comme un poison.

— Serais-je soupçonné d'avoir commis un crime ?

— Non, j'interroge simplement certains individus susceptibles de vouloir nuire à la famille Porter.

— Ah, je vois... Et, bien entendu, je suis le premier de ces « individus ».

Reed esquissa un sourire. Mieux valait prendre les choses avec humour, la colère jouerait contre lui.

— Alors, quel est le problème, cette fois ? Mlle Ella a reçu une autre lettre obscène ? Un appel anonyme ?

— On a saccagé la résidence des Porter. Des antiquités précieuses ont été détruites.

— Ella était dans la maison ? Elle est blessée ? demanda Reed, en proie à une anxiété irrationnelle, incontrôlable.

Si quelqu'un avait fait du mal à Ella, il le découperait en rondelles.

— Elle va bien. En rentrant du palais de justice, elle a trouvé la maison dévastée. Nous pensons que le vandale s'est enfui juste avant son arrivée.

— Je ne me suis pas approché de la demeure des Porter.

Enfonçant les mains dans les poches de son jean, Reed redressa les épaules.

— Et vous n'avez certainement pas la preuve du contraire.

Les joues de Frank, semées de taches de son, rougirent.

— Je n'ai pas dit que j'en avais la preuve.

— Chaque fois qu'il y a un problème avec Ella Porter, vous me rendez une petite visite. Je commence à en avoir plus qu'assez. Je vais demander à mon avocat de porter plainte contre la police de Spring Creek.

Frank fit un pas en avant, le bout de ses chaussures noires et luisantes mordit le seuil de la porte.

— Arrête de faire le malin et écoute-moi bien. Si jamais je découvre que c'est toi qui causes ces ennuis à la famille Porter, je te réexpédie à Donaldson. En admettant que le sénateur ne s'occupe pas de toi avant. Or un père qui protège sa fille est dans son droit.

Reed le foudroya du regard, sans un mot. La rage bouillait en lui comme de la lave en fusion, menaçant de déborder et de tout anéantir sur son passage. Il s'était déjà colleté avec la loi, et la loi avait gagné. À l'époque, il était une tête brûlée. Il avait changé. Quinze ans de prison lui avait appris une chose : la patience.

— Tiens-toi loin d'Ella Porter, grommela le shérif Nelson qui pivota et redescendit l'escalier en bois.

Reed claqua la porte, cracha un juron. Était-ce Ella qui lui avait à nouveau mis la police aux trousses ? Avait-elle chargé Nelson de lui faire peur ?

— Désolé, ma belle, marmonna-t-il. Il en faut davantage pour que je lâche prise.

Tout s'était déroulé comme prévu : l'effraction chez les Porter, plusieurs pièces dévastées, et l'opération terminée quelques minutes avant le retour d'Ella. Aucun indice qui puisse incriminer un individu en particulier, mais Reed Conway serait fatalement le principal suspect. Un clou de plus dans son cercueil, un pas de plus sur le chemin qui le ramènerait à Donaldson.

La vérité devait demeurer ensevelie, à n'importe quel prix. Il fallait bien faire le nécessaire pour se protéger. Si des êtres aimés en pâtissaient, c'était infiniment regrettable, mais quand on avait souffert comme un damné pendant tant d'années, il devenait de plus en plus facile de n'avoir pitié de personne.

Pas de compromis ni d'hésitation. Tout ou rien. Junior Blalock avait compris ce qu'il en coûtait d'affronter un adversaire plus fort que soi. Reed Conway le comprendrait aussi.

Ella avait consacré le début de sa matinée à boucler le procès d'une criminelle et à prononcer la sentence. Vu les preuves qui accablaient cette femme, elle avait été forcée de lui infliger la peine maximale.

Puis elle avait discuté avec Steve Williamson. L'assurance couvrirait le remplacement du mobilier. Malheureusement, l'argent ne pourrait pas réparer la perte des antiquités saccagées. Comme si cela ne suffisait pas, la police avait fait chou blanc. Pas la moindre empreinte digitale, hormis celles des gens qui fréquentaient régulièrement la résidence. Et les voisins n'avaient rien remarqué de spécial.

Le pire, du moins pour Ella, était que Frank avait foncé chez Reed. Elle ne tarderait pas à avoir des nouvelles de Reed, elle le sentait, et il serait fou furieux. Il penserait qu'elle lui avait envoyé le shérif.

— Je crois qu'il ne vous importunera plus, lui avait dit Frank ce matin. Il sait ce qu'il risque, s'il continue.

Elle avait failli répondre que Reed n'était pour rien dans cette histoire, mais elle avait gardé le silence. Frank Nelson, comme Webb Porter, refusait de chercher un autre suspect. Avait-on eu la même attitude, quinze ans plus tôt ? Avait-on décrété d'emblée que Reed était le meurtrier et refermé le dossier sans mener une enquête approfondie ?

Peut-être est-il coupable. Il est possible que je me trompe et que tout le monde ait raison.

La sonnerie du téléphone la fit sursauter. Depuis hier soir, elle était terriblement nerveuse.

— Ella Porter…

— Ella, tu vas bien ?

Elle gémit intérieurement.

— Oui, papa, très bien.

— Jeff Henry vient de m'appeler. Pourquoi vous ne nous avez pas prévenus immédiatement ? Attends que je voie Frank Nelson, je lui dirai le fond de ma pensée !

— Papa, tu veux bien arrêter de vociférer ? Frank Nelson ne t'a pas averti parce que je lui ai demandé de ne pas le faire. Idem pour Jeff Henry et Cybil. Maman et toi, vous avez si peu de vacances ! Je ne souhaitais pas gâcher vos dernières journées en tête à tête.

— Ta mère et moi, nous ne sommes quasiment jamais seuls. Viola monte la garde.

Ella perçut, dans la voix de son père, une note amère. Lui non plus n'avait pas une passion pour Viola, ce cerbère qui veillait jalousement sur sa patiente. Il la tolérait pour ne pas contrarier Carolyn. Parfois, Ella avait l'impression que les deux femmes entretenaient une relation symbiotique, excessive et dérangeante, chacune nourrissant l'autre de sa propre chair.

— Je n'en ai pas encore parlé à Carolyn, poursuivit Webb. Il va falloir que je trouve un prétexte pour partir d'ici plus tôt que prévu. Je lui expliquerai la situation avant que nous arrivions à Spring Creek.

Il poussa un soupir.

— Je sentais que te laisser seule, avec ce type en liberté, n'était pas raisonnable.

— Quel type ? Reed Conway, je suppose ?

— Qui d'autre ?

— Rien ne nous autorise à affirmer que c'est lui qui a saccagé la maison.

— Je n'ai pas besoin de preuves pour savoir qu'il l'a fait.

— Comme tu n'as pas eu besoin de preuves pour l'accuser d'avoir tué son beau-père et le condamner ?

Ella se mordit les lèvres… Trop tard ! Les mots lui avaient échappé. À l'autre bout du fil, il y eut un silence lourd.

— Je suis navrée, murmura-t-elle.

— Pourquoi défends-tu cet homme ?

— Je ne le défends pas. Je constate simplement que nous ne pouvons pas dire qu'il a commis quoi que ce soit d'illégal depuis sa sortie de prison.

— Je ne veux pas que tu le voies, tu m'entends ?

— Crois-moi, je n'ai aucune envie de revoir Reed Conway.

Webb longea la plage surpeuplée sans prêter attention à quiconque, pas même aux belles baigneuses qui, en principe, attiraient pourtant son regard. Il devait trouver une bonne excuse pour quitter leur maison de vacances un jour avant la date fixée. Il n'avait qu'à prétendre que ses devoirs de sénateur le rappelaient à Spring Creek. Carolyn ne remettait jamais en question les prétextes qu'il lui servait, même s'ils étaient cousus de fil blanc.

La plupart des femmes n'auraient pas accepté le quart de ce qu'elle tolérait. Son infirmité ne lui facilitait pourtant pas la vie, et être mariée à un homme qui ne l'aimait pas aurait dû la rendre malheureuse, mais cela ne paraissait pas la déranger outre mesure. L'essentiel pour Carolyn était de rester son épouse.

— Je souhaite être Mme Webb Porter jusqu'à la fin de mon existence, lui avait-elle dit un jour. Tu ne divorcerais pas, n'est-ce pas ? Dans l'état où je suis... S'il te plaît, Webb, promets-moi que tu ne me quitteras jamais.

Elle avait raison, il ne l'abandonnerait jamais. Comment le pourrait-il ? Trente ans auparavant, il lui avait fait le serment qu'elle exigeait et, en échange, elle avait accepté d'adopter un enfant. Leur union était devenue une succession de compromis. Ce n'était pas cc dont il rêvait, mais c'était le prix qu'il avait à payer. Pour Ella. Pour sa carrière politique. Pour alléger ses remords.

Il ne se sentait pas particulièrement fautif d'avoir des maîtresses, en revanche il se reprochait encore l'accident qui avait privé Carolyn de l'usage de ses jambes. Ils s'étaient querellés, ce jour-là. Il lui avait parlé de divorce et elle avait piqué une crise d'hystérie :

— Si tu espères divorcer, tu te trompes, espèce de salaud ! Tu es mon mari et tu le resteras ! Comment oses-tu envisager de me quitter pour cette putain ?

Il avait alors compris qu'elle était au courant de la relation qu'il avait avec Judy Conway. Il n'avait évidemment pas choisi de tomber amoureux de Judy. Mais elle était tout ce que sa femme légitime n'était pas – hélas. Quand il avait épousé Carolyn, il s'était laissé aveugler par sa beauté et sa douceur. Elle avait refusé qu'il la touche jusqu'à leur nuit de noces – un refus qui, pour Webb, s'était avéré désastreux. Car sa femme n'aimait pas le sexe. Elle le supportait, considérait cela comme un devoir. Il avait bientôt découvert que sa tendre moitié, au lit, était aussi froide qu'un glaçon. En outre, elle se montrait odieuse avec tous ceux qu'elle estimait lui être inférieurs, notamment les domestiques. Il s'était vraiment efforcé d'arrondir les angles, pour que leur mariage tienne le coup, mais après deux ans de calvaire, il avait demandé le divorce.

Et le destin s'en était mêlé, lui assenant un coup fatal. Après l'accident de Carolyn, il avait rompu avec Judy. La culpabilité l'avait rongé pendant des années, il avait essayé de son mieux d'être un mari loyal. Néanmoins il n'avait jamais pu chasser Judy de son esprit ni de son cœur. Ils s'étaient retrouvés une fois, l'espace de quelques heures inoubliables. Junior Blalock avait appris ce qui s'était passé entre eux, il savait que l'enfant de Judy était le fruit de leur nuit d'amour.

Si Junior avait informé Carolyn que Webb était le père de Regina, qu'aurait-elle fait ? Elle se serait déchaînée contre lui, contre Judy, et aussi contre Regina, la petite fille qu'il n'avait jamais pu reconnaître. Souvent il se disait qu'il y avait une place en enfer réservée aux hommes comme lui – ceux qui avaient engendré un enfant qui ne portait pas leur nom et ignorait même leur existence.

La haine qui flambait entre Reed Conway et lui datait probablement de cette époque. Tout jeune, Reed paraissait déjà sentir que Webb causait de la peine à sa mère. En grandissant, il était devenu le farouche protecteur de Judy. Connaissait-il la vérité sur la filiation de Regina ? Était-ce pour cette raison qu'à l'adolescence, il se hérissait sitôt qu'il croisait Webb ?

De son côté, lorsqu'il avait jugé Reed pour le meurtre de Junior, Webb s'était longuement interrogé. En décidant de traiter ce dossier, de ne pas le confier au substitut du procureur, il savait qu'il briserait tous les liens qui existaient encore entre Judy et lui. De fait, elle ne lui avait pas pardonné. Mais n'était-ce pas ce qu'il avait voulu ? Perdre Judy à jamais avait été son châtiment et son expiation.

Reed pensait-il que Webb n'avait pas assez souffert ? Le fils de Judy projetait-il de s'en prendre maintenant à l'être que Webb aimait le plus au monde – sa fille Ella ?

Il ferait tout ce qui était en son pouvoir pour protéger ceux qui lui étaient chers, ainsi qu'il l'avait toujours fait. Même si cela impliquait de les protéger contre lui-même.

— Mademoiselle Ella ?

Roy Moses passa sa tête ronde par l'entrebâillement de la porte, puis poussa le battant.

— J'ai votre déjeuner. Un petit sandwich à la viande, un petit paquet de chips, et un soda light. Je me suis pas trompé ?

— C'est parfait, Roy, merci.

Ella prit le sac en papier, remboursa Roy et lui donna un généreux pourboire.

— Manger ici, au bureau, me relaxe.

— Au fait... bredouilla-t-il. J'ai appris ce qui s'est passé, chez vous. Qui a pu faire une chose aussi méchante ?

— Je l'ignore, mais j'espère que la police attrapera ce vandale.

— En tout cas, c'était pas Reed. Il est pas méchant, Reed. Il est pas du tout comme les gens croient qu'il est.

— Personne ne l'accuse.

— Reed est mon ami, déclara Roy, retrouvant son grand sourire qui découvrait des dents jaunes et mal plantées. Lui et moi, au garage, on répare une vieille Corvette. Il dit que je suis doué pour la mécanique. Et lui, contrairement à Briley Joe, il ne me houspille jamais.

— Je suis contente que vous ayez trouvé un ami.

Franchement, elle ne tenait pas à discuter des vertus de Reed Conway, pas même avec Roy. Surtout, qu'on ne lui dise pas que Roy était peut-être un homme bien...

— Bon appétit, mademoiselle Ella. Il faut que je retourne au travail. Si vous avez besoin de moi, Kelly n'aura qu'à m'appeler au sous-sol, quand elle reviendra de sa pause-déjeuner.

— Oui, merci, Roy.

Dès qu'il eut disparu, elle alla s'écrouler sur le divan en cuir, ôta ses chaussures et soupira. Une heure de tranquillité… La police, l'agent d'assurances, son père, tout cela en une matinée – elle avait eu sa dose de stress.

Soudain, elle entendit un bruit de pas et, avant d'avoir pu réagir, vit Reed Conway entrer dans la pièce comme une tornade. Il claqua violemment la porte. Médusée, Ella se redressa, posa les pieds par terre.

Le visage de Reed, ses yeux, ses mâchoires crispées trahissaient une telle rage qu'elle faillit détaler tel un lapin apeuré. Le vieil adage lui traversa l'esprit : « L'attaque est la meilleure défense. » Mais, face à cet homme, elle n'était pas de taille. D'autant qu'elle avait deux adversaires à affronter : lui et elle-même.

— Pourquoi me mettez-vous sans cesse Frank Nelson sur le dos ? articula-t-il.

Il était campé au milieu du bureau, impressionnant, pareil à la statue du commandeur.

— Je n'ai pas…

Elle s'éclaircit la voix.

— Je ne vous l'ai pas mis sur le dos, comme vous dites. Si vous êtes suspect, je n'y peux rien.

— Ce n'est pas moi qui vous harcèle, rétorqua-t-il en s'avançant. Je n'ai pas saccagé votre maison. Je veux prouver que je n'ai pas tué Junior Blalock – je ne m'amuserais pas à commettre un délit qui me renverrait en prison. Vous n'arrivez donc pas à comprendre ça ?

Elle se leva et, la tête haute, soutint son regard.

— Je vous ordonne de sortir.

— Ah oui ? marmonna-t-il en s'approchant encore.

— Sortez immédiatement, ou j'appelle la sécurité.

Il s'immobilisa devant elle.

— Il est temps de régler ce qu'il y a entre nous.

— Il n'y a rien entre nous.

— Oh si…

Avant qu'elle songe à protester, il la prit par la nuque et s'empara de sa bouche.

17

Arrête-le. Tout de suite. Tu ne peux pas le laisser faire. Ô Seigneur, aidez-moi !

Elle se débattit, mais il la tenait fermement et, quand elle voulut crier, il la bâillonna d'un baiser avide. Elle eut la sensation qu'un éclair de lumière incandescente la transperçait. Déjà son corps répondait à cette étreinte, viscéralement, comme s'il reconnaissait dans ce corps d'homme la moitié qui lui manquait.

Non, ce n'est pas possible ! Pense aux conséquences.

De toutes ses forces, elle le repoussa. Il lui lâcha la nuque, la scruta. La passion brûlait dans ses yeux d'ordinaire si glacés.

Un instant, elle craignit que ses genoux ne se dérobent sous elle. Elle essuya d'une main tremblante ses lèvres meurtries, contempla ce visage si proche du sien. Les années de prison avaient durci ses traits qui paraissaient à présent taillés dans le granit. Il avait le masque d'un implacable guerrier.

Il la contemplait toujours, en silence. Il était forcément conscient de l'attirance qu'il exerçait sur elle, la façon dont elle avait répondu à son baiser était suffisamment éloquente. Et maintenant il la fixait de ses yeux hypnotiques, d'un bleu si clair dans sa figure tannée par le soleil. Il attendait qu'elle se jette dans ses bras.

— Vous ne parviendrez pas à vos fins.

— Vous en êtes sûre ?

— J'en suis certaine.

— Non, vous mentez, rétorqua-t-il d'une voix rauque. Vous n'êtes plus sûre de rien.

— Je sais que je vous déteste.

— Vous ne me détestez pas, dit-il avec un sourire narquois. C'est vous-même que vous détestez, parce que vous voulez un homme comme moi.

Elle ne put s'empêcher de rougir, ce qui l'humilia et l'exaspéra. Elle avait trente ans ! Ses réactions n'étaient même pas dignes d'une écolière.

— Vous vous trompez, affirma-t-elle, se drapant dans ce qui lui restait de dignité.

Brusquement, il referma la main sur sa gorge.

Tétanisée, elle entendit des gens passer dans le couloir, des pas qui s'éloignaient, des bribes de conversation.

Appelle à l'aide, sinon tu seras perdue.

Reed aussi avait entendu les bruits de l'autre côté de la porte, et il lisait dans ses pensées. Il se pencha, l'embrassa. Elle dut fournir un effort surhumain pour ne pas broncher. Soudain, il s'écarta.

— La porte est là, dit-il. Vous n'avez qu'à sortir.

— Nous sommes dans mon bureau, c'est à vous de sortir, riposta-t-elle.

— Hum…

Puis il pivota. Elle poussa un soupir de soulagement, mêlé pourtant d'une inexplicable déception.

Espèce d'idiote. Estime-toi heureuse qu'il renonce, ou tu aurais fait quelque chose que tu aurais regretté toute ta vie.

Un déclic résonna à son oreille – assourdissant, lui sembla-t-il. Reed avait verrouillé la porte ! Il se retourna, revint se planter devant elle.

— J'ai une question à vous poser, Ella. Est-ce qu'on vous a déjà fait l'amour ?

Elle ravala une exclamation.

— Je ne parle pas de vos petits copains, ces abrutis si convenables. Je vous parle d'un homme qui vous désire tellement que ça le dévore.

— Taisez-vous… vous n'avez pas le droit de penser que je coucherai avec vous, bredouilla-t-elle en levant les mains comme un bouclier.

— Donnez-le-moi, ce droit. Vous en avez envie, et vous le savez. Vous le voulez autant que moi.

— Non… c'est faux…

Il lui prit le visage. La peur et l'excitation coururent le long des nerfs d'Ella. Les lèvres de Reed, brûlantes, s'emparèrent à nouveau des siennes, exigeantes mais douces. Sans même sans rendre compte, elle s'appuya contre lui. Leur baiser se prolongea jusqu'à ce qu'ils soient tous deux hors d'haleine. Et quand leurs bouches se désunirent, Ella eut la sensation d'être dépossédée d'une part de soi-même. Mais Reed, déjà, lui mordillait gentiment le cou, là où une veine bleutée battait follement.

Comme s'ils n'obéissaient plus à son cerveau, les doigts d'Ella déboutonnèrent la chemisette de Reed, se glissèrent sous le fin coton pour se promener sur les muscles d'airain de sa poitrine, sur la toison veloutée qui la tapissait – un triangle dont la pointe se perdait dans son ceinturon. Oh, elle aimait sa peau…

Il lui avait dégrafé sa robe, son soutien-gorge. Quand il referma les mains sur ses seins, qu'il les baisa avec une sorte de vénération, elle crut défaillir. Il releva alors la tête, et ils échangèrent un regard si intense que l'atmosphère de la pièce en fut électrisée.

Ils étaient au bord d'un gouffre vertigineux. Le premier homme et la première femme du monde, sur le point de découvrir la jouissance. Plus rien n'existait, hormis cette pulsion impérieuse qui les poussait l'un vers l'autre.

Malgré la climatisation, Ella avait l'impression que la touffeur du Sud irradiait au tréfonds de son être. Jamais elle n'avait éprouvé cela, elle s'aventurait sur un territoire totalement inconnu. Et il en allait de même pour Reed, le feu le consumait, elle le lisait dans ses yeux.

Quand il la pressa contre lui, contre son sexe durci, elle n'eut pas un mouvement de recul. Elle se cramponna à lui, le visage enfoui au creux de son épaule. Elle était comme de la cire sous ses doigts qui modelaient ses cuisses. Ils gémirent ensemble – un gémissement douloureux qu'elle reconnut d'instinct : l'appel primitif, animal, prélude à l'accouplement.

Reed l'étendit sur le divan. Haletante, frémissante, elle le regarda déboucler son ceinturon, baisser la fermeture Éclair de son jean. Lui aussi la contemplait, comme s'il ne pouvait pas détacher son regard de sa bouche, de scs seins. Puis, sans un mot – ils étaient au-delà des mots – il lui ôta son string en soie noire.

Il se débarrassa rapidement de son pantalon, de son slip. Elle retint son souffle. Son sexe se dressait, puissant et superbe, symbole éternel de la virilité. Il allait la prendre, l'envahir, l'inonder…

Il se coucha sur elle. Il était si lourd… Avec une douceur infinie, il commença à la pénétrer.

— Je vais te faire l'amour. Maintenant…

Elle cambra les reins, pour mieux s'offrir, s'ouvrir. Il s'enfonça en elle. Ella qui cria de bonheur.

— Reed…

— Oui… je sais…

Il se mit à aller et venir en elle, d'abord lentement, pour que leurs corps trouvent le rythme de la danse. Ses mains, ses lèvres étaient partout à la fois. Caressantes, tendres, rassurantes. Ella partait à la dérive, emportée par un tourbillon de plaisir charnel. Même si elle n'était plus vierge depuis des lustres, jamais elle n'avait vécu une expérience aussi magique dans les bras d'un homme.

Elle se donnait tout entière, sans retenue. Ils étaient deux comètes qui filaient dans le ciel, toujours plus haut, toujours plus vite, qui incendiaient tout sur leur passage.

Quand le plaisir monta en elle, ce fut si violent qu'elle en fut presque effrayée.

— N'aie pas peur, souffla-t-il. Viens, Ella. Avec moi...

Il lui sembla qu'elle volait en mille éclats, que sa chair, son esprit se désintégraient. Reed éjacula avec un cri rauque, des tremblements convulsifs le secouèrent. Il couvrit son visage de baisers, murmurant son nom. Ils restèrent ainsi un moment, épuisés, pantelants.

Mais, hélas ! la réalité n'avait pas disparu. Et Ella mesura soudain ce qu'elle venait de faire.

— S'il te plaît, laisse-moi me lever.

Il la dévisagea longuement, puis se redressa. Il se rhabilla rapidement, tendit la main à Ella pour l'aider à se remettre debout. Quand leurs corps se frôlèrent, elle réprima une plainte.

Ils n'auraient pas dû, c'était une erreur monumentale. Il ne fallait que ça se reproduise...

Toutes ces pensées défilèrent dans la tête d'Ella, cependant elle ne les exprima pas. Elle n'éprouvait ni remords ni honte. Comment regretter des instants aussi merveilleux ?

Elle avait fait l'amour avec un ex-détenu, le pire ennemi de son père.

Ils étaient là, face à face, à se regarder. Reed s'écarta le premier, tandis qu'elle rajustait sa robe.

— Il vaut mieux que je parte, dit-il.

Elle opina.

— Ella...

— Je t'en prie, va-t'en.

— Oui...

Il traversa la pièce, déverrouilla la porte.

— À bientôt, Ella.

Il sortit et referma la porte sans bruit. Dieu merci, Kelly n'était pas encore rentrée de sa pause-déjeuner. Ella inspira à fond, lâcha son souffle. Elle ne savait plus où elle en était.

Lorsque le téléphone sonna, il lui sembla qu'un coup de tonnerre retentissait dans le bureau. Elle se jeta quasiment sur le combiné.

— Ella Porter.

Comment était-il possible que sa voix soit si posée alors qu'elle se sentait complètement déboussolée ?

— Comment vas-tu, ma chérie ? demanda Cybil. Je suis désolée, je dormais encore quand tu es partie ce matin.

— Je vais très bien.

Quel beau mensonge ! Après ce qu'elle venait de vivre, elle n'irait plus jamais bien.

— Je suppose que Webb et Carolyn reviennent aujourd'hui ?

— Oui, malheureusement. J'ai tenté de persuader papa de ne pas abréger leurs vacances, mais il ne m'a pas écoutée.

— Personnellement, je préfère qu'il soit là. Je m'inquiète pour toi.

— Il n'y a pas de raison. Je suis une grande fille, je suis capable de me débrouiller seule.

Oui, tu parles ! Tu te débrouilles parfaitement. Tu as fait l'amour avec Reed Conway sur le divan de ton bureau. Et sans protection, par-dessus le marché. Tu n'as pas plus de cervelle qu'une bécasse !

— Je ne supporterais pas qu'il t'arrive quelque chose, rétorqua Cybil d'une voix vibrante d'émotion. Je t'aime, ma chérie.

— Je t'aime aussi.

Elle raccrocha, se dirigea vers le cabinet de toilette attenant à la pièce, et s'examina dans le miroir. Seigneur ! Si quelqu'un la voyait, il comprendrait immédiatement à quel genre d'activité elle venait de se livrer.

Elle avait intérêt à se doucher, se peigner, se remaquiller et gommer de son visage cette expression béate avant de regagner la salle d'audience. Le juge Eleanor Porter n'était pas censée profiter de ses moments de liberté pour monter au septième ciel.

18

Cybil Carlisle roulait à toute allure sur la petite route. Son short était fripé, ses seins encore meurtris par les mains rudes de Briley Joe. Elle lui avait donné rendez-vous au cottage dont sa sœur et elle étaient copropriétaires. C'était la première fois qu'elle prenait le risque d'inviter l'un de ses amants dans la petite maison familiale ; cinq personnes en possédaient la clé et l'utilisaient à tour de rôle. Elle s'était souvent demandé si Webb y abritait ses amours, à l'occasion. Probablement pas. Un sénateur des États-Unis se devait d'être extrêmement prudent.

Elle porta à ses lèvres la bouteille de vodka, but une lampée et toussa quand le liquide brûlant coula dans sa gorge. Une main sur le volant, elle coinça la bouteille entre ses cuisses. Elle aurait préféré avoir un homme, là tout contre son sexe, mais les effets d'un orgasme s'estompaient plus vite que ceux de l'alcool.

Elle éclata de rire – quelques notes aiguës que le vent chaud de l'été emporta. Elle continua à rire – d'elle-même, de Briley Joe, de Jeff Henry, de Webb et Carolyn. Et de Junior Blalock, cet infâme salaud. Si quelqu'un avait jamais mérité de mourir, c'était bien lui. Il aurait pu détruire plusieurs vies, y compris celle de Cybil. Il connaissait trop de secrets, il avait fait chanter trop de gens.

L'image de ce démon aux cheveux noirs dansa devant ses yeux. Il était séduisant, doté d'une sorte de charme ténébreux. Il l'avait attirée dès l'instant où elle l'avait rencontré. Il avait quelque chose qui lui rappelait Webb. La même chevelure de jais, la même arrogance, la même assurance avec les femmes. Cependant Webb avait une conscience et un cœur, tandis que Junior en était totalement dépourvu.

Elle se remémora leurs rencontres, leur frénésie. Elle était résolue à blesser, à humilier Jeff Henry. Puisqu'il ne pouvait pas l'aimer, elle voulait qu'il la déteste. Qu'il éprouve un sentiment quelconque pour elle, fût-ce du mépris.

Mais Junior l'avait menacée de claironner sur les toits qu'elle était sa maîtresse. Que son mari soit au courant de leur aventure ne la dérangeait pas. Néanmoins il n'était pas question que toute la ville en soit informée. Jeff Henry essuierait un terrible camouflet et n'aurait pas le choix : il demanderait le divorce.

Elle avait prévenu Junior que, s'il osait faire la moindre allusion à leur sordide liaison, elle le tuerait.

Cette nuit-là, elle était allée chez lui et l'avait trouvé écroulé par terre, la figure tuméfiée et couverte de sang. Reed l'avait roué de coups. Un couteau à cran d'arrêt, replié, était abandonné près de son corps et luisait dans la pénombre. Elle avait failli s'en saisir afin d'achever le travail de Reed. Jamais elle n'avait dû fournir un tel effort de volonté pour résister à la tentation.

Elle soupira, appuya sur l'accélérateur et avala une autre gorgée de vodka. De même que sa sœur Carolyn voulait être Mme Webb Porter jusqu'à la fin de ses jours, Cybil tenait à rester Mme Jefferson Henry Carlisle… à n'importe quel prix.

Jeff Henry flânait dans le parc. La canne sur laquelle il s'appuyait et le panama blanc qu'il avait coiffé n'étaient que pure coquetterie. Le cigare cubain fiché entre ses lèvres, en revanche, lui procurait un réel plaisir – et il avait largement les moyens de se l'offrir. En tant que descendant d'une des familles fondatrices de la ville, il avait une réputation à entretenir. Celle d'un gentleman. D'un pilier de la bonne société. Et d'un original. Car telle était sa réputation, il ne l'ignorait pas. Certains l'enviaient, d'autres le jugeaient pathétique, d'autres encore le considéraient comme un dinosaure, vestige d'une ère révolue. Mais tout le monde le connaissait et respectait sa fortune ainsi que sa position sociale, à défaut de respecter l'homme qu'il était.

Même s'il souffrait d'être marié à une catin alcoolique, il ne se plaignait pas de son sort. La femme qu'il aimait vraiment ne serait jamais sienne, certes, mais il pouvait la voir, être avec elle, aux petits soins. En outre, il avait la chance d'être le parrain de la fille de Carolyn. Chaque fois qu'il posait les yeux sur Ella, il songeait que, si la vic cn avait décidé autrement, Ella aurait pu être sa fille et non celle de Webb.

Son plus grand regret – hormis celui de n'être pas l'époux de Carolyn – était de n'avoir pas eu d'enfant avec Cybil. Cependant, si elle était tombée enceinte, il se serait demandé qui était le père. Quelqu'un comme Briley Joe ou Junior Blalock. Comment aurait-il supporté de devoir élever le rejeton de ce monstre ? Junior était l'incarnation du mal. Un individu capable de violer une gamine ne méritait pas de vivre.

Ceux qui avaient haï Junior et s'étaient réjouis de sa mort ne manquaient pas. Jeff Henry connaissait au moins une demi-douzaine de personnes qui avaient un mobile pour trancher la gorge de cet ivrogne, alors qu'il était inconscient.

Jeff Henry le revoyait, affalé par terre, là où Reed l'avait laissé. Le couteau de Reed, qui était certainement tombé de sa poche pendant la bagarre, gisait sur le sol, luisant et terriblement tentant dans la pénombre.

Le meurtre de Junior avait été une bénédiction, non seulement pour sa famille, mais aussi pour les Carlisle et les Porter. Oui, le meurtrier avait rendu à tout le monde un immense service.

Immobile sur le seuil de la chambre, Webb regardait Viola soulever sa patiente du fauteuil roulant pour l'étendre sur le lit. Comment survivrait-elle sans Viola ? Nul ne lui était aussi profondément attaché, hormis peut-être Jeff Henry. Et si son éternel soupirant savait ce qu'elle était devenue, continuerait-il à se prosterner devant elle ? Heureusement, son beau-frère ne risquait pas, a priori, de découvrir la vérité.

Carolyn tendit une main, priant son époux de s'approcher. Il ne bougea pas. Si, pendant les vacances, il s'était montré très attentionné, ce matin, il était pressé de partir. Pour abréger leur séjour au bord de la mer, il avait imaginé un prétexte qui ne tenait pas debout, et attendu d'être à quelques kilomètres de Spring Creek pour évoquer le cambriolage. Carolyn était sûre qu'Ella se portait bien, cependant elle ne pouvait pas dire à Webb qu'elle s'inquiétait moins que lui. Elle aimait Ella, sincèrement. Mais leur fille n'était pas pour elle une obsession.

Durant le trajet, Webb avait été un compagnon de voyage plutôt désagréable. Il se tracassait tellement pour Ella qu'il en oubliait de ménager sa femme infirme. C'était pourtant la superbe demeure de Carolyn qu'on avait saccagée, ses inestimables antiquités qu'on avait détruites. Il aurait quand même pu lui témoigner un peu de sollicitude, de compassion. Après tout, Ella n'avait pas une égratignure.

À mesure que les années passaient, Carolyn réalisait que, s'il était un jour contraint de choisir entre son épouse et sa fille, il choisirait Ella.

— Je vais à côté voir Jeff Henry, annonça-t-il. Ensuite, je rendrai visite à Frank Nelson. À mon retour, Ella devrait être rentrée du palais de justice. Ce soir, nous dînerons ensemble tous les trois.

— La maison est dévastée, répliqua-t-elle d'un ton plaintif. Toutes ces belles choses qu'on ne pourra jamais remplacer...

Une larme roula sur sa joue. Elle avait appris –

depuis très longtemps – à pleurer sur commande, et peaufiné jusqu'à la perfection le rôle de la fragile et pitoyable invalide.

— Ce ne sont que des objets. Pour moi, l'essentiel est qu'Ella n'ait rien eu.

— Pour moi aussi, bien sûr, rétorqua-t-elle en lui lançant un regard noyé. Tu dois convaincre Frank Nelson d'agir avant que Reed Conway ne fasse du mal à Ella. Cet homme ne s'en tiendra pas au harcèlement, c'est évident.

— S'il a un rapport avec cet acte de vandalisme, alors je…

— Comment ça, « si » ? Qui, à part lui, pourrait s'être introduit chez nous ?

— Je l'ignore, admit Webb, mais j'ai la ferme intention de le découvrir.

Dès qu'il se fut éloigné dans le couloir, Carolyn se redressa, adossée à ses oreillers, et écouta les pas de son mari dans l'escalier.

— Assurez-vous qu'il est sorti et qu'il n'y a personne dans la maison, ordonna-t-elle à Viola. Je ne veux pas être dérangée.

Viola obéit aussitôt, comme à son habitude. Carolyn étira ses bras, s'installa confortablement. Au rez-de-chaussée, ses précieuses antiquités avaient été réduites en miettes. Le spectacle de ce massacre lui avait donné la nausée.

Et Webb doutait encore que Reed fût responsable ? Jamais ils n'avaient été cambriolés auparavant, donc, logiquement, Reed était suspect. Ce garçon ne valait rien, c'était un meurtrier. Le fils d'une putain, le frère d'une petite bâtarde à l'esprit détraqué.

Si Carolyn avait eu le pouvoir d'infléchir le destin, toute la famille Conway disparaîtrait de la surface de la terre. Il était infiniment regrettable que, la nuit où Junior Blalock avait rendu son dernier soupir, sa femme, son beau-fils et sa belle-fille ne l'aient pas suivi en enfer.

Reed laissa tomber la clé à molette dans la boîte à outils dont il referma le couvercle et qu'il repoussa d'un coup de pied. Grimaçant, il inspecta ses ongles en deuil, ses mains noires de cambouis. Des mains qui, quelques heures plus tôt, caressaient Ella Porter, exploraient son corps voluptueux.

Jurant entre ses dents, il s'essuya frénétiquement les doigts avec un chiffon. Il avait passé l'après-midi à travailler comme un forcené, pour chasser Ella de son esprit, mais plus il s'évertuait à oublier ce qui s'était passé entre eux, plus les souvenirs l'assaillaient.

Il avait fait l'amour avec la fille de Webb Porter. Ce n'était quand même pas une révolution. Elle n'était qu'une femme parmi tant d'autres.

Mais dans ce cas, pourquoi était-il tellement à cran ? Il lui avait donné du plaisir, d'accord. Et il n'avait certainement jamais eu autant de plaisir. D'accord. Et alors ?

Sois franc, mon vieux. Quand tu étais en prison, qui te faisait fantasmer ?

Pas les filles avec qui il était sorti au lycée, ni les femmes plus mûres qui l'avaient attiré dans leur lit.

Non… c'était à Ella Porter qu'il songeait. La gamine dodue et timide qui le regardait avec ses immenses yeux bruns et n'osait même pas prononcer un mot. Il avait beaucoup pensé à elle, à cause de ces deux stupides lettres qu'il lui avait écrites… et parce qu'elle était la fille de Webb Porter. Il se disait que, s'il faisait l'amour avec Ella, ce serait un rude coup pour Webb. Ce rêve éveillé lui procurait une intense satisfaction.

Était-ce pour ça que posséder Ella lui avait procuré une telle jouissance ? Était-ce pour ça qu'il la désirait encore, là, maintenant, de toutes les fibres de son corps ? Peut-être. Oh, bon Dieu, il ne savait plus.

Il s'engouffra dans les toilettes, tourna brutalement les robinets du lavabo et s'enduisit les mains de savon liquide. Il se brossa vigoureusement les ongles. Quand il toucherait Ella, il voulait avoir les mains aussi propres et blanches que celles des élégants imbéciles qu'elle fréquentait.

— Parce que tu crois qu'elle te permettra de la toucher à nouveau ? marmonna-t-il. Hum... pourquoi pas, après tout ? Si une fois ne te suffit pas, elle ne s'en contentera pas non plus.

Judy ouvrit la porte de la demeure des Carlisle. Webb Porter était devant elle, grand, séduisant. Lorsqu'elle le voyait, son cœur battait plus vite. Comment était-il possible qu'à son âge, elle réagisse encore, face à lui, comme une adolescente ? Sans doute parce que, malgré tous les drames qui les avaient séparés, l'amour qu'elle avait éprouvé pour Webb n'était pas mort.

— Bonjour, dit-il en pénétrant dans le hall. Je voudrais parler à Jeff Henry, entendre sa version des faits. Ma maison est dans un état indescriptible. Si une bombe avait explosé au rez-de-chaussée, ce ne serait pas pire.

— Je suis au courant de ce qui s'est passé, j'en suis désolée.

Elle savait que la police avait interrogé Reed, et elle savait que son fils n'avait rien fait de répréhensible.

Il la dévisageait, et elle dut fournir un effort considérable pour ne pas rougir.

— Vous êtes toujours aussi belle. Vous n'avez pas changé depuis que...

— M. Jeff Henry n'est pas là, coupa-t-elle d'un ton neutre. Il n'est pas rentré de sa promenade quotidienne au parc.

— Il lui faudrait un métier, ça l'occuperait. Mais quand on a hérité d'une coquette fortune et qu'on a des tendances à la paresse...

Il n'acheva pas sa phrase, cependant Judy n'eut aucune peine à deviner sa pensée. Si Webb avait de l'affection pour son beau-frère, il ne le respectait guère.

— À quelle heure reviendra-t-il, selon vous ?

— En principe, sa promenade dure une heure, mais avec cette chaleur, je suppose qu'il l'écourtera. Il devrait être là dans une quinzaine de minutes.

— Alors, je vais l'attendre.

— Très bien, monsieur le sénateur. Puis-je vous offrir un verre de citronnade ? Je l'ai faite ce matin.

Webb acquiesça. Judy referma la porte et, d'un geste, invita le visiteur à s'installer au salon.

— Je vous apporte votre rafraîchissement.

Comme elle pivotait, Webb la retint par le poignet. Elle tressaillit.

— Je vous en prie, lâchez-moi.

— Vous n'éprouvez donc plus rien ? Vous ne souhaitez jamais...

— Vous êtes marié, l'interrompit-elle en se dégageant. Autrefois, j'ai négligé cette réalité. Je ne commettrai pas deux fois la même erreur.

Là-dessus, elle s'éloigna précipitamment et se réfugia dans la cuisine. Les tempes en feu, elle s'appuya contre le réfrigérateur et pria le Ciel de la rendre forte. Au fil des ans, de temps à autre, Webb lui avait fait des avances. Elle l'avait toujours repoussé. Dieu sait pourtant combien il lui était difficile de rejeter l'homme auquel elle avait donné son cœur. Pour toujours.

Tout en versant la citronnade dans un verre, elle jeta un coup d'œil à la pendule murale. Pourvu que Jeff Henry rentre plus tôt qu'à son habitude... Elle ne pouvait pas demander à Webb de partir, ni se permettre de rester seule avec lui trop longtemps.

Lorsqu'elle le rejoignit au salon, il était debout, il l'attendait. Il lui sourit, et les souvenirs des moments heureux passés avec lui la submergèrent. Les promesses échangées dans l'ivresse de la passion. Des promesses qui n'avaient pas été tenues. Un enfant sans père.

Elle lui tendit le verre en ayant soin de ne pas effleurer sa main.

— Je pense que M. Jeff Henry ne tardera pas, déclara-t-elle en pivotant. Si vous voulez bien m'excuser, j'ai du travail.

— Vous n'ignorez pas, je suppose, que la police a interrogé Reed.

Elle se figea, à quelques centimètres de la porte. Sans se retourner, elle répondit :

— Oui… Chaque fois qu'on s'en prendra à votre famille, mon fils sera évidemment suspecté.

— Reed m'a toujours haï, même quand il était gamin. Je n'ai jamais voulu vous causer du chagrin. Et pourtant, semble-t-il, je n'ai fait que ça.

Redressant les épaules, elle passa à l'attaque.

— Quand il était jeune, son antipathie pour vous n'était due qu'à une jalousie puérile. Mais à présent elle est justifiée, vous ne croyez pas ? Vous vous êtes montré implacable lorsque vous l'avez jugé pour le meurtre de Junior. Vous étiez résolu à ce que mon fils soit condamné.

— Votre fils a tué un homme.

Webb posa le verre sur une table Chippendale, si brutalement que la citronnade se répandit sur le bois ciré. Extirpant un chiffon à poussière de la poche de son tablier, Judy se précipita pour essuyer le liquide, puis reprit le verre.

— Reed n'a pas tué Junior. Il y a quinze ans, j'ai cherché à vous en convaincre par tous les moyens, mais vous ne m'avez pas écoutée. Vous avez expédié en prison un garçon innocent. Il est en droit de vous haïr.

— Et vous, vous me détestez aussi ?

Elle sentit que ses mains se mettaient à trembler. *Dis-lui que tu le hais. Dis que tu ne pourras jamais lui pardonner.*

— Non… je ne vous déteste pas, souffla-t-elle.

Jeff Henry souleva son panama pour saluer Regina qui s'avançait dans l'allée menant à la demeure des

Carlisle. Quelle fille ravissante ! le sosie de sa mère, en plus jeune. Son mystérieux géniteur semblait ne lui avoir transmis aucun de ses gènes, ce qui démentait la croyance populaire selon laquelle les enfants illégitimes sont le portrait craché de leur père.

— Bonjour, monsieur Jeff Henry.

Elle était vraiment charmante. Douce et polie. Comment était-il possible que Judy ait mis au monde deux êtres aussi radicalement différents ? Reed avait toujours été insolent, agressif. Du gibier de potence, dès le début, même si tout le monde fermait alors les yeux sur ses foucades sous prétexte qu'il était un athlète de premier ordre.

— Bonjour, Regina. Ce tailleur bleu vous va à ravir. Vous êtes jolie comme un cœur.

— Merci…

Elle avait un sourire timide, adorable, comme si elle était totalement inconsciente de sa beauté. S'il avait vingt ans de moins…

Non, il ne lui ferait pas la cour. Elle était magnifique et bien élevée, certes, mais sa mère n'était qu'une gouvernante. Un homme de son rang ne pouvait déchoir, ses aïeux se retourneraient dans leur tombe. Un Carlisle se devait de choisir une compagne issue d'une bonne famille, et Jeff Henry avait toujours scrupuleusement respecté les principes qu'on lui avait inculqués.

— Ma mère est encore là ? Je suis passée la chercher.

Il jeta un coup d'œil à la petite voiture garée au bout de l'allée. Un véhicule économique et qui, visiblement, avait déjà beaucoup roulé.

— Pour autant que je sache, oui, elle est encore là. Elle a le dîner à préparer avant de partir. Un rôti, ce soir, si je ne m'abuse.

Il monta les marches du perron.

— Entrez, ma chère.

— Quelle chaleur, n'est-ce pas ? J'ai entendu à la radio que, demain, il allait pleuvoir. Nous aurons peut-être un peu plus de fraîcheur.

— Je crains que ça n'augmente ce maudit taux d'humidité, bougonna-t-il en s'épongeant le front avec son mouchoir immaculé. Vous connaissez le chemin de la cuisine ? Je pense que vous y trouverez votre mère.

Regina le suivit dans le hall. Il se dirigea vers l'escalier, afin de prendre une douche et de se changer. Au passage, négligemment, il jeta un coup d'œil dans le salon, à sa gauche. Une exclamation lui échappa. Avant qu'il n'ait pu analyser vraiment le spectacle qui s'offrait à lui, Regina s'écria :

— Maman !

Webb et Judy Conway, étroitement enlacés, s'embrassaient à pleine bouche. Tous deux sursautèrent, s'écartèrent vivement l'un de l'autre. Judy, au bord des larmes, dévisagea sa fille pétrifiée, livide.

— Regina, je t'en prie, laisse-moi t'expliquer…

— Non !

Regina tourna les talons, rouvrit la porte à la volée et courut dans l'allée.

— Ô mon Dieu…

Judy se lança à la poursuite de sa fille, réussit à la rattraper.

— Je t'en supplie, mon cœur, je veux t'expliquer…

— Quoi donc ? Je te surprends dans les bras d'un homme marié – et pas n'importe lequel… le sénateur Porter ! Sa pauvre femme est infirme. Comment oses-tu ?

Regina se remit à courir vers sa voiture, Judy la suivit. Jeff Henry referma la porte à l'instant où Regina démarrait sur les chapeaux de roues.

Puis il se campa devant l'époux de Carolyn, ce trousseur de jupons ; l'envie de lui sauter à la gorge le démangeait.

— Je te félicite, mon cher beau-frère ! Quelle explication Judy pourra-t-elle donner, selon toi ? Je l'imagine mal disant : « Il est tout à fait naturel que j'embrasse Webb Porter. C'est ton père. » À moins qu'elle ne lui avoue la vérité. De quelle manière comptes-tu gérer ça ?

— Judy ne parlera pas, rétorqua Webb avec une suprême assurance.

Jeff Henry crispa les poings. Webb n'était qu'un débauché égocentrique. Il avait trompé Carolyn des dizaines de fois. Combien d'enfants illégitimes avait-il ?

— Non... elle gardera votre petit secret, n'est-ce pas ? De la même façon que... mais bref, peu importe. Nous devons préserver Carolyn de ces turpitudes, c'est tout ce qui m'intéresse. Aussi je te préviens, si tu la blesses, je te... je te...

Il bégayait, tant il était ulcéré. Il inspira à fond et reprit :

— Je croyais que ta liaison avec Judy était terminée depuis des années. Tu me l'avais juré. Tu m'avais promis de chasser en dehors de Spring Creek, afin que Carolyn soit à l'abri des ragots. Qu'arrivera-t-il si Regina confie à quelqu'un ce qu'elle a vu aujourd'hui, ici, sous mon toit ?

— Ma liaison avec Judy est effectivement terminée depuis des années, riposta Webb. Mais j'ai toujours des sentiments pour elle, et c'est réciproque. Tu devrais comprendre, toi mieux que quiconque, ce qu'on éprouve quand on aime une femme avec qui on ne pourra jamais partager ses jours et ses nuits.

Sur ces mots, Webb se rua hors de la maison. Jeff Henry resta immobile sur le seuil, accablé soudain par une infinie tristesse. Allons, il fallait se ressaisir. Un gentleman portait sa croix sans se plaindre.

Il se mit à la recherche de Judy, ne la trouva pas. Sans doute était-elle rentrée à pied. Le repas n'était pas prêt, pas de rôti ce soir. Vu les circonstances, cette pauvre Judy avait des excuses. Cybil et lui n'auraient qu'à dîner dehors, au country club par exemple, avec des amis.

19

Quand on frappa à la porte de son bureau, Ella se précipita pour ouvrir, empoigna Heather par le bras et la tira à l'intérieur. Elle referma vivement la porte et, muette, dévisagea sa meilleure amie.

— Mais qu'est-ce que tu as ? Au téléphone, tu étais hystérique. Il est arrivé quelque chose chez toi ? Tu as reçu une autre lettre ?

Ella secoua la tête.

— Un appel anonyme ?

— Non...

— Dans ce cas, quel est le problème ? Explique-moi, ma grande.

Comment confier à quiconque, même à Heather, que depuis qu'elle avait fait l'amour avec Reed Conway – ici dans cette pièce, six heures plus tôt – elle avait la sensation de perdre le nord ? Par quel miracle avait-elle pu ensuite assumer ses fonctions en salle d'audience, paraître calme et assurée alors qu'elle venait de commettre la plus monumentale erreur de son existence ? Il fallait qu'elle parle à quelqu'un, sous peine d'étouffer, or il n'était pas question de dire un mot à ses parents. Cybil comprendrait peut-être, vu son goût pour les mauvais garçons, mais l'avis de sa tante ne lui serait d'aucune utilité et ne la ramènerait pas à la raison.

Parce que tu crois que Heather t'aidera davantage ?

Pour un peu, elle aurait souri. Elle choisissait de drôles de confidentes.

— J'ai eu une journée infernale, déclara-t-elle, j'avais besoin de vider mon sac. J'ai dû condamner à trente jours de prison une femme de soixante-dix ans. Ça m'a perturbée, malheureusement je n'avais pas d'autre solution.

— Il s'agit de Mme Sherer, je suppose ? Ne la plains pas, cette vieille folle. Son jardin est un épouvantable dépotoir, elle refusait de le nettoyer, et c'est la troisième fois qu'elle se retrouve au tribunal. Tu as simplement fait ton devoir.

— Oui, mais j'aime bien Mme Sherer. Elle est excentrique, têtue comme une mule. Elle préfère aller en prison plutôt que de se soumettre.

— Moi, je n'appelle pas ça de l'excentricité, mais de la bêtise.

Heather s'interrompit, scruta les traits d'Ella.

— Il y a autre chose. Dis-moi tout…

— D'abord, je veux que tu me promettes de garder le secret.

Prenant son amie par la main, Ella l'entraîna vers le divan… et s'arrêta net, contemplant les coussins en cuir où elle avait connu, dans les bras de Reed, la plus extraordinaire expérience de sa vie. Pourrait-elle un jour s'asseoir à nouveau sur ce divan ?

— Tu sais que tu commences à m'inquiéter ? Tu es vraiment bizarre.

— Si tu répètes un mot de ce que je vais te dire, je t'étriperai.

Heather arqua les sourcils.

— Ah, ah… j'ai la désagréable impression que je vais regretter d'être mise dans la confidence. Ça concerne Reed Conway, n'est-ce pas ?

— Comment as-tu deviné ?

— Zut, c'est bien ça. Reed… Que s'est-il passé ? Il t'a embrassée ?

— Parle moins fort, chuchota-t-elle en rougissant. Oui, je… c'est Reed.

— Et il ne s'est pas contenté d'un baiser. N'essaie pas de nier, tu as l'air d'un coquelicot.

— Mes parents sont à la maison, ils sont rentrés dare-dare à cause du cambriolage d'hier. J'ai demandé à Bessie de les prévenir que je serais en retard, ce soir. J'ai la sensation que la vérité est inscrite sur ma figure en lettres de feu et que, quand ils me verront, ils comprendront tout de suite.

— Ils comprendront quoi ?

— Que Reed et moi... qu'aujourd'hui... ici... bafouilla Ella, en désignant le divan. Mon Dieu, je ne sais même pas ce qui s'est passé.

Elle poussa un soupir à fendre l'âme.

— Non, je rectifie : je sais parfaitement ce qui s'est passé. J'ai perdu la tête.

Heather se laissa tomber dans le fauteuil le plus proche. Bouche bée, les yeux écarquillés.

— Toi et Reed... sur ce divan ? Ça alors, tu parles d'une histoire.

— Oui, comme tu dis, rétorqua Ella, atterrée. J'ai fait l'amour avec un homme condamné pour meurtre, qui de surcroît déteste mon père – lequel le lui rend bien. Un homme qui n'est pour moi qu'un étranger, qui vient de sortir de prison et...

— C'était comment ?

— Pardon ?

— L'amour avec lui, c'était comment ?

— Oh, s'il te plaît !

Un sourire canaille étira les lèvres de Heather.

— C'était génial, hein ?

— Sans préservatif, grommela Ella.

Son amie émit un long sifflement.

— Mazette ! Bravo, ma grande : quand tu décides de jeter ton bonnet par-dessus les moulins, tu ne fais pas les choses à moitié. Tu es une vraie casse-cou.

— De toute ma vie, je n'avais jamais commis un acte aussi lamentable, irrationnel, déraisonnable et...

Elle écarta les bras.

— Qu'est-ce que je vais devenir? Imagine qu'il raconte ça à quelqu'un. Les hommes adorent se vanter de leurs conquêtes. Il en parlera à son cousin Briley Joe et à Dieu sait qui encore.

— Tu n'auras qu'à nier. Qui le croira? L'honorable juge Eleanor Porter couchant avec Reed Conway...

Le regard de Heather pétillait; elle semblait s'amuser énormément.

— Dis-moi... tu es amoureuse de lui?

— Quoi? Non, Seigneur, non!

Comment Heather pouvait-elle lui poser une question pareille? C'était grotesquc. Cet homme ne lui inspirait même pas la moindre sympathie.

— Hum... et tu comptes le revoir? Puisque c'était tellement bien...

— J'espère ne jamais le revoir! Seulement, Spring Creek est une petite ville. Je le croiserai un jour ou l'autre, fatalement. En partant, il m'a dit: à bientôt.

— Ça t'a mise en colère contre lui, n'est-ce pas? Tu aurais préféré qu'après il te murmure des mots tendres. Tu as été blessée.

— Pas du tout! Heureusement qu'il ne m'a pas fait le coup du romantisme. Ce n'était que du sexe.

— Ah oui? Tu en es sûre?

— Certaine.

En réalité, elle n'avait aucune certitude, et c'était précisément ce qui l'affolait. Du sexe, oui. Prodigieux, magique. Mais n'y avait-il pas autre chose? Pour elle, du moins?

— À ton avis, je n'aurais pas intérêt à le contacter pour lui demander de se taire?

— Si tu veux vraiment ne pas renouveler l'expérience d'aujourd'hui, je te conseille de ne plus t'approcher de lui.

Heather se leva, entoura de son bras les épaules d'Ella.

— N'oublie pas que la chair est faible. Si tu vas le voir, tu risques de craquer.

— Si jamais mon père apprend ce qui s'est passé, il cassera tout.

— Espérons que Reed n'est pas du genre à claironner ses exploits.

Le bourdonnement insistant de la sonnette se répercuta dans la maison, alors que Mark venait à peine d'ôter son veston et sa cravate. Irrité, il sortit de la chambre, tout en déboutonnant son col de chemise. Pourvu que son visiteur ne soit pas un client… Il avait eu une journée éreintante et était résolu à se préparer un plateau-télé, à regarder une émission qui ne lui épuiserait pas les méninges, et surtout à se coucher tôt.

À travers le voilage de la porte-fenêtre, il distingua une silhouette féminine qu'il reconnut aussitôt: Regina. Dès qu'il ouvrit, elle se précipita vers lui. Il referma instinctivement ses bras autour d'elle, lui caressa le dos. Elle enfouit son visage au creux de son épaule.

— Regina, ma chérie, qu'y a-t-il ?

Elle se cramponnait à lui, pleurant à chaudes larmes.

— Mark, j'ai vu… oh, je… c'est incroyable…

— Qu'est-ce que vous avez vu ? murmura-t-il d'une voix tendre, apaisante.

Elle leva la tête, le regarda. Elle avait les yeux gonflés, le nez rose.

— Comme j'ai quitté le bureau de bonne heure, je suis passée chez les Carlisle pour chercher maman. Je voulais lui faire la surprise. Mais… c'est moi qui ai été surprise. Oh, Mark… c'est affreux.

Elle éclata à nouveau en sanglots. Mark referma la porte et, tenant toujours Regina contre lui, l'entraîna dans le salon.

— Asseyez-vous, et dites-moi pourquoi vous êtes si bouleversée.

— J'étais avec M. Jeff Henry, on est entrés… Le sénateur Porter et ma mère s'embrassaient. Là, devant nous… dans la maison des Carlisle.

Mark faillit se déboucher les oreilles, il avait l'impression d'avoir mal entendu. Ou mal compris, certainement.

— Pardon ?

— Le sénateur Porter et ma mère s'embrassaient. Mais ce n'était pas un petit baiser sur la joue. C'était un baiser passionné.

— Comment ont-ils réagi quand vous les avez surpris ?

— Maman a dit qu'elle allait m'expliquer. Seulement, il n'y a pas d'explication, de justification. Le sénateur est marié.

— Je présume que vous ne lui avez pas donné la possibilité de vous parler.

— Non… Je suis montée dans ma voiture et je suis venue ici, chez vous. Je ne savais pas où aller.

Mark lui prit doucement le menton.

— Vous avez bien fait. Je serai toujours là pour vous, j'espère que vous n'en doutez pas. Néanmoins, ma chérie, vous devrez tôt ou tard avoir une discussion avec votre mère.

— Pas maintenant. Pas ce soir. C'est au-dessus de mes forces.

— D'accord… Je vais nous préparer un petit dîner et ensuite, si vous le souhaitez, vous rentrerez chez vous pour entendre ce que votre mère veut vous dire.

Elle lui saisit la main.

— Vous savez que je suis une bâtarde, n'est-ce pas ?

— Regina…

— J'ignore qui est mon père. Ma mère a toujours refusé d'aborder ce sujet. Je pensais…

Elle s'interrompit, s'obligea à respirer profondément.

— … je pensais qu'elle avait rencontré mon père, qu'ils s'étaient aimés et que, pour une raison quelconque, ils n'avaient pas pu se marier. Mais à présent que je l'ai vue embrasser le sénateur Porter, je me demande combien d'hommes elle a connus. Et si elle avait une aventure avec le sénateur ?

— Vous n'aurez pas de réponses à ces questions tant que vous n'aurez pas parlé à Judy. En attendant, ne la jugez pas trop durement. Vous ne connaissez pas tous les éléments de cette affaire.

— Je n'en connais aucun.

Il lui baisa le bout des doigts.

— Venez dans la cuisine. Je vous propose du poulet grillé, une salade et un sorbet. Vous allez m'aider, ça vous changera les idées.

Regina opina, un sourire timide joua sur ses lèvres.

— Vous êtes merveilleux. Merci d'être aussi gentil avec moi.

Dieu qu'il aimait cette femme, cette délicate et vulnérable tanagra.

— Je suis content que vous me trouviez merveilleux, je l'avoue, mais s'il vous plaît : vous n'avez pas à me remercier, surtout pas.

Il l'emmena dans la cuisine, la débarrassa de sa veste et lui noua un tablier autour de la taille. Après quoi il disposa les ingrédients de leur repas sur les carreaux en faïence du comptoir.

— Vous mettez le poulet à mariner, pendant que j'enfile des vêtements plus confortables ?

Sans lui laisser le temps de répondre, il courut dans sa chambre, troqua son pantalon de costume et sa chemise blanche contre un jean kaki et une chemisette bleu marine. Puis il décrocha le téléphone et composa le numéro de Judy.

— Allô !

— Judy, c'est Mark Leamon. Je voulais vous prévenir que Regina est chez moi. Elle dînera ici.

— Comment va-t-elle ?

— Eh bien… elle m'a raconté ce qui s'est passé.

— Mark, je peux vous expliquer…

— Vous n'avez pas à m'expliquer quoi que ce soit. En revanche, vous devez être honnête avec Regina. J'ignore pourquoi vous ne lui avez jamais dit qui est son père, mais…

— Je ne pouvais pas. Et c'est toujours impossible.

— Alors vous allez avoir un problème, je le crains.

Mark s'interrompit, cherchant ses mots.

— Regina a déjà beaucoup souffert, et même si elle a trouvé la force de survivre, elle est émotionnellement fragile. Vous le savez sans doute mieux que quiconque. Mais... dorénavant, je ne permettrai à personne de la blesser. Pas même à vous.

Il y eut un silence à l'autre bout du fil. Pesant, douloureux.

— Vous aimez ma fille.

— Plus que tout au monde.

— Alors aidez-la, Mark. Moi, je ne le peux pas.

Ella s'était forcée à avaler quelques bouchées du délicieux repas préparé par Bessie, avec l'impression de mastiquer du carton. Le remords la rongeait. Jamais elle n'avait eu de secret pour son père. Elle ne lui racontait pas son intimité en détail, mais quand il y avait quelqu'un d'important dans sa vie, il le savait toujours. Dès qu'elle avait commencé à sortir avec des garçons, elle avait quêté son approbation. S'il fronçait les sourcils, le petit ami était aussitôt relégué aux oubliettes.

Tu ne sors pas avec Reed Conway. Non, tu as sauté cette étape pour aller droit au but... Oh, arrête de ruminer, tu deviens cinglée. Essaie de te comporter normalement.

Le chaos régnant dans la salle à manger, la famille avait dîné dans la cuisine. Bessie avait passé la majeure partie de son après-midi à nettoyer la pièce où les dégâts, par rapport au reste du rez-de-chaussée, étaient mineurs : vaisselle brisée, contenu des placards éparpillé un peu partout, porte barbouillée de peinture noire.

— Frank dit qu'il n'a aucun moyen d'action, déclara Webb en arpentant le petit salon, auquel le vandale n'avait pas touché. Il n'y a pas de preuve contre Reed, impossible de l'arrêter. Frank lui a donné un nouvel avertissement, mais ça ne sert pas à grand-chose.

— Cet homme m'effraie, gémit Carolyn qui se tordait nerveusement les mains. Qu'arrivera-t-il s'il ne se contente pas de saccager notre maison ?

— Pourquoi êtes-vous tellement sûrs que c'est Reed Conway qui a... objecta Ella.

— Parce que tu as encore des doutes ? coupa Carolyn, dardant sur elle un regard sévère. J'en ai discuté avec Jeff Henry, il est d'accord : nous n'avons jamais été cambriolés, nous n'avions pas de problèmes avant que Reed Conway ne soit libéré. Pour Jeff Henry, ce n'est pas une coïncidence, et je suis de son avis.

— Vous condamnez un homme sur dc simples présomptions, insista Ella.

— Pourquoi t'obstines-tu à le défendre ? rétorqua Webb.

— Je ne le défends pas. Je me borne à constater des faits que vous semblez négliger.

Furieux, Webb ouvrit la porte vitrée du petit meuble qui renfermait les alcools et prit une bouteille de bourbon.

— Il y a un faisceau de circonstances. Tu es magistrat, tu devrais savoir que c'est parfois suffisant.

— Seulement quand la culpabilité a été prouvée.

— Assez, assez ! les interrompit Carolyn d'un ton implorant. Je ne supporte pas que vous vous disputiez. Ma chérie, ne te laisse pas apitoyer par ce que la mère ou la sœur de ce jeune homme peuvent te raconter. Je me trompe, Ella ? Judy ou Regina t'ont dit qu'il était innocent comme l'agneau qui vient de naître.

— Non, absolument pas. Et je ne veux pas me disputer avec papa. Je répète seulement ce que Frank vous a déjà expliqué : il n'a pas le droit d'arrêter quelqu'un sans preuve or, dans cette affaire, il n'en a aucune.

— Ô mon Dieu, cette discussion m'épuise ! Ella, appelle Viola, qu'elle m'emmène dans ma chambre.

Tous les deux, je vous demande de vous embrasser et de vous réconcilier. Pour moi.

Ella se pencha vers sa mère, lui posa un baiser sur la joue.

— Je suis désolée de t'avoir fait de la peine.

Carolyn lui tapota la main.

— Tu es gentille. Tu as toujours été tellement attentionnée.

Le regard – lourd de sous-entendus – que Carolyn tourna vers Webb n'échappa pas à Ella. C'était si fréquent… Quand elle était petite, elle s'en étonnait. Mais, à la fin de l'adolescence, elle avait enfin compris ce que ce regard triste, teinté d'amertume, signifiait. Carolyn exprimait ainsi – à sa manière subtile, sans prononcer une parole désagréable – que son mari n'était pas suffisamment empressé, prévenant, et qu'elle en souffrait.

Ignorant le reproche muet de sa femme, Webb se servit un bourbon. Ella poussa le fauteuil de sa mère vers la porte.

— Je vais appeler Viola, mais si tu préfères que je m'occupe de toi…

— Non, reste là et essaie de dérider un peu ton père. Depuis qu'il a appris qu'un vandale s'était introduit chez nous, il est comme un lion en cage. Il se fait tant de souci pour toi…

Carolyn ravala un sanglot.

— Et moi aussi. S'il t'arrivait quelque chose…

— Il ne m'arrivera rien.

À cet instant, Viola apparut en haut de l'escalier.

— Vous êtes prête à vous retirer dans vos appartements, madame Carolyn ?

— Oui, Viola. Je suis exténuée.

Viola descendit vivement les marches, d'un pas de grenadier. Elle souleva sa patiente, l'assit sur le siège mécanique fixé à une rampe qui courait jusqu'à l'étage, et qu'on avait installé peu après l'accident de Carolyn.

Celle-ci sourit à Ella.

— Je compte sur toi pour remonter le moral de ton père.

Ella acquiesça et pivota. Elle regagnait le petit salon, quand son père en franchit le seuil.

— Allons marcher un peu, princesse. Je n'ai pas encore eu le temps de faire un tour au chenil.

Soulagée, elle le suivit. Il lui accordait une trêve, peut-être avait-il décrété que Reed Conway ne méritait pas une querelle. Tant mieux... De toute façon, lorsqu'ils s'engageaient dans des joutes verbales, elle n'était jamais la plus forte.

— Ça sent la pluie, dit-il en l'entraînant vers le porche sur lequel ouvrait la cuisine.

Il prit, dans un grand sac qui était rangé là, deux grosses poignées de croquettes qu'il fourra dans ses poches. Puis, bras dessus, bras dessous, ils rejoignirent le patio. Le parfum du chèvrefeuille, mêlé à celui des roses, les enveloppa.

— Vous avez passé de bonnes vacances, maman et toi ?

— Plutôt agréables, oui. Ta mère est toujours contente que je sois à son entière disposition.

— Vous devriez partir ensemble plus souvent. Elle en serait heureuse.

— Hum...

— Papa, est-ce que tu as des problèmes – en plus du cambriolage ? Tu me parais... distrait.

Il lui caressa la main.

— Ne t'inquiète pas, il n'y a rien de grave... juste de vieilles histoires qui refusent de se faire oublier.

Ella adorait ces moments en tête à tête avec son père. Durant toute son enfance, il n'avait jamais manqué de lui consacrer du temps. Pour parler, l'écouter relater les menus événements de sa vie de petite fille. C'était pour cette raison qu'elle l'aimait tant.

Des ombres s'étiraient dans le jardin, les grillons commençaient à chanter. Le jour, les cités du Sud semblaient souvent endormies, vieilles et lasses, parfois décrépites. Des entités hybrides, vestiges d'une ère disparue ponctuées çà et là de touches de modernité. Mais au crépuscule, les villes comme Spring Creek devenaient magiques. À l'instar des beautés un peu fanées, la lueur des bougies et le clair de lune leur restituaient leur splendeur. Derrière les portes closes des manoirs anciens, des maisons neuves des quartiers récents et des bâtiments délabrés, les gens vivaient, aimaient et mouraient. Le bien et le mal se livraient leur éternel combat.

— Les petits sont bien sages, ce soir, dit Webb tandis qu'ils approchaient du chenil. En principe, quand ils m'entendent arriver, ils aboient comme des fous.

Ella actionna l'interrupteur qui commandait l'éclairage de l'enclos. Les trois chiens paraissaient endormis, affalés par terre près de la clôture. Une étrange appréhension la saisit.

Webb siffla.

— Debout, bande de paresseux ! Je vous apporte des croquettes. Lee, Tom, Sam… j'ai des croquettes !

D'un geste brusque, il souleva le loquet du portillon, se précipita.

— Papa, qu'est-ce qu'il y a ? s'écria Ella.

Agenouillé, il caressait le corps inerte de Sam. Il n'eut pas besoin de répondre, Ella avait compris. Ses chiens, qu'il aimait tant, étaient morts.

20

Après le dîner, Regina aida Mark à remplir le lave-vaisselle et à ranger la cuisine. Il avait une vieille maison pleine de charme, celle de ses parents. Comme c'est étrange, songeait-elle, que je m'y sente à l'aise, chez moi. Mais sans doute éprouverait-elle le même bien-être n'importe où, pourvu qu'elle soit avec Mark. Depuis qu'elle s'était réfugiée auprès de lui, il s'était montré tellement doux et tendre. Il l'avait patiemment écoutée divaguer, il avait séché ses larmes. Pas une fois, cependant, il ne s'était permis de dire un mot sur Judy ou Webb Porter. Il avait attendu qu'elle soit calmée pour l'informer, tandis qu'ils dégustaient leur sorbet à l'orange, qu'il avait téléphoné à Judy pour la rassurer.

— Si on allait s'asseoir dehors, sur la balancelle ? suggéra-t-il. Le soleil est couché, on devrait avoir un peu de fraîcheur.

Elle opina avec un sourire timide. La prenant par la main, il l'entraîna à travers le rez-de-chaussée, jusqu'à la véranda qui courait sur le côté de la demeure et était abritée des regards indiscrets par une haute palissade blanche.

Ils s'installèrent côte à côte. Mark étendit son bras sur le dossier de la balancelle. Regina hésita, puis posa la tête sur son épaule.

— Je crois qu'il ne tardera pas à pleuvoir, dit-il.

Il se pencha, effleura d'un baiser les lèvres de Regina.

— Ça va mieux ?

— Oui, soupira-t-elle. Merci.

— Vous êtes prête à rentrer et à parler avec votre mère ?

Elle secoua la tête.

— Pas ce soir.

Elle scruta ses traits que la pénombre estompait.

— Est-ce que je pourrais rester ici ?

Mark s'éclaircit la gorge, déglutit.

— Cette question ne signifie pas que vous souhaitez... que nous dormions ensemble. J'en suis conscient, mais... les gens risquent de jaser. Mes voisins penseront que nous avons une liaison. Ça ne vous dérange pas ?

— J'aimerais que nous ayons une liaison. J'aimerais que nous fassions l'amour, cette nuit, demain, et jusqu'à la fin des temps. Vous n'imaginez pas combien je regrette d'être incapable de me donner à vous comme le ferait une femme normale.

Mark l'embrassa à nouveau, bouche fermée, avec une infinie douceur. Il ne la touchait pas, et Regina n'eut pas le réflexe de s'écarter de lui. Elle ne se sentait pas menacée. Avec Mark elle était en sécurité. Il n'exigerait rien qu'elle ne veuille lui offrir.

Elle s'appuya plus lourdement contre lui. Du bout de la langue, il modelait ses lèvres. Un petit frisson la parcourut ; sans même s'en rendre compte, elle posa les mains sur son torse. Il l'étreignit, la prit par la nuque...

« Non, pas ça » ! hurla-t-elle en silence. Junior l'avait prise par la nuque, pour la forcer à ne pas bouger. Son haleine empestait la bière et le tabac. Il l'avait clouée au sol, il avait glissé ses doigts dans sa culotte et...

Elle se dégagea brusquement, bondit sur ses pieds, hoquetant. Mark se redressa.

— Je suis navré, ma chérie. J'ai eu un geste qui vous a heurtée ? Dites-moi...

— Mon cou, bredouilla-t-elle. Junior me tenait par le cou et... et... Oh, Mark ! Serrez-moi dans vos bras, s'il vous plaît...

Il l'entoura de ses bras robustes, protecteurs, lui baisa la joue.

— Tout va bien, Regina. C'est fini, ma chérie.

Elle se cramponna à lui de toutes ses forces. Elle tremblait, mais elle ne pleurait plus. Au bout d'un moment, elle sentit l'érection de Mark. Et, étrangement, elle n'en fut pas effrayée.

Parce que tu as une totale confiance en lui.

Mark la repoussa doucement, la dévisagea.

— Essayons autre chose, qui vous permettra de contrôler la situation.

— C'est-à-dire ? rétorqua-t-elle, déroutée.

— Nous tenons profondément l'un à l'autre, je pense que vous me désirez autant que je vous désire, mais il est trop tôt pour que nous fassions l'amour. Je le comprends, je l'accepte et je vous jure que je serai patient.

— Je ne mérite pas que…

Il lui posa un doigt sur les lèvres.

— Chut… ne dites plus jamais ça, Regina. Voilà ce que je vous propose : vous me toucherez, vous m'embrasserez, vous ferez ce que vous voulez de moi, et je ne poserai pas la main sur vous, sauf si vous me le demandez.

— Mais…

— Nous pouvons rester ici ou rentrer dans la maison. À vous de choisir.

— Mark ?

— Oui, ma chérie ?

— Et si je ne… balbutia-t-elle. Si je ne peux pas…

— Vous êtes libre de me déshabiller, de me dévorer tout cru, de me mordre, me griffer. Tout ce que vous voulez. Je vous appartiens.

Elle considéra la balancelle. Inexplicablement, il lui semblait qu'elle serait plus en sûreté à l'extérieur de la maison.

Aurait-elle le courage de prendre des initiatives ?

Elle lui déboutonna sa chemisette jusqu'à la taille. Il était immobile, les bras ballants. Jamais elle n'aurait soupçonné qu'il était aussi musclé. Elle frôla sa poitrine, timidement d'abord, puis s'enhardit à titiller les aréoles brunes de ses mamelons. Elle l'entendit respirer plus fort.

Elle le regarda droit dans les yeux. Il lui sourit. Alors, sans y penser, elle se hissa sur la pointe des pieds et l'embrassa sur la bouche. Il ne broncha pas. Elle promena ses lèvres sur son cou, ses clavicules. Il frissonnait.

— Je pourrais vous voir nu ? murmura-t-elle. Même si je garde mes vêtements ?

— Oui.

— Nous devrions peut-être rentrer, maintenant. Aller dans votre chambre…

— Vous êtes sûre ?

— Du moment que c'est moi qui contrôle…

— Vous avez ma parole d'honneur, Regina.

Le prenant par la main, elle l'entraîna à l'intérieur. D'un signe, il lui indiqua la direction de la chambre, dont le décor sobre et très masculin reflétait parfaitement sa personnalité : boiseries couleur miel, camaïeu de beige, havane et brun, rayonnages chargés de livres de chaque côté de la cheminée surmontée de trois huiles représentant des chevaux.

Ils s'approchèrent du lit que baignait le clair de lune. Regina déboucla le ceinturon de Mark, baissa la fermeture Éclair de son pantalon.

— Vous… vous voulez bien enlever vos vêtements ? balbutia-t-elle.

Nonchalant, comme s'il avait tout le temps du monde et l'habitude de se déshabiller devant elle, il ôta sa chemisette qu'il jeta sur un coffre. Regina le contemplait, fascinée. Il retira ses chaussures et ses chaussettes, puis son pantalon. Il n'avait plus sur lui qu'un slip bleu marine que gonflait son sexe en érection.

— Je le garde ou… je l'enlève ?

Elle brûlait de toucher sa peau, la toison qui bouclait sur sa poitrine, ses bras, ses jambes, son corps tout entier. Et il la laisserait faire sans rien demander en échange.

— S'il vous plaît... souffla-t-elle, effrayée par l'audace de ses pensées. Enlevez-le.

Docile, il lui tourna le dos et se débarrassa de son slip qu'il repoussa d'un coup de pied. Il avait les fesses rondes, fermes, elle distinguait une ombre au creux de ses reins. Comme il ne pivotait pas pour lui faire face, elle s'avança, et noua les bras autour de sa taille, baisant une à une ses vertèbres. Il se mit à trembler.

Millimètre par millimètre, elle glissa les doigts sur son ventre jusqu'à son pénis dressé.

L'espace d'une seconde, le souvenir de Junior la paralysa.

Non, ce n'est pas Junior. C'est Mark, l'homme que tu aimes, qui t'aime.

Elle posa la main sur son sexe. Il gémit. Alors elle le poussa vers le lit. Il s'y laissa tomber, offert, pareil à de la cire qu'elle n'avait plus qu'à modeler. Il se taisait, mais fixait sur elle un regard empli d'une telle passion qu'elle bascula en avant, comme attirée par un aimant.

Toujours habillée de pied en cap, elle le couvrit de baisers, hésita en sentant contre sa joue le sexe de Mark. Elle avait envie de le prendre dans sa bouche, de connaître le goût de sa chair.

— Je voudrais...

— Oui.

Elle hésita encore, releva la tête.

— Pardon, je ne peux pas...

— Ce n'est pas grave.

— Je ne comprends pas pourquoi vous m'aimez, balbutia-t-elle. Je ne suis pas une vraie femme.

Couché sur le dos, Mark lui prit la main, la guida jusqu'à son pénis; entrelaçant ses doigts aux siens, il lui montra comment le caresser. Elle se relaxa aussitôt et, quand il lui lâcha la main, continua à le caresser.

— Je ne pourrai pas tenir longtemps... gémit-il.

Comprenant d'instinct ce qu'elle devait faire, elle accéléra le rythme. Lorsqu'un spasme violent le secoua, que sa semence jaillit, elle scruta son visage crispé dans une expression presque douloureuse. Mais non, ce n'était pas de la douleur qu'elle lisait sur ses traits, c'était de l'extase. Elle réalisa soudain qu'elle venait de lui donner du plaisir.

Il resta un moment pantelant, hors d'haleine, puis se redressa et entraîna Regina vers la salle de bains attenante. Avec d'infinies précautions, il lui lava les mains. Elle le contemplait avec adoration, en se demandant si toutes les femmes s'émerveillaient comme elle devant leur bien-aimé.

— Je pourrai te donner le même plaisir, dit Mark, passant brusquement au tutoiement. Sans que nous fassions l'amour…

Elle eut l'impression que tout son corps criait: oui, oui! Que quelque chose en elle attendait d'être libéré, apaisé. Cependant elle ne supportait pas l'idée d'être nue, vulnérable, même si elle savait que Mark ne la brutaliserait pas.

— Je ne peux pas me déshabiller, avoua-t-elle d'une voix presque inaudible. Je suis désolée… je ne peux pas.

Il l'attira contre lui.

— N'oublie pas, ma chérie, que tu fais uniquement ce dont tu as envie.

Elle soupira.

— J'aimerais être dans tes bras, que tu m'embrasses et que tu… me caresses.

Mark la souleva de terre, la ramena dans la chambre et l'étendit sur le lit. Il s'allongea près d'elle. Il était robuste, puissamment bâti. Mais ce n'était pas Junior Blalock, elle n'avait rien à craindre de lui.

Il l'embrassa doucement. Sous la soie de son corsage, le coton froissé de sa jupe, elle sentait la chaleur de ses mains et, dans son regard qui ne la quittait pas, une infinie tendresse.

— Si j'ai le moindre geste qui te déplaît, dis-le-moi tout de suite et j'arrêterai.

Elle hocha la tête.

— Tu me permets d'enlever tes bas?

— Seulement les bas...

— D'accord.

Il fit glisser les bas le long de ses jambes, puis lui massa les pieds. Un frisson d'appréhension la parcourut. Était-elle vraiment prête ?

Lorsqu'il baisa ses seins, elle se tendit. Mais, presque aussitôt, une flamme inconnue s'alluma au tréfonds d'elle, lézardant l'inexpugnable rempart qu'elle avait érigé au fil des ans.

Mark dégrafa sa jupe. Elle prit une inspiration pour protester ; les mots ne franchirent pas ses lèvres.

— Je peux te caresser ?

— Je... oui, mais si je te demande d'arrêter...

— J'arrêterai.

Les doigts de Mark rampaient entre ses cuisses, se faufilaient sous la barrière du slip en soie, dans la toison blonde de Regina. Il l'embrassa à pleine bouche, jusqu'à ce qu'elle ait le souffle coupé.

— Mark ! bredouilla-t-elle, consciente que la délivrance était toute proche.

— Ne résiste pas, mon amour. Je t'en prie, abandonne-toi.

Et elle s'abandonna à cette main qui l'emmenait de plus en plus loin. C'était comme une vague impétueuse qui la roulait dans ses flots. Elle eut la sensation d'exploser, un cri lui échappa.

Quand le calme revint dans son corps ébloui, elle se nicha contre Mark, répétant son nom à mi-voix. Jamais elle n'avait rien éprouvé d'aussi merveilleux. Seul Mark pouvait lui faire découvrir cela, parce qu'elle l'aimait, qu'elle avait confiance en lui. Et qu'il se contentait de ce qu'elle était capable d'offrir.

— Merci d'être venu si vite et si discrètement, dit Webb en serrant la main de Frank Nelson. Je préfère que Carolyn ne sache rien pour l'instant. Elle est suffisamment bouleversée par le cambriolage. Si elle apprend qu'on a tué mes chiens, Viola devra lui administrer un sédatif.

— Je vais emmener les chiens chez le Dr Hambry pour qu'il les autopsie. Deux de mes hommes passent l'enclos au peigne fin.

— Je suis à peu près sûr qu'ils ne trouveront aucun indice, marmonna Webb qui marchait de long en large dans le patio. Les chiens les ont engloutis.

— De la viande empoisonnée, acquiesça Frank. Bon sang... qui aurait l'idée de tuer vos chiens ?

— Quelqu'un qui me déteste, qui me veut du mal.

— Vous pensez à Reed Conway, évidemment, mais je vous répète qu'il m'est impossible de l'incriminer sans preuve flagrante.

Frank ôta sa casquette, se gratta la tête.

— Ces dernières semaines, je l'ai passablement malmené. Si je continue, il portera plainte contre moi et il sera dans son droit.

— Alors il est temps que j'aie une bonne discussion avec Reed. Je m'en vais de ce pas chez Judy.

— Ne faites pas ça, vous le regretteriez. N'oubliez pas que vous êtes sénateur. Les journalistes sont à l'affût de vos moindres faits et gestes. D'ailleurs, Reed ne vit plus chez sa mère. Il s'est installé au-dessus du garage, dans un petit studio.

Webb abattit rageusement son poing droit dans le creux de sa main gauche. Ce bruit mat, qui résonna dans la nuit, fit sursauter Ella. Son père était fou furieux, révolté et malheureux. Elle voulait croire que Reed était incapable d'un acte aussi monstrueux, cependant elle ne voyait pas qui pouvait haïr à ce point sa famille, et surtout son père. La prison avait-elle complètement déshumanisé Reed ?

Les larmes lui montèrent aux yeux. Elle songeait à Lee, Tom et Sam : débordants de vie, joyeux, tapageurs.

— Dès que le Dr Hambry aura terminé l'autopsie, déclara Webb, je veux récupérer mes chiens. Je les enterrerai dans le jardin, ils l'ont bien mérité.

Sa voix était éraillée. Quand il avait caressé le corps inerte de Sam, son préféré, il avait pleuré. Ella ne l'avait jamais vu pleurer.

— Vous devriez aller vous coucher, votre fille et vous, dit Frank. Je vous appellerai demain, si nous avons trouvé quelque chose, et je vous communiquerai les conclusions du Dr Hambry.

— Oui, vous avez raison… soupira Webb. Tu viens, princesse ?

— Dans un moment. J'ai besoin de prendre un peu l'air, sinon je n'arriverai pas à m'endormir.

Webb l'attira contre lui.

— Ne tarde pas trop, rétorqua-t-il, observant le ciel zébré d'éclairs de chaleur qui se rapprochaient de plus en plus.

— Je rentrerai avant qu'il se mette à pleuvoir, promit-elle.

Dès que Webb se fut éloigné, Frank Nelson chuchota :

— Il tenait beaucoup à ses chiens, n'est-ce pas ?

— Oui, énormément.

— Mademoiselle Ella, vous pensez que Reed Conway les aurait empoisonnés ?

— Je n'en sais rien.

— Si Reed est derrière tout ça, il ne s'arrêtera en si bon chemin. La prochaine fois, l'un de vous risque d'être sérieusement en danger. Votre père, votre mère. Ou vous.

Ella frissonna.

— Non, je… je ne peux pas croire ça. Vous dites qu'il tuerait à nouveau, j'ai bien compris ? Selon vous, il haïrait mon père au point de passer le reste de sa vie en prison ? Il affirme qu'il n'a pas assassiné Junior Blalock, qu'il veut seulement découvrir le véritable meurtrier. S'il ne ment pas…

— Vous ne devriez pas écouter ce que raconte Reed Conway. Il serait enchanté de semer la zizanie entre votre père et vous, de vous amener à prendre son parti alors que le sénateur l'a jugé et condamné.

Ella se tut, ne sachant que répondre. Frank la salua, puis rejoignit ses hommes qui inspectaient le chenil. Elle leva les yeux vers la fenêtre de la chambre de sa mère, se demanda si Carolyn dormait. Elle l'espérait.

Et Webb ? Ce soir, il avait suivi les conseils de Frank, mais demain, il ne pourrait peut-être pas s'empêcher de foncer chez Reed. Il n'était pas question qu'elle permette ça. Si les deux hommes s'affrontaient, ça se terminerait mal, elle en était persuadée.

Pour qui t'inquiètes-tu ? Ton père ou Reed ?

Il n'y avait qu'un moyen d'éviter qu'ils se sautent à la gorge. Elle devait voir Reed. S'il avait empoisonné les chiens, elle lirait la vérité dans ses yeux.

S'accrochant à cet argument qui lui paraissait sensé, elle monta dans sa chambre pour se changer, enfila une petite robe en coton et des sandales. Elle saisit son sac, ses clés de voiture, puis sortit sans bruit par l'escalier de service.

Il ne lui fallut qu'une dizaine de minutes pour atteindre le garage. Elle gara la Jaguar derrière le bâtiment, coupa le moteur et ouvrit la portière.

Et si Reed était aussi mauvais qu'on le disait ? songea-t-elle, l'estomac noué. S'il était vraiment un assassin ? Il pourrait l'étrangler d'une seule main, il était si fort…

Elle considéra d'un œil circonspect les marches de bois menant à l'étage. En haut, une fenêtre était éclairée. Reed n'était sans doute pas couché.

Soudain, un violent coup de tonnerre ébranla l'atmosphère. L'orage allait éclater. Rassemblant son courage, Ella monta l'escalier. Elle entendit une musique douce et mélancolique, du jazz.

Un autre éclair fulgura dans le ciel. Ella hésita une seconde avant de frapper à la porte. Pas de réponse. Elle martela de son poing le battant qui pivota brusquement sur ses gonds.

Reed était là, devant elle. Torse nu, ébouriffé. Il la fixa longuement, en silence.

— Je rêve, ou c'est bien le juge Eleanor Porter qui me rend visite ?

Un sourire narquois retroussa ses lèvres.

— Dois-je en conclure qu'elle a apprécié nos ébats d'aujourd'hui ?

Sans réfléchir, elle le gifla de toutes ses forces. Cette réaction l'effara. Elle qui détestait la violence, elle ne se reconnaissait pas.

Il lui saisit les poignets, l'attira contre lui. Elle eut l'impression que son cerveau se liquéfiait.

— Je vais te donner ce que tu es venue chercher, lui souffla-t-il à l'oreille.

21

Reed l'entraîna à l'intérieur. Un vieux ventilateur brassait l'air chaud et humide où flottait une odeur d'homme et de savon, l'odeur de Reed qui l'identifiait aussi sûrement que des empreintes digitales.

La musique de jazz, les accords sensuels du saxophone que soutenaient les notes arpégées du piano l'enveloppaient comme des mains fraîches, caressantes.

Reed et elle se regardaient – deux fortes personnalités qui se jaugeaient, résolues à ne pas céder un pouce de terrain. Il la tenait par la nuque, elle luttait pour se libérer.

Il l'attira contre lui, lentement, sans jamais la quitter des yeux, comme si ce regard était entre eux un lien qui les unissait physiquement et émotionnellement.

Ne te leurre pas. Tu sais qu'il n'a aucun sentiment. Pour lui, ce n'est que du sexe. Il te veut comme il voudrait n'importe quelle femme.

Il posa une main sur sa hanche et, quand le vide qui les séparait fut comblé, il la serra dans ses bras. Elle aurait dû se débattre, mais elle n'ébaucha pas un mouvement.

— Non… protesta-t-elle lorsqu'il se pencha.

À la seconde où leurs lèvres se frôlèrent, elle sut qu'elle était perdue. Il y avait en lui une sorte de brutalité qui n'avait pourtant rien de cruel : la rudesse d'un mâle poussé par un instinct primitif. Et il réveillait en elle le même instinct, le même besoin éperdu d'assouvir sa faim. Chacun de ses gestes disait : je prends ce qui me revient de droit, parce que tu m'appartiens.

Quand elle sentit son sexe turgescent palpiter contre elle, la part rationnelle de son cerveau cessa définitivement de fonctionner. Déjà il baissait dans son dos la fermeture Éclair de sa robe qui tomba à ses pieds. Elle ne portait qu'un petit slip rose à fleurs. Pourquoi n'avait-elle pas mis de soutien-gorge lorsqu'elle s'était changée ? Seigneur, elle était donc venue ici pour ça, pas pour parler des chiens de son père. Elle était venue se donner à Reed…

Il l'étreignit, et elle eut le souffle coupé. Elle eut soudain la sensation qu'elle était née pour être la compagne de Reed Conway. Le reste n'importait pas : ni leurs positions sociales respectives, ni les différends existant entre leurs familles, ni même le scandale que déclencherait leur liaison.

Tout en l'embrassant, il la fit reculer jusqu'au lit. Elle se laissa tomber sur le matelas, tendit les bras. Il se coucha sur elle, s'appuyant sur ses coudes pour ne pas l'écraser sous son poids.

— Qu'est-ce que tu as de si spécial, Ella Porter ? murmura-t-il. Tu me rends fou.

Il la débarrassa de son slip, se dévêtit rapidement. Il était magnifique.

— Je vais te manger de baisers, te caresser jusqu'à ce que tu me supplies de te prendre.

Elle ferma les yeux, s'abandonnant à ses mains, sa bouche qui l'exploraient tout entière, impérieuses. Déjà elle se cambrait, ondulait.

— S'il te plaît… gémit-elle.

— Qu'est-ce que tu veux ? C'est moi que tu veux ?

Il la contemplait fixement.

— Oui… avoua-t-elle.

— Ça ne me suffit pas.

— Je… je veux que tu me fasses l'amour.

Un sourire satisfait éclaira le regard bleu de Reed. Sa bouche se noya dans la toison brune d'Ella qui poussa un cri. Puis, quand le plaisir cessa de la faire trembler, le sexe de Reed remplaça sa langue brûlante.

Il la posséda avec passion, avec fièvre, jusqu'à ce qu'elle ne soit plus qu'un corps écartelé, fourbu de bonheur.

Luisants de sueur, ils retombèrent ensemble sur les draps froissés, soudés l'un à l'autre. Il lui baisa la tempe, délicatement, elle se nicha contre lui. Seigneur, elle tenait à cet homme !

— Je ne devrais pas rester ici, il faut que je m'en aille…

Mais elle ne bougea pas, blottie dans les bras de son amant.

— Dors un peu, ma belle. Nous avons besoin de reprendre des forces.

Comment pouvait-elle se sentir aussi bien, en sécurité, dans le lit d'un homme condamné pour meurtre ?

Il se réveilla en sursaut. La platine laser empruntée à Briley Joe s'était arrêtée, seule la pluie qui martelait le toit troublait le silence. La lumière qu'il n'avait pas songé à éteindre le blessait. Il se leva avec précaution, traversa la pièce et actionna l'interrupteur commandant le plafonnier et la lampe de chevet, puis referma à demi la porte du cabinet de toilette afin de ne laisser qu'une faible lueur se faufiler dans le studio.

Il prit, dans la glacière portative, une canette de bière, se rassit au bord du lit et observa Ella.

Il la désirait encore. Peut-être plus que jamais, et il ne comprenait pas pourquoi. Il voulait la posséder de toutes les manières possibles, l'entendre hurler de plaisir.

Il caressa une mèche de ses cheveux noirs, l'enroula autour de son index. Elle était belle, elle répondait passionnément à chacun de ses baisers, à chaque caresse, comme s'il était le seul homme au monde capable de la satisfaire.

Pourtant ils étaient bien mal assortis. Le juge et l'ex-détenu. Le fils d'une gouvernante et la fille d'un sénateur. C'était presque risible.

Les paupières d'Ella frémirent. Quand elle s'éveillerait, lirait-il du regret, de la culpabilité dans son regard ? Se rhabillerait-elle aussitôt pour partir ? Il ne voulait pas qu'elle s'en aille, pas avant d'avoir assouvi le désir qui le taraudait.

Elle ouvrit les yeux, lui sourit.

Il adorait son sourire.

— Reed ?

— Oui…

— Tu n'as pas empoisonné les chiens de mon père, n'est-ce pas ?

22

— De quoi parles-tu ?

Il s'écarta. Dans ses yeux, la tendresse céda la place à une expression blessée. Ella sut alors, avec certitude, qu'il était innocent.

— Reed, je…

Il se redressa d'un bond, nu, superbe.

— S'il te plaît ! articula-t-il d'un ton sec. Je crois comprendre qu'on a tué les chiens de Webb Porter et, naturellement, je suis le premier suspect.

Il darda sur elle un regard étincelant.

— C'est pour ça que tu es venue, pour m'accuser ? Que s'est-il passé ? Tu t'es laissé détourner de ton objectif par les plaisirs de la chair ?

— Arrête, je t'en prie. Ne disons pas des choses que nous regretterions ensuite.

Elle ébaucha un mouvement pour se lever, hésita, entravée par une brusque pudeur. Il n'était plus temps d'avoir honte de sa nudité, se gourmanda-t-elle. Reed connaissait son corps sur le bout des doigts.

Il la fixait toujours, immobile, les mâchoires crispées. Il avait l'air d'un fauve, et elle ne pouvait supporter sa froideur.

— Je suis désolée… murmura-t-elle en posant la main sur son torse.

Il s'écarta encore, comme si elle l'avait brûlé.

— Tu seras surtout désolée si tu te retrouves enceinte, rétorqua-t-il d'une voix sifflante, un sourire sarcastique au coin des lèvres. Une fois de plus, mademoiselle Ella, nous avons oublié d'utiliser un préservatif. Un bébé de moi, ce serait le comble, non ?

— Vas-y, si ça te soulage, crache ta rage. Je le mérite, sans doute. Mais j'aimerais juste que tu m'écoutes. Je n'aurais pas dû te poser cette question, je t'en demande pardon.

Elle sentait sous sa main la fureur qui vibrait dans les muscles de Reed.

— Quand j'ai décidé de venir ici, ce soir, je pensais que c'était pour te parler des chiens. Mais non, je me mentais. La vérité, c'est que… la vérité…

— Tu veux la connaître, la vérité ?

Il la saisit par les bras, rudement. Elle grimaça de douleur.

— Je n'ai pas assassiné Junior Blalock. Je ne t'ai pas écrit de lettres obscènes, je ne t'ai pas téléphoné, ni envoyé une couleuvre dans un bouquet de roses. Et je n'ai pas empoisonné les chiens de Webb Porter.

— Je te crois. Seulement… j'avais besoin d'être sûre que l'homme que je… que tu ne les avais pas tués.

— Bon Dieu, je serais incapable de faire du mal à des animaux !

Elle hocha la tête, les yeux pleins de larmes.

— Quelqu'un a donné du poison à ces pauvres chiens. Je les aimais beaucoup… j'ai nourri Sam au biberon…

Soudain, il la prit dans ses bras, la serra contre lui.

— Ne pleure pas, ma belle.

— Reed…

— Je suis une brute. Ce que je t'ai dit…

Elle l'embrassa, esquissa un faible sourire.

— Tu cherchais à me blesser parce que je t'avais blessé. Je comprends.

— Je ne veux pas te blesser, murmura-t-il en lui couvrant le visage de baisers. Jamais. Je veux te protéger. Et j'aurais intérêt à te protéger d'abord contre moi-même.

— Je ne veux pas non plus que tu souffres. Si tu acceptes, je t'aiderai à découvrir le meurtrier de Junior Blalock. Tu es d'accord ?

Il eut un sourire qui, cette fois, n'avait rien de cynique.

— Tes parents n'apprécieront pas que leur petite fille fréquente un type dans mon genre.

— Je ne suis plus une petite fille, répliqua-t-elle en se pressant contre lui. Je suis une femme.

— Ça, oui...

Quand il la prit par la main pour l'entraîner à nouveau vers le lit, elle eut une hésitation en voyant l'heure au cadran du réveil. L'aube ne tarderait plus.

— Je devrais rentrer à la maison.

— Avant qu'on s'aperçoive que tu as découché ?

— Tu me comprends ?

— Oui, bien sûr. Dis-moi juste une chose, Ella. Est-ce que tu as honte d'avoir passé la nuit avec moi ?

— Non, absolument pas !

— Mais tu ne souhaites pas que toute la ville l'apprenne, n'est-ce pas ?

Elle soupira. Comment nier ? Effectivement, elle préférait que les gens ignorent leur liaison.

— Je suis désolée, mais...

— Tu es une Porter, un juge et un membre de la bonne société.

Doucement, il l'allongea sur le lit.

— Tu peux m'accorder une demi-heure de plus ?

— Oui...

D'un coup de reins, il la pénétra.

— Viens avec moi...

Elle ouvrit la porte de derrière, s'avança sans bruit dans la cuisine. Bessie n'arrivait jamais avant six heures, et le reste de la maisonnée devait dormir.

Les marches de l'escalier de service craquaient sous ses pas, leurs gémissements se répercutaient dans la demeure silencieuse. Quand elle atteignit le palier, elle eut un soupir de soulagement. Encore quelques mètres, et elle serait sauvée. Personne ne devinerait son escapade.

Elle posait la main sur la poignée en cristal du battant de sa chambre, quand elle entendit un bruit dans le couloir. Regardant par-dessus son épaule, elle vit son père.

Aïe... Elle savait pertinemment de quoi elle avait l'air: d'une femme éreintée, hagarde et repue, qui venait de faire passionnément l'amour. Elle pouvait dire à son père qu'elle était avec Dan, mais il ne serait pas dupe. En outre, elle ne lui avait jamais menti, pas une seule fois. Elle n'allait pas commencer maintenant.

— Tu as une mine épouvantable, marmonna-t-il.

— Je suis adulte et, si je décide de passer la nuit dehors, ça ne concerne que moi, se défendit-elle.

— Évidemment. Tu ferais mieux de te doucher et de te changer. Il serait préférable que ta mère ne te voie pas dans cet état.

— Merci, papa, rétorqua-t-elle avec gratitude. Merci de ne pas poser de questions.

— Ça ne me concerne pas, c'est bien ce que tu as dit ?

Elle le dévisagea, ne trouva pas dans ses yeux la tendresse à laquelle elle tenait tant.

— Tu sais, n'est-ce pas ?

Penser qu'il avait compris d'où elle venait l'accabla.

— Il y a entre vous autre chose que du sexe ?

— Honnêtement, je... je n'ai pas de réponse.

— Tu joues un jeu dangereux avec un homme dangereux. Tu risques d'y laisser des plumes. Je ne le permettrai pas.

— Papa, s'il te plaît...

— Va prendre ta douche.

— Nous parlerons plus tard ?

Il acquiesça et regagna ses appartements. Ella entra dans sa chambre, alla droit dans la salle de bains. Elle se déshabilla, sentit sur sa peau l'odeur de Reed

Conway, comme si cette odeur était devenue l'essence de son être.

L'interrogation de son père résonnait dans sa tête, obsédante. « Il y a entre vous autre chose que du sexe ? » Pour être totalement sincère, elle craignait en effet qu'il n'y ait plus que ça. Infiniment plus.

Judy Conway était assise à sa table de cuisine, devant une tasse de café. Elle n'avait quasiment pas fermé l'œil de la nuit. Quoiqu'elle eût confiance en Mark Leamon, elle se demandait ce qui s'était passé entre Regina et son patron. En quittant la demeure des Carlisle, la veille, sa fille était ulcérée, révoltée. À juste titre…

Que lui dire, comment lui expliquer ? Elle s'était juré de ne jamais révéler l'identité du géniteur de Regina, pas même à la principale intéressée. La vérité détruirait trop d'existences. Carolyn Porter ne le supporterait pas, et la carrière de Webb serait anéantie.

Soudain, Judy entendit deux véhicules se garer dans la rue. Elle se leva d'un bond et courut vers la porte. À travers les panneaux vitrés, elle vit Mark descendre de sa voiture. Galamment, il aida Regina à sortir de sa Honda. Tous deux se tenaient par la main, ils se contemplaient avec tant de tendresse que Judy se sentit gênée de les observer en catimini. Elle ouvrit la porte pour les accueillir.

— Bonjour, dit-elle d'un ton qu'elle espérait naturel.

— Bonjour, répondit Mark.

Judy nota que Regina ne lui lâchait pas la main, comme s'il était sa bouée de sauvetage.

— Il y a du café chaud. Je peux vous préparer un petit-déjeuner, si vous avez faim.

— Merci, nous l'avons déjà pris, rétorqua Mark. J'ai fait goûter ma spécialité à votre fille : omelette jambon-fromage.

Judy s'efforçait d'éviter le regard de Regina, redoutant ce qu'elle y lirait – haine, mépris ? Cependant elle percevait entre les deux jeunes gens une sorte d'onde sensuelle. En outre, le tailleur de sa fille était froissé, elle était mal coiffée et démaquillée.

— Je dois t'avouer que je n'avais pas envie de rentrer à la maison ce matin, déclara-t-elle enfin. Mark m'a convaincue de te donner la possibilité d'expliquer la scène dont j'ai été témoin hier chez les Carlisle.

Judy tourna les yeux vers Mark qui la considérait avec sollicitude.

— Merci, Mark. Je suis contente que Regina soit restée chez vous cette nuit. Je savais que vous prendriez soin d'elle.

— J'aime votre fille, Judy.

— Et je l'aime aussi, renchérit Regina.

— Rien ne pouvait me rendre plus heureuse.

Judy aurait voulu serrer son enfant dans ses bras. Mieux que quiconque, elle savait combien Regina avait besoin d'aimer et d'être aimée, d'avoir une relation épanouissante avec un homme. Avaient-ils fait l'amour ? Regina avait-elle finalement réussi à vaincre la terreur dévastatrice qui la hantait depuis tant d'années ?

— Judy, je crois que c'est le moment de tout dire à Regina, reprit Mark.

— Oui, vous avez raison. Entrez…

Le couple la suivit dans la cuisine. Judy joignit les mains, respira à fond.

— Je ne suis pas une femme facile. En dehors des liens du mariage, je n'ai couché qu'avec un seul homme. Ton père, que j'aimais de toute mon âme.

Regina ouvrit la bouche pour répondre, mais Judy enchaîna :

— J'ai fait le serment de ne jamais révéler son identité, et je compte tenir parole. Je regrette… En revanche, je peux t'expliquer ce que tu as vu. Je ne suis pas la maîtresse de Webb Porter. Lui et moi, nous nous sommes fréquentés autrefois, quand j'étais au lycée. Sa famille n'acceptait pas qu'il sorte avec une fille d'origine modeste, alors nous avons rompu. J'ai épousé le père de Reed, ensuite Webb s'est marié avec Carolyn. Mais nous avons toujours eu... des sentiments l'un pour l'autre. Hier, nous nous sommes laissé... emporter.

— Pourquoi, maman ? Je ne comprends pas. Comment peux-tu être attachée à celui qui a condamné Reed, qui l'a envoyé en prison pendant quinze ans ?

— Je ne sais pas vraiment ce qui s'est passé, admit Judy. Nous étions en train de discuter, et puis... j'ai commis une erreur impardonnable, je suis terriblement navrée que tu aies assisté à ça.

— Je me demande si tu es sincère ou pas. Toute ma vie, j'ai pris ta défense – contre tous ceux qui te critiquaient. Je voudrais croire que mon père a été ton seul amant. Le soir où il a tenté de me violer, Junior m'a dit que tu étais une traînée, je voudrais pouvoir ne pas penser ça.

— Oh, Regina ! murmura Judy, la gorge nouée.

Songer qu'elle avait eu la folie de se laisser prendre au charme vénéneux de Junior Blalock la torturait. Elle avait lâché un monstre sur ses enfants – Reed et Regina n'avaient pas encore fini de payer sa faute.

— Je savais qu'il mentait, poursuivit Regina. Quand il a dit que j'étais une petite putain, comme ma mère, il mentait...

Elle se tourna vers Mark qui l'entoura de ses bras.

— Junior Blalock était une brute qui a failli nous détruire, rétorqua Judy, les larmes aux yeux. Je n'ai pas eu le courage de le quitter parce que j'avais peur de lui. Je donnerais ma vie, si cela pouvait effacer ce qu'il a fait.

Regina, qui avait caché son visage contre la poitrine de Mark, s'écarta de lui et s'approcha de sa mère. Elle la fixa droit dans les yeux.

— Je ne suis pas une traînée, déclara Judy. Je n'ai connu que trois hommes. Le père de Reed, mon premier mari. Ton père, que j'aimais. Et Junior.

— Je suis la fille de Webb Porter ? s'enquit Regina.

Judy ne parvenait plus à respirer, il lui semblait que son cœur avait cessé de battre. Un poids atroce l'écrasait, l'empêchait d'émettre un son.

— Il le sait ? demanda Regina. Il l'a toujours su ?

Webb Porter gara sa Mercedes devant le garage Conway. À neuf heures, sans doute Reed serait-il à son travail.

Il avait dû endurer un petit-déjeuner en compagnie de Carolyn, qui ne cessait de se lamenter sur le rez-de-chaussée saccagé et le fait que Reed Conway ne méritait pas de circuler librement dans la ville. Ella, comme à l'accoutumée, s'était montrée digne et charmante, approuvant tout ce que disait sa mère, l'entourant de mille prévenances. Webb, pour sa part, ruminait son tourment : sa fille lui avait avoué à demi-mot qu'elle avait passé la nuit avec Reed.

Devant les six pompes à essence, trois clients remplissaient le réservoir de leur véhicule – deux hommes et une femme qui le saluèrent. Ils savaient qui il était, naturellement. Être reconnu partout où on allait était le lot des politiciens – un fardeau, souvent.

Webb s'avança. Derrière le comptoir de la boutique, Reed s'occupait d'un autre client. Il regarda Webb entrer, impassible, puis reporta son attention sur son interlocuteur, Waylan McGuire, qui dirigeait le crédit municipal de Spring Creek.

— Bonjour, sénateur, dit Waylan. Quelle chaleur, vous ne trouvez pas ? Encore une journée étouffante qui nous pend au nez.

— Oui, je le crains.

Reed tendit sa monnaie à Waylan.

— Voilà... À bientôt, monsieur McGuire.

Dès que celui-ci eut refermé la porte vitrée, Reed dévisagea Webb.

— Que puis-je pour vous, sénateur ?

Ne plus toucher ma fille.

— Foutre la paix à ma famille, répondit Webb d'une voix vibrante de fureur.

Sans manifester la moindre émotion, Reed contourna le comptoir et s'approcha. Webb n'était pas habitué à ce genre d'attitude. En principe, il intimidait les gens. Mais pas Reed Conway. Ni maintenant ni quinze ans plus tôt. Ni même quand Reed n'était qu'un gamin qui l'avait affronté et lui avait demandé de laisser sa mère tranquille. Cherchait-il, en ayant une liaison avec Ella Porter, à se venger d'autre chose que de sa condamnation pour meurtre ? Était-ce une façon de dire que, si Webb pouvait coucher avec Judy, alors lui pouvait coucher avec la fille du sénateur ?

— Soyez plus précis, s'il vous plaît.

— Je ne sais pas à quel jeu vous jouez, mais je vous préviens : tenez-vous loin d'Ella.

— Il me semble que c'est à elle d'en décider.

Webb l'empoigna par le bras, enfonça les doigts dans ses biceps durs comme de la pierre.

— Ne la touchez plus ou je vous ferai regretter d'être sorti de Donaldson. Je protège ce qui m'appartient. Suis-je assez clair ?

— Nous avons au moins un point commun, sénateur. Moi aussi, je protège ce qui m'appartient. Or, depuis cette nuit, votre fille est à moi.

Webb lui balança son poing dans la figure, cependant Reed – qui avait vu le coup venir – l'esquiva en reculant d'un pas. Il foudroya son adversaire du regard.

— Je ne vous frapperai pas, même si j'en ai une envie folle. Parce que vous êtes le père d'Ella.

Webb le dévisagea, interloqué, ne sachant plus que penser. Il entendit un bruit dans son dos, tourna la tête et réalisa qu'ils avaient du public. Un client avait ouvert la porte, plusieurs personnes les observaient.

Aussi dignement que possible, Webb sortit et salua tout le monde d'un hochement de tête. Il ne réussit pas cependant à plaquer sur son visage son habituel sourire de politicien.

Lorsqu'il fut dans sa Mercedes, il crispa les doigts sur le volant.

Pour la première fois, il se demandait s'il ne s'était pas trompé au sujet de Reed Conway. S'il n'avait pas eu tort de le croire coupable du meurtre de Junior Blalock. S'il ne se fourvoyait pas en présumant que cet homme utilisait Ella afin d'atteindre son but, qu'il n'éprouvait aucun sentiment pour elle.

23

Reed s'engagea dans le parking en face du palais de justice. Ella, qui le guettait – postée devant la fenêtre de son bureau –, se débarrassa de sa toge qu'elle abandonna sur le divan, prit son sac et se rua hors de la pièce. Elle descendit les escaliers quatre à quatre, traversa le hall au pas de course et quitta le bâtiment par une issue réservée au personnel. Elle traversa la rue, le cœur battant déjà la chamade. Reed, qui avait laissé le moteur du pick-up tourner, lui ouvrit la portière côté passager. Elle grimpa dans le véhicule, il démarra aussitôt pour suivre Cotton Street.

— Sandwichs et chips, dit-il, désignant le sac en papier posé sur le siège, entre eux.

— Quand tu m'as téléphoné pour m'inviter à déjeuner…

— Je croyais que tu refuserais.

Il bifurqua dans une petite rue qui menait au parc.

— Tu as du toupet de te balader dans la ville avec moi.

— Je vais t'aider à découvrir l'assassin de Blalock, alors, de toute façon, je n'empêcherai pas les gens de faire des commentaires. En plus, je ne vois pas comment ils devineraient que nous avons une relation intime.

— S'ils me regardaient bien, quand je suis près de toi, ils sauraient tout de suite. Je dois avoir la mine d'un loup affamé.

Elle lui sourit.

— J'ai appelé Mark ce matin, je lui ai annoncé que je comptais discuter de l'enquête et de ton procès avec Frank Nelson et mon père.

Reed bifurqua à nouveau pour s'engager sur un chemin de terre qui serpentait dans le parc. Il gara le pick-up sous deux immenses chênes aux branches entrelacées, coupa le moteur et ouvrit les portières.

— Un peu d'air me fera du bien, dit-il en se penchant pour embrasser sa compagne.

— Pas ici. On risque de nous surprendre.

Il se mit à rire.

— Il n'y a pas un chat dans ce coin. Tu sais, il sera peut-être difficile de préserver ta réputation tout en continuant à me fréquenter.

— Pourquoi ?

Il prit deux bouteilles d'eau glacée dans la boîte à gants, les déboucha et en tendit une à Ella.

— Briley Joe m'a dit qu'il avait entendu des types jacasser.

— Qui ?

— Des types quelconques... Manifestement, quelqu'un a vu ta Jaguar garée derrière le garage, à l'aube. Or on sait que je me suis installé dans le studio hier.

— Zut...

Il sortit les sandwichs du sac en papier. Ella en accepta distraitement un, au pain de seigle.

— Je pourrais dire que je l'ai laissée là parce qu'elle avait besoin d'une petite révision.

— Hum... je serais surpris qu'on te pose directement des questions. On jasera plutôt dans ton dos.

— Il ne faut plus que je vienne chez toi, c'est trop risqué.

— Nous n'aurons qu'à nous retrouver dans le parc. Ce soir. Ici même. Ce coin est très peu fréquenté, nous serons tranquilles.

— Ce soir ? Mais nous avons passé toute la nuit ensemble.

— Serais-tu en train de dire que tu en as assez, que ça te suffit ?

Comme elle tournait vers lui un regard choqué, il éclata de rire.

— Reed… tu es vraiment insupportable !

Il lui prit la nuque, se pencha pour l'embrasser. Un baiser passionné.

— J'adore te mettre en colère… et te faire l'amour.

— Reed…

— Mange, ma belle. Je dois retourner au garage, je n'ai que trois quarts d'heure de pause.

— Travailler comme mécanicien pour ton cousin est une perte de temps. Mark m'a dit que tu avais décroché un diplôme universitaire, en prison. Je vais essayer de te trouver un emploi plus intéressant.

— Aide-moi plutôt à prouver que je n'ai pas tué Junior. Ensuite je me débrouillerai seul, je n'aurai pas besoin de piston. Je commencerai une carrière quelque part, loin de Spring Creek.

— Tu ne resteras pas ici ?

— Surtout pas.

— Mais ta mère et ta sœur…

— Elles me suivront ou me rendront visite.

— Mais…

Ella se mordit les lèvres ; Reed, cependant, parut entendre les mots qui avaient failli lui échapper.

— Toi aussi, tu n'auras qu'à me rendre visite.

Comme il souriait d'un air moqueur, elle lui pinça le bras.

— Tu savais qu'au lycée, toutes les filles étaient entichées de toi ?

Il haussa les épaules.

— Et toi, mademoiselle Ella, tu l'étais ?

— Non, pas vraiment. Tu m'intriguais, particulièrement quand tu as été emprisonné et que tu m'as envoyé ces lettres.

— Les fameuses lettres. Je suppose qu'elles t'ont effrayée, n'est-ce pas ?

— En un sens, oui… mais elles ont aussi éveillé en moi un sentiment assez trouble. Une curiosité du sexe, je l'avoue.

— Retrouve-moi ici ce soir, rétorqua-t-il d'une voix sourde. S'il ne pleut pas, nous étendrons une couverture par terre et nous ferons l'amour sous les étoiles.

— À quelle heure ?

— Je quitte le garage au crépuscule.

— J'espère qu'avant ce soir, j'aurai convaincu mon père qu'il se trompe à ton sujet. Si nous pouvions l'avoir dans notre camp pour exiger la réouverture du dossier, nous aurions beaucoup moins de difficultés.

Il n'eut pas le cœur de lui parler de son entrevue avec Webb. Elle l'apprendrait tôt ou tard, d'une manière ou d'une autre. À Spring Creek, les rumeurs se répandaient comme une traînée de poudre, et chacun se plaisait à fourrer son nez dans les affaires d'autrui.

— Ne compte pas sur le soutien de ton père, c'est préférable.

— Et toi, ne crois pas qu'il soit incapable d'admettre ses torts. Il se fie à mon jugement. Si je lui affirme que je suis persuadée de ton innocence, je suis sûre qu'il t'accordera au moins le bénéfice du doute.

— Bon Dieu, tu ne comprends pas que ce type se sert de toi ? rugit Webb en arpentant la gloriette.

— Je pensais que tu te montrerais plus raisonnable…

— Raisonnable, alors que ma fille a une aventure avec un assassin ? Un homme que j'ai jugé, qui a juré de se venger de moi. Tu ne vois donc pas que, pour Reed Conway, la plus belle des vengeances serait que tu sois amoureuse de lui et que tu prennes son parti contre moi ?

Ella ne put s'empêcher de frémir. Son père se trompait complètement, elle refusait d'en démordre. Certes, elle avait eu les mêmes soupçons, mais elle les avait chassés de son esprit. Reed ne mimait pas la passion, elle en était certaine. Il lui faisait l'amour comme si elle était la seule femme au monde.

— Tu n'as jamais remis la culpabilité de Reed en question ? Pas une fois ?

Elle lui posa la main sur l'épaule, le sentit se raidir.

— Je voulais qu'il soit coupable, selon toi ? Eh bien, non.

Il pivota brusquement.

— Pour être honnête, je ne peux même pas dire que je le blâme pour son acte. Junior méritait de mourir. Il méritait de connaître les pires affres, pour ce qu'il a fait subir à Regina, pour les mauvais traitements qu'il infligeait à Judy et à Reed.

— Si tu as toujours pensé ça, pourquoi n'as-tu pas…

— Frapper Junior à mort aurait été une autre histoire – à mes yeux et à ceux de la loi, coupa Webb. Mais, après avoir assommé son beau-père, Reed est revenu et l'a égorgé, alors que Junior était inconscient et ne pouvait pas se défendre. C'est un meurtre, Ella, indubitablement. Tu le sais aussi bien que moi.

— Ce n'est pas Reed qui a tué Junior Blalock.

— Il avait le mobile, l'opportunité, et l'arme du crime lui appartenait.

— D'accord, cependant il n'était pas le seul à avoir un mobile ? N'est-ce pas ?

Elle s'approcha de Webb qui contemplait les fleurs du jardin.

— D'autres personnes haïssaient suffisamment Junior pour l'assassiner. Pour quelle raison a-t-on considéré que l'arrestation de Reed mettait un point final à l'enquête ?

— Les policiers étaient sûrs de tenir le meurtrier. Je partageais leur opinion. À l'époque, je n'avais pas le moindre doute.

— Et maintenant ?

— Maintenant, je ne suis plus aussi catégorique, avoua Webb. Je reste persuadé que Reed a tué Junior, mais… Il t'a raconté que je suis allé le voir au garage, ce matin ?

— Non.

Webb descendit les marches de la gloriette, observa le ciel que le crépuscule rosissait déjà.

— Je voulais lui arracher la peau. Je lui ai demandé de ne plus s'approcher de toi.

— Qu'a-t-il répondu ?

— Que tu étais capable de décider toute seule.

— Effectivement.

Webb prit une inspiration, la regarda droit dans les yeux.

— Je lui ai donné un coup de poing.

— Oh, papa…

— Il ne m'a pas touché. Et tu sais pourquoi ?

Elle secoua la tête.

— Il a dit qu'il ne me frapperait pas parce que je suis ton père.

— C'est fou… murmura-t-elle, la gorge nouée par l'émotion. Il fait tant d'efforts pour paraître dur, pour ne pas montrer ses sentiments…

— Si j'accepte de parler à Frank Nelson, tu me promets de rompre avec Reed ?

— Papa, je ne peux pas te promettre ça.

— Tu es amoureuse de lui, n'est-ce pas ?

Elle le rejoignit, lui passa un bras autour de la taille.

— Je ne sais pas si c'est de l'amour ou… autre chose. Mais je tiens à lui et je veux l'aider.

— J'appellerai Frank demain matin. Il est possible que j'aie condamné un innocent, il y a quinze ans. En tout cas, je l'espère pour toi.

Dès le début de l'après-midi, la moitié de la ville était déjà au courant de l'entretien mouvementé qu'avaient eu Webb Porter et Reed Conway, au garage. Certains disaient que c'était à cause de cette vieille histoire – le meurtre de Junior Blalock. D'autres affirmaient que le sénateur accusait Reed de harceler sa fille et d'avoir empoisonné ses chiens.

Le soir, des bruits se mirent à circuler insidieusement. À propos de Reed Conway et d'Eleanor Porter. Hier, on avait aperçu Reed qui entrait dans le bureau de Mlle Ella ; il y était resté un long moment. Quelqu'un avait reconnu la voiture du juge, garée derrière le garage, à l'aube. Et on avait vu Ella monter dans un vieux pick-up, vers midi. Reed était au volant.

Les ragots s'avéraient parfois être une précieuse source d'informations. Apprendre que Webb allait aider Reed Conway, qu'il comptait suggérer à Frank Nelson de reprendre l'enquête, avait été une surprise de taille.

Il fallait accélérer le mouvement. Reed Conway devait réintégrer sa cellule avant que la vérité n'éclate. Or il n'y avait qu'un moyen de se débarrasser de Reed : lui coller un délit grave sur le dos. Un autre meurtre, peut-être, ou du moins une tentative de meurtre.

S'emparer du pistolet de Briley Joe ne serait pas difficile, il suffisait d'être habile et astucieux. Tout Spring Creek savait que Briley Joe gardait un vieux Sauer & Sohn – que son père avait pris à un soldat allemand lors de la Seconde Guerre mondiale – dans le bureau du garage, dont il ne verrouillait jamais la porte. L'arme était chargée. Il aimait la montrer, de temps à autre, et clamer qu'il transformerait en passoire le premier voleur qui aurait la mauvaise idée de le cambrioler.

Il était impossible d'amener Reed à laisser ses empreintes sur le pistolet, mais s'il y avait uniquement celles de Briley Joe, ça pouvait marcher.

Le temps pressait. Il était impératif de frapper un grand coup – dès ce soir.

Le cœur battant, Ella gara sa Jaguar près du pick-up cabossé que Reed avait à nouveau emprunté à son cousin. Elle se demanda s'il avait raconté à Briley Joe qu'il avait rendez-vous avec le juge Porter. Elle préférait croire que Reed ne parlait à personne de leur intimité, que ce qui existait entre eux était sacré.

Un petit rire sans joie lui échappa.

Sacré ? Atterris, Ella. Il ne s'agit pas d'Amour avec une majuscule. Pas pour Reed. Ni pour toi. Ce n'est que du sexe, tout simplement.

Mais il n'y avait rien de simple dans cette histoire. Si elle avait un grain de bon sens, elle ne serait pas ici. Elle serait à la maison, en sécurité, loin de Reed.

Elle entendit la portière du pick-up claquer. Un frisson d'excitation la parcourut.

Tu peux t'en aller, il est encore temps.

À quoi bon se leurrer ? Elle voulait être avec Reed, se blottir dans ses bras et contempler les étoiles.

Elle le regarda par la vitre. Il portait une couverture et un petit magnétophone. Du jazz ? Même si elle vivait cent ans, chaque fois qu'elle entendrait la plainte d'un saxophone, elle penserait à Reed et à leur première nuit d'amour.

Balayant ses hésitations, elle fourra ses clés de contact dans la poche de son short et descendit de la voiture. Reed la prit par la taille, l'attira contre lui. Il l'embrassa passionnément.

— Viens, ma belle, murmura-t-il.

Elle glissa sa main dans la sienne, et le suivit jusqu'à une clairière, derrière les chênes géants, où les eaux de deux ruisseaux se mêlaient. Un train passa, franchit un pont tout proche. Ici avec Reed, au fond du parc municipal, elle était de l'autre côté de la frontière qui séparait les beaux quartiers du reste de la ville. Les rues étaient bordées de modestes maisons, souvent délabrées. Reed avait grandi dans l'une d'elles, sa mère et sa sœur y vivaient encore.

Il étendit la couverture sur le sol, posa le magnétophone et appuya sur « Play ». Un air de blues s'éleva.

— J'ai discuté avec mon père, il compte demander à Frank Nelson de reprendre l'enquête.

— Tu plaisantes.

— Non, pas du tout, rétorqua-t-elle en s'asseyant sur le plaid. Tout à l'heure, tu ne m'as pas dit que mon père était venu te voir ce matin.

Reed s'allongea, noua les mains sous sa nuque.

— Je m'étonne qu'il t'en ait parlé.

— Il m'a expliqué qu'il t'avait donné un coup de poing et que tu n'avais pas bronché. Tu lui as montré que tu étais capable de te contrôler, ça l'a impressionné.

— Je doute fort d'avoir impressionné Webb Porter. En prétendant qu'il va m'aider, il cherche seulement à te calmer, à gagner du temps.

Elle s'étendit près de lui, scruta le ciel. Le soleil avait disparu à l'horizon, la lune se levait, presque transparente.

— Pense ce que tu veux, moi je connais mon père. S'il m'a dit qu'il contacterait Frank Nelson, il le fera.

Reed se redressa sur un coude.

— Admettons… Pour l'instant, je n'ai pas envie de parler du shérif ni de ton père.

— De quoi as-tu envie ? souffla-t-elle.

— De vous embrasser, mademoiselle Ella.

— C'est tout ?

— Ça me paraît très bien pour un début. Ensuite, je suis sûr qu'il nous viendra d'autres idées.

— J'en suis sûre aussi…

Webb Porter était seul dans son bureau, un verre vide à la main, une bouteille de bourbon posée près de son fauteuil placé devant la fenêtre.

À une époque, faire du mal à Webb eût été inconcevable. Mais ce temps-là était révolu depuis des lustres. Peut-être qu'en visant bien, la balle ne le tuerait pas.

Il y avait vingt minutes de ça, Reed Conway se trouvait dans son studio au-dessus du garage. Il devait y être encore. Seul. Sans alibi. Que Webb succombe ou soit simplement blessé, le but serait atteint. On accuserait Reed et on le renverrait en prison. L'affaire Junior Blalock serait définitivement enterrée.

Patience, prudence… Il faut que la première balle soit la bonne. Pas question de tirer deux fois. Webb risquerait de t'apercevoir. Et s'il survivait, il pourrait t'identifier. Respire à fond, compte jusqu'à dix, vise et appuie sur la détente. À cette distance, impossible de le manquer.

Lorsque Ella découvrit les voitures de police dans l'allée, elle eut la sensation que son cœur se décrochait dans sa poitrine. Ô Seigneur, pitié, faites qu'il ne soit rien arrivé de grave.

Frank Nelson se tenait sur le perron, il parlait à deux policiers en uniforme. Il vint à la rencontre d'Ella qui sortait précipitamment de sa Jaguar.

— Que se passe-t-il ? balbutia-t-elle.

— On a tiré sur votre père, répondit-il gravement, en la prenant par les épaules. Il est sérieusement blessé, mais il est vivant.

Elle étouffa un cri d'horreur.

— Il y a une heure environ, poursuivit Frank, votre mère et Viola ont entendu une détonation. Viola est descendue, elle a trouvé le sénateur dans son bureau, et elle a immédiatement alerté les secours.

— Dans quel état est-il exactement ?

— La balle s'est logée dans la poitrine, près du cœur. On l'a emmené à l'hôpital. L'un de mes hommes peut vous y conduire.

— Merci, Frank.

Il la relâcha, hocha la tête.

— Ô mon Dieu ! s'exclama-t-elle soudain. Et ma mère ? Elle doit être folle d'angoisse. Il faut que je la voie avant de partir.

— Elle est déjà à l'hôpital, elle a tenu à y aller avec Viola. Elle est bouleversée, bien sûr, mais elle fait face. Elle est forte, vous le savez.

Il se tourna vers l'un des policiers.

— Goodman !

— Oui, shérif ?

— Accompagnez le juge Porter à l'hôpital.

— À vos ordres. Mademoiselle, si vous êtes prête…

Ella acquiesça, suivit le dénommé Goodman jusqu'à la voiture de patrouille. Quand elle fut installée sur le siège avant, il démarra et prit la direction du centre-ville. Elle ferma les yeux.

Tout cela paraissait irréel… Pourtant c'était bien la réalité. On avait tiré sur son père. Mais qui ? Et pourquoi ? S'il mourait… Non, cette idée était intolérable. Aussi loin que remontent ses souvenirs, Webb Porter avait toujours été le centre de son univers – un père aimant, tendre, qui l'appelait « princesse » et lui donnait l'impression d'en être une.

Elle aurait voulu pouvoir téléphoner à Reed et lui dire qu'elle avait désespérément besoin de lui. C'était étrange… En un moment pareil, c'était lui, et lui seul, qu'elle souhaitait avoir à son côté. Cependant, même s'il acceptait de venir à l'hôpital pour lui tenir la main – ce dont elle doutait – il serait mal accueilli par la famille d'Ella. On irait peut-être jusqu'à l'accuser d'avoir tiré sur Webb Porter.

On aurait tort. Ella était bien placée pour savoir que Reed Conway n'avait pas appuyé sur la détente.

24

Reed avala une grande lampée de bière et reposa la bouteille sur le bar. Il aurait donné cher pour qu'Ella passe la nuit dans ses bras, mais c'était impossible. Elle avait une réputation à soutenir, pour l'instant leur liaison devait rester secrète. Il était prêt à accepter ses conditions. En fait, il était prêt à tout accepter.

Réprimant un petit rire, il secoua la tête. Quel imbécile... Voilà qu'il s'était épris de la fille de Webb Porter. Pourquoi elle, alors qu'il y avait tant de femmes en ce monde ? Elle n'était pas la plus belle, ni même la plus sexy. Pourtant il y avait en elle quelque chose qui le bouleversait. Il avait sans cesse à l'esprit l'image de son corps voluptueux, si appétissant, de ses cheveux si noirs et soyeux, de ses lèvres pulpeuses, de ses yeux bruns emplis de douceur. Dès qu'il la touchait, elle s'enflammait comme de l'amadou. Elle le rendait fou.

Soudain, le barman apostropha un groupe de clients, particulièrement bruyants, installés à l'autre bout du comptoir :

— Eh, vous pouvez mettre une sourdine ? J'essaie d'écouter les nouvelles, ajouta-t-il en augmentant le son du téléviseur posé sur une tablette en hauteur.

Reed tourna la tête vers l'écran sur lequel apparaissait une photo de Webb Porter ; saisissant sa bière, il s'approcha.

— Le sénateur Webb Porter a été grièvement blessé, ce soir vers vingt et une heures. Nous n'avons pas encore tous les détails, mais d'après Frank Nelson, le shérif de Spring Creek, le sénateur a reçu une seule balle dans la poitrine. Le tireur était posté à l'extérieur du bureau de Webb Porter, à moins de trois mètres de sa cible. On a emmené le blessé à l'hôpital du comté de Bryant.

Reed régla sa consommation et se rua vers la porte. Son premier réflexe fut de foncer à l'hôpital pour être auprès d'Ella et la réconforter. Elle adorait son père, sans doute était-elle désespérée.

Dehors, l'air chaud et humide de la nuit l'enveloppa. Aussitôt, il sentit la sueur dégouliner dans son dos. Il monta dans le pick-up, croisa les bras sur le volant, et se força à réfléchir. Comment réagirait Ella, s'il débarquait à l'hôpital ? Serait-il le bienvenu ?

Il ne devait pas non plus oublier sa propre mère. Avait-elle appris la nouvelle ? Il ne savait pas précisément ce qui s'était passé entre elle et Webb Porter, si ce dernier était ou non le père de Regina, mais elle avait aimé cet homme. Peut-être l'aimait-elle encore.

Plongé dans ses réflexions, il démarra et sortit du parking. Il résolut d'aller d'abord chez sa mère, ce qui lui donnerait plus de temps pour prendre la bonne décision. Au pire, il appellerait l'hôpital et demanderait à parler à Ella.

Cinq minutes après, il se garait devant la maison. La lumière était allumée. Quand il frappa à la porte, ce fut Regina qui vint lui ouvrir.

— Oh, Reed… Tu es au courant pour le sénateur Porter ?

— Oui, c'est justement ce qui m'amène.

— Maman est bouleversée, chuchota Regina. Elle est dans la salle de bains, elle pleure. Je crois qu'elle aime Webb Porter.

— Pourquoi dis-tu ça ?

— Hier, je les ai vus s'embrasser. Reed… est-ce que Webb Porter est mon père ?

Bon Dieu ! Il n'avait jamais compris pourquoi sa mère s'obstinait à protéger l'homme qui l'avait mise enceinte et n'avait jamais reconnu son enfant. Pendant des années, il avait soupçonné Webb Porter d'être le géniteur de Regina. Il avait même soupçonné Jeff Henry Carlisle.

— Franchement, je l'ignore. C'est possible, toutefois rien ne permet de l'affirmer avec certitude.

— Tu n'étais qu'un petit garçon quand je suis née, mais tu ne te souviens pas d'un homme qu'elle aurait fréquenté ?

— Nous en avons déjà souvent discuté. Dans les mois qui ont précédé ta naissance, elle ne voyait que Jeff Henry Carlisle ou Webb Porter, parce qu'elle travaillait chez les Carlisle, comme maintenant.

Regina opina d'un air résigné.

— Je vais la prévenir que tu es là.

À cet instant, Judy entra dans le salon. Elle avait les yeux rouges.

— Reed ?

— Bonsoir, maman.

— Tu es au courant, pour Webb ?

— Oui...

— Qui a pu lui tirer dessus ? rétorqua-t-elle d'une voix tremblante. Pourquoi ?

— Un politicien a fatalement des ennemis.

Et il en faisait partie, pensa-t-il soudain. Tôt ou tard, si on ne trouvait pas le coupable, les policiers viendraient frapper à sa porte. Cette fois, pourtant, il n'y aurait pas d'arme couverte de ses empreintes. En outre, il avait un alibi.

Non, oublie l'alibi.

Ella Porter n'avouerait évidemment pas qu'à l'heure où on tirait sur son père elle faisait l'amour avec lui dans le parc municipal.

Pas de panique... On ne découvrirait aucun indice susceptible de l'incriminer. Et si la théorie de Mark était exacte – si le véritable assassin de Junior s'évertuait à renvoyer Reed en prison – il n'était pas impossible qu'on réussisse à le pincer grâce à cette tentative de meurtre.

— La police t'interrogera, dit Judy. Je sais que tu es innocent, mais j'espère que tu as un alibi.

— Ne t'inquiète pas pour moi. J'étais avec une amie.

— Tant mieux…

Judy chercha un mouchoir dans sa poche, se moucha.

— J'aimerais aller à l'hôpital, seulement…

— Pourquoi tu n'irais pas ? coupa Reed. Tu connais la famille depuis des années.

— Non, je ne peux pas. Que penseraient les gens ?

— Moi, j'y vais. Tu n'as qu'à m'accompagner.

— Tu y vas ? répéta Judy, stupéfaite. Mais pourquoi ? Tu détestes Webb. En plus, tu imagines bien qu'on ne t'accueillera pas à bras ouverts.

— Malgré l'antipathie que m'inspire Webb Porter, il est le père d'Ella.

— Je ne comprends pas…

— C'est avec Ella que j'ai passé la soirée.

— Toi et Eleanor Porter ? s'exclama Regina. Je n'y crois pas… Depuis quand ?

— Très peu de temps.

— Tu ne veux pas dire qu'Ella et toi, vous êtes… bredouilla Judy.

— Disons simplement que nous avons une relation, rétorqua-t-il avec un petit rire.

— Ne va pas là-bas. Ils ne le supporteront pas, ils te mettront dehors.

— Je m'en moque. Je veux juste voir Ella. Il faut qu'elle sache que je… je ne souhaite pas la mort de son père.

Judy le dévisagea.

— Tu tiens à elle, n'est-ce pas ?

— N'exagérons pas, mais… Bon, d'accord. C'est vrai, je tiens à elle, comme tu tiens à Webb.

Judy lança un regard embarrassé à sa fille.

— Tu n'as qu'à accompagner Reed, maman, déclara Regina. Moi, je reste ici.

— Viens, maman, renchérit Reed. Il doit déjà y avoir foule, à l'hôpital, on ne s'étonnera pas que tu prennes des nouvelles du sénateur. Et si ma présence déplaît à quelqu'un, nous dirons que je suis là parce que tu avais besoin d'un chauffeur.

Judy hocha la tête et glissa sa main dans celle de Reed. Il ignorait si Webb était le père de Regina, cependant il en était à présent certain : sa mère aimait toujours cet homme.

La salle d'attente du service chirurgical, au premier étage de l'hôpital du comté, était effectivement bondée. Depuis une heure, les visiteurs se succédaient. Ella était campée près de la porte, dans le couloir. Elle avait l'impression de suffoquer. Chaque fois que quelqu'un lui adressait la parole, disant que son père avait été un homme remarquable, elle fondait en larmes. On parlait de lui comme s'il était déjà mort.

Ça la révoltait. Son père était un battant, il allait lutter et s'en sortir. Il le fallait. Elle n'imaginait pas la vie sans lui.

Une fois de plus, elle était sidérée par le sang-froid de sa mère. Carolyn, dans son fauteuil roulant, trônait au centre de la salle, telle une reine accueillant ses sujets. Elle aimait son mari – Ella n'en doutait pas – cette épreuve devait être une torture pour elle. Comment réussissait-elle à rester aussi digne et calme, alors que sa fille avait envie de hurler ?

Soudain, des bras entourèrent sa taille. Elle pivota, esquissa un sourire.

— Il vivra, ma chérie, lui dit Cybil. Je ne connais pas d'homme plus fort et coriace que Webb Porter.

— Qui a bien pu lui tirer dessus ?

— Avant de devenir sénateur, ton père a été avocat, procureur, puis juge. Dans ces métiers-là, on a des ennemis.

— Ce n'est pas Reed, rétorqua impulsivement Ella.

— Personne n'a dit que c'était lui. Allez, viens boire un café.

— Non, je ne peux pas m'éloigner. Si le chirurgien arrivait...

— D'accord, mais faisons au moins quelques pas. Ça te détendra.

Ella acquiesça, et toutes deux se mirent à déambuler dans le couloir. Elles passaient devant l'ascenseur, lorsque les portes s'ouvrirent sur Reed et Judy Conway. Ella étouffa une exclamation. Les yeux rivés aux siens, Reed poussa doucement sa mère hors de la cabine.

— Comment va Webb ? demanda Judy à Cybil.

— Il est encore au bloc opératoire. D'après les médecins, il a une chance sur deux de s'en sortir.

Au bord des larmes, Judy pressa une main sur sa bouche. Aussitôt, Cybil prit sa gouvernante par le bras et l'entraîna à l'écart. Elles se mirent dans un coin, parlant à voix basse. Ella n'en fut pas surprise. Si Jeff Henry, par snobisme, traitait Judy comme une domestique, Cybil lui témoignait de l'amitié.

Elle regarda Reed, tenaillée par l'envie de se jeter à son cou. En cet instant, elle voulait par-dessus s'imprégner de sa force. Immobile, il la contemplait en silence.

— Ma mère était inquiète, expliqua-t-il enfin. Je l'ai conduite jusqu'ici.

Ella laissa échapper un sanglot. Ses jambes flageolaient. Et soudain, elle fut tout contre Reed, nichée dans ses bras. Elle se cramponna à lui sans se soucier de ce que les gens pourraient penser. Elle s'en moquait éperdument. Son père était peut-être mourant, elle avait besoin du soutien de l'homme qu'elle aimait. Il l'étreignait, la berçait, séchait tendrement les pleurs qui ruisselaient sur son visage.

— Tout ira bien, murmurait-il. On le sauvera...

Brusquement, Jeff Henry apparut dans le couloir.

— Qu'est-ce que ça signifie ? tonna-t-il.

Cybil se précipita.

— Baisse un peu le ton !

— Eleanor Porter, éloigne-toi de cet individu, grommela Jeff Henry en tendant la main vers sa nièce pour l'arracher à Reed.

— Pas de scène, s'il te plaît, riposta Cybil qui s'interposa. On va t'entendre. Tu ne voudrais pas bouleverser Carolyn, n'est-ce pas ?

— Si elle voit sa fille avec cet homme, elle aura une attaque. Vous trouvez qu'elle n'en a pas assez enduré pour ce soir ? Que fabrique-t-il ici, d'ailleurs ?

Judy s'approcha de ses employeurs.

— Mon fils m'a amenée à l'hôpital. J'étais inquiète pour le sénateur Porter.

Dédaignant les deux femmes qui tentaient de lui barrer le passage, Jeff Henry empoigna Ella. Celle-ci se dégagea, s'écarta de Reed. Elle aurait voulu s'appuyer sur lui, mais elle redressa les épaules et regarda son oncle droit dans les yeux.

— Que fait-il ici ? répéta Jeff Henry, furibond. Et comment peux-tu lui permettre de te toucher ? C'est certainement lui qui a tiré sur Webb.

— Ne sois pas ridicule. Reed n'y est pour rien.

— Tu sembles avoir des rapports extrêmement amicaux avec ce monsieur, que ton père a condamné pour meurtre !

Jeff Henry fusillait Reed du regard, comme s'il espérait l'obliger à battre en retraite. Ne comprenait-il pas que Reed Conway n'était pas de ceux qui reculent ? Il ne bronchait pas, mais Ella percevait la tension qui l'habitait et les efforts qu'il déployait pour ne pas riposter vertement.

— Je tiens à te dire qu'aujourd'hui, papa et moi avons eu une longue discussion. Il compte demander à Frank Nelson de rouvrir le dossier Blalock.

— Tu plaisantes ! Aurais-tu perdu la tête ? C'est inimaginable... Qu'est-ce que tu as raconté à ton père pour l'amener à penser que les jurés et lui se sont peut-être trompés ?

— Je lui ai dit que j'étais persuadée de l'innocence de Reed.

— Il t'a embobinée, ma pauvre fille ! Il a toujours su s'y prendre avec les femmes. Mais toi... je te croyais trop intelligente pour tomber dans le piège. Il se sert de toi, tu ne le vois donc pas ?

— Tu as tort, il n'est pas...

— Ne te fatigue pas, Ella, intervint brusquement Reed. Tu ne convaincras pas ce paon bouffi d'orgueil. Ça l'arrange d'accuser le fils de sa gouvernante.

Jeff Henry n'eut pas le loisir de répliquer. Les portes de l'ascenseur s'ouvrirent, Frank Nelson émergea de la cabine et considéra tour à tour, d'un air perplexe, les personnes réunies dans le couloir.

— Comment va le sénateur ? s'enquit-il.

— Il est encore en salle d'opération, répondit Jeff Henry.

Le regard du shérif se posa sur Reed.

— Qu'est-ce tu fais ici ?

— Il m'a accompagnée, déclara Judy en s'avançant.

— Il était avec vous, ce soir ?

— Pourquoi cette question ?

— Il a intérêt à avoir un bon alibi.

— Pour quelle raison ? demanda Ella.

— Nous avons découvert l'arme que le tireur a utilisée. Grâce à un appel anonyme. Quelqu'un nous a signalé avoir vu un homme jeter un pistolet dans une poubelle, devant le garage Conway.

Reed crispa les poings. Cybil entoura de son bras les épaules de Judy.

— Qu'est-ce que ça prouve ? dit-elle.

— L'arme appartient à Briley Joe. Je l'ai reconnue tout de suite. C'est le vieux Sauer & Sohn que le père de Briley Joe a rapporté d'Allemagne.

— Ce n'est toujours pas une preuve, objecta Ella.

— C'est la preuve qu'on a tiré sur le sénateur avec

le pistolet du cousin de Reed, lequel pouvait facilement s'en emparer. Or toute la ville sait que Reed a un mobile, et s'il n'a pas d'alibi…

— Il en a un, coupa Ella.

— Alors, qu'il s'explique.

Frank dévisagea fixement Reed qui resta muet. Ella prit la main de son amant.

— Il était avec moi. Dans le parc municipal. Je l'y ai retrouvé avant vingt heures trente et nous nous sommes séparés vers vingt et une heures trente.

— Mais qu'est-ce que vous faisiez avec lui au…

Le shérif se tut, gêné. Il avait compris.

— Vous seriez prête à le jurer, mademoiselle Ella ?

— Oui, Frank. Je suis prête à le jurer sur la Bible, devant le monde entier.

Reed lui pressa la main, très fort. Jamais elle n'avait été aussi fière d'elle.

25

Depuis dix jours, Spring Creek était sens dessus dessous. Qui avait tiré sur Webb Porter et pourquoi ? se demandait-on. Les amateurs de ragots étaient à la fête. Non seulement ils ressassaient tous les détails – glanés ici et là – sur la tentative d'homicide à colporter, mais surtout ils savouraient ce morceau de choix : l'alibi de Reed Conway.

Les membres de la bonne société étaient choqués, atterrés par la relation qu'Eleanor Porter entretenait avec cet individu. Comment était-ce possible ? On avait pourtant inculqué à cette jeune femme des principes moraux sans faille, sa mère lui avait montré l'exemple. Dire qu'elle était la maîtresse d'un ex-détenu… on ne la regarderait plus sans frémir d'horreur. Quelle déception ! C'était bien triste de constater qu'un être si charmant puisse tomber aussi bas. Mais bien sûr, elle avait été adoptée… l'atavisme, peut-être.

Au bout du compte, tirer sur Webb et faire porter le chapeau à Reed n'avaient pas été couronnés de succès. Qui aurait pu deviner que Reed aurait un alibi, fourni par la fille même de Webb, avec laquelle il faisait l'amour ?

Pas question de commettre à nouveau ce genre d'erreur. Webb sortait aujourd'hui de l'hôpital, il poussait déjà Frank Nelson à reprendre l'enquête sur l'assassinat de Junior Blalock. La police commençait à écouter Mark Leamon qui répétait que le véritable meurtrier de Junior s'acharnait à renvoyer Reed en prison. Naturellement, la plupart des gens n'en croyaient pas un mot, mais cela ne changeait rien au problème : Webb doutait à présent de la culpabilité de Reed.

Un autre crime s'imposait. Cette fois, Reed serait impliqué jusqu'au cou. Pas de faux pas, il fallait tout prévoir. Bientôt, on déplorerait la mort d'une personnalité de Spring Creek, brutalement assassinée par Reed Conway.

— Cet homme ne pénétrera pas dans ma maison ! s'écria Carolyn, le visage déformé par la colère. Je l'interdis !

— Calme-toi, rétorqua Webb d'un ton sec. Si tu ne supportes pas de le voir, tu n'as qu'à t'enfermer dans tes appartements. Je l'ai invité ici, avec Mark et Frank Nelson. Il se peut que j'aie contribué à condamner un innocent, et il est grand temps que je répare cette terrible injustice.

— Ce n'est pas parce que Ella a sacrifié pour lui les valeurs les plus sacrées de cette famille, que tu dois changer d'avis en ce qui le concerne.

Poussant sur les roues de son fauteuil, Carolyn s'approcha de son mari, allongé sur le divan de son bureau.

— Il n'a pas tiré sur toi, d'accord, mais cela ne signifie pas qu'il n'a pas tué Junior Blalock. Ni, a fortiori, qu'on complote contre lui pour le piéger.

— Carolyn, je sais que la relation qui existe entre Reed et Ella…

— Ne prononce plus ce nom devant moi ! Elle nous a déshonorés, elle ne vaut pas mieux que Cybil. Au moins, ma sœur a la décence de ne pas claironner sur tous les toits qu'elle couche avec des voyous.

Carolyn poussa un soupir à fendre l'âme.

— Jamais je ne lui pardonnerai.

— Tu n'as pas la moindre fibre maternelle, rétorqua Webb, fixant sur elle un regard noir. La manière dont tu la traites depuis le soir où j'ai été blessé est méprisable. Moi aussi, j'aurais préféré qu'elle fréquente un autre homme, mais quoi qu'elle fasse, je ne cesserai jamais de l'aimer.

— Je ne comprends pas pourquoi il t'est si facile de l'aimer, elle – une enfant qui n'est même pas la tienne – alors tu ne peux pas m'aimer, moi ton épouse.

— C'est donc ça, le fond du problème ?

Il chercha une position plus confortable, grimaça. Sa blessure, si elle était en voie de guérison, restait douloureuse.

— J'ai essayé de me convaincre pendant des années que tu n'étais pas jalouse de ta propre fille, pourtant tu l'es. Tu en veux à Ella parce qu'elle est ce que j'ai de plus cher au monde.

Carolyn crispa les poings.

— J'ai été une mère dévouée. Et je l'ai aimée. Mais à présent…

— Quoi donc ? rugit-il. À présent qu'elle a eu le malheur de te déplaire, tu l'as chassée de notre maison, en lui disant que, si elle ne rompait pas avec Reed, tu ne lui adresserais plus la parole !

Il sentait le sang marteler ses tempes. Depuis le temps qu'il était prisonnier de cette parodie de mariage, il avait souvent eu envie d'étrangler Carolyn. Jamais autant, néanmoins, qu'en cet instant.

Il se pencha vers elle, agrippa les accoudoirs de son fauteuil et planta son regard dans le sien.

— Quand Reed et Ella arriveront, j'exige que tu accueilles notre fille avec affection.

— Je ne peux pas !

— Dans ce cas, monte dans ta chambre et n'en sors pas avant le départ de mes invités !

Il la dévisagea, accablé. Qu'avait-il fait pour mériter ce châtiment – être enchaîné jusqu'à son dernier jour à Carolyn, sa pitoyable épouse ?

— Et je t'avertis, ajouta-t-il. Si Ella n'est pas la bienvenue ici, je ne le suis pas non plus. C'est ce que tu veux ? Rester seule dans cette maison avec Viola pour te tenir compagnie ?

— Je veux un mari aimant et une fille respectueuse. Je croyais avoir au moins une fille convenable, il semble que je me sois trompée.

Elle soutint un moment son regard puis baissa les yeux sur les mains de Webb, qui serraient toujours les accoudoirs du fauteuil.

— Maintenant, si tu avais la bonté de me libérer, je te laisserais attendre tes invités.

Il s'exécuta, elle se dirigea vers la porte, s'arrêta brusquement.

— S'il te plaît, déclara-t-elle, dis à Ella que j'aimerais qu'elle rentre à la maison.

Webb ravala un juron, tandis qu'elle disparaissait dans le couloir. Qu'elle aille au diable ! Elle aurait dû s'estimer heureuse d'avoir une enfant qui s'était toujours évertuée à satisfaire ses parents. Webb, maintenant, se sentait un peu coupable à ce sujet : Ella avait fait passer leurs désirs avant les siens, comme pour les remercier de l'avoir adoptée. Si elle connaissait la vérité sur sa naissance, elle comprendrait que c'était Webb qui avait une dette envers elle. Il l'avait aimée à la minute où il l'avait prise dans ses bras ; les années passant, elle était devenue sa fierté, son seul bonheur.

Même sa liaison avec Reed Conway ne pourrait entamer la tendresse qu'il avait pour elle. Certes, le fait qu'elle soit impliquée dans un scandale compromettait ses chances d'être réélu. Mais, en tant que père, il redoutait surtout qu'Ella ne sorte meurtrie de cette histoire. Il était certain que Reed se servait d'elle pour rallier à sa cause les personnalités susceptibles de l'aider. Elle se retrouverait avec un cœur brisé et, malheureusement, Webb était dans l'incapacité de lui épargner cette souffrance.

— Tu veux bien te tenir tranquille ? dit Ella. Je n'arriverai jamais à nouer cette cravate.

Reed s'écarta, arracha la cravate en soie qu'il jeta sur le lit.

— Ce n'est pas mon style. Tu perds ton temps à essayer de me transformer en gravure de mode.

— Cette journée est capitale, il faut que tu sois à ton avantage.

— Quoi que je porte, je ne séduirai pas ton père. Car c'est bien le but de cet accoutrement, n'est-ce pas ? ajouta-t-il, désignant son pantalon havane et sa chemise bleu marine. Faire bonne impression à ton père ?

— Il a fait un pas vers toi. Le moins que tu puisses...

— Moi aussi, j'ai fait un pas vers lui. Je suis prêt à oublier qu'il m'a jugé, qu'il a persuadé les jurés de ma culpabilité. À l'époque, j'étais convaincu qu'il avait tué Junior, qu'il voulait à tout prix me mettre à l'ombre.

Elle écarquilla les yeux.

— Tu ne croyais quand même pas que mon père avait assassiné Blalock ? Pour quelle raison aurait-il commis un tel acte ?

Reed réalisa qu'il ne pouvait pas lui confier ses soupçons – à savoir que Regina était la fille de Webb. Il secoua la tête.

— Il détestait Junior, comme tous ceux qui connaissaient ce salaud.

— Hum... Moi, je me suis parfois demandé si ta mère ne l'avait pas tué, mais ensuite j'ai compris que Judy n'aurait pas permis que tu ailles en prison à sa place. Aucune mère n'infligerait ça à son enfant.

Il l'attira contre lui, l'étreignit.

— Tu penses à ta mère, n'est-ce pas ? Tu sais, ma douce, je regrette d'être la cause de votre brouille. Nous aurions dû prévoir qu'elle réagirait mal. Mais de là à te chasser... Ton père aurait dû l'en empêcher.

— Papa souhaitait que je reste à la maison, j'ai refusé. J'ai toujours eu ma chambre chez Cybil et Jeff Henry. Ça ne me dérange pas de dormir chez eux en attendant que ma mère se calme. Pour l'instant, mon seul souci est de convaincre Frank Nelson que tu es innocent et qu'il faut découvrir le véritable meurtrier de Junior.

Elle fixait sur lui un regard débordant d'amour. Quand elle le regardait ainsi, il se sentait fondre et n'avait plus qu'un désir : lui faire l'amour jusqu'à en tomber d'épuisement, la posséder corps et âme.

— Qui que ce soit, il représente un danger, soupira-t-il. Pas seulement pour moi, mais pour tous ceux qui se mettront en travers de sa route. Pour toi. En attendant qu'on le pince, il serait peut-être plus sage que tu t'éloignes de moi.

Elle lui posa un baiser sur les lèvres.

— Autant me demander de ne plus respirer. Si tu n'as pas encore compris, Reed Conway, je suis follement amoureuse de toi.

— Oh, ma douce...

Il l'embrassa avec fièvre, bouleversé par ses paroles. Il ne méritait pas cette femme, mais Dieu lui pardonne, il n'avait pas la force de renoncer à elle. Même pour la protéger.

Soudain, on frappa à la porte. Reed lâcha aussitôt Ella qui lui sourit, et alla ouvrir. Mark, immobile sur le seuil, le détailla de pied en cap.

— Beau costume... Il manque une cravate, non ?

Mark pénétra dans le studio, au-dessus du garage, salua aimablement Ella. Reed récupéra la cravate rayée abandonnée sur le lit, la passa sous son col de chemise.

— Tu peux essayer de nouer cette chose, s'il te plaît ? demanda-t-il à Ella.

— Avec grand plaisir.

— Roy, je dois aller à la casse de Hopewell chercher des pièces détachées, dit Briley Joe. Tu te sens de taille à surveiller la forteresse pendant mon absence ?

— Et comment ! répondit Roy, ravi que son patron lui confie cette responsabilité – surtout un samedi, journée toujours chargée au garage.

— Si tu as des problèmes, appelle-moi sur mon portable. Le numéro est inscrit sur un Post-it, dans mon bureau. Je serai de retour dans deux heures environ.

— Vous inquiétez pas, rétorqua Roy avec un sourire réjoui.

Fier comme un paon, il vaqua à ses occupations. Il lava les pare-brise, remplit les réservoirs d'essence, et vérifia même le niveau d'huile pour une dame charmante. Il rendit la monnaie aux gens sans se tromper. À l'approche du crépuscule, comme la cadence ralentissait, il décida de s'accorder une pause pour boire un Coca.

Briley Joe reviendrait bientôt, d'ici une demi-heure. Il reprendrait les rênes et lui dirait simplement qu'il pouvait partir. Si Reed était là, par contre, il le complimenterait. Briley Joe était un bon patron, mais Reed était beaucoup plus gentil. Il parlait avec lui, il lui donnait l'impression d'être important.

Roy savait qu'il était lent et que certaines personnes se moquaient de lui. Mlle Ella lui avait dit un jour que ces gens-là étaient à plaindre, parce qu'ils étaient bêtes. Il aimait beaucoup Mlle Ella.

On racontait de vilaines choses sur elle et Reed. Roy, contrairement à ces mauvaises langues, pensait qu'ils étaient faits l'un pour l'autre. Tous deux étaient ses amis, et il espérait bien être invité à leur mariage.

Il glissa une pièce dans la fente du distributeur de boissons fraîches. Il saisissait la canette, quand il entendit un bruit dans l'atelier. Briley Joe l'avait fermé avant son départ, cependant il n'avait pas verrouillé la porte latérale, au cas où Reed aurait besoin d'entrer pour une raison ou une autre.

Reed était déjà là ? Bizarre... Roy aurait cru que son rendez-vous chez le sénateur Porter durerait plus longtemps.

Il valait mieux vérifier, à tout hasard. Il ne faudrait pas que des gamins se soient introduits dans l'atelier pour chiper quelque chose.

Roy se dirigea vers la porte, qui était entrebâillée. Tiens... elle était pourtant fermée, tout à l'heure. Non ? Bah, au fond, peut-être pas. Il ouvrit la porte, mais ne distingua rien dans l'obscurité. Ce devait être un chat qui cherchait de quoi manger.

Soudain, il aperçut un petit point lumineux, à l'autre bout de l'atelier, près de l'étagère où étaient rangées les boîtes à outils. Une lampe de poche. Donc, ce n'était pas un animal en vadrouille. Des gamins, sans doute, comme il l'avait pensé. Il n'avait qu'à leur faire peur, ça suffirait. Inutile d'avertir la police et de créer des problèmes à tout le monde.

— Hé, vous ! lança-t-il d'une voix forte. Je sais que vous êtes là, alors vous auriez intérêt à déguerpir. Si vous ne causez pas d'ennuis, j'appellerai pas la police.

La lampe s'éteignit, cependant personne ne répondit. Roy entendit des pas. Il s'avança, tâtant le mur pour trouver l'interrupteur.

— Je vais allumer la lumière ! Vous feriez mieux de partir en vitesse, avant que je vous voie.

Un bruit métallique.

— Je vous conseille pas de voler des outils !

Il était bien embêté, mais il n'avait plus le choix. Il devait appuyer sur l'interrupteur, tant pis pour le voleur.

Avant qu'il ait pu ébaucher un geste, on le frappa à la tête. Violemment. Une douleur atroce lui arracha un cri. Quand il porta la main à son crâne, il sentit du sang sous ses doigts.

Un deuxième coup, puis un troisième. Le gros débile tomba à genoux en pleurant. Un quatrième coup l'assomma pour de bon.

Et encore un, pour qu'il ne se relève pas.

Il était regrettable que Roy Moses soit intervenu. Peut-être n'était-il pas mort. Mais cela n'avait pas vraiment d'importance. Ce garçon était une créature inférieure.

Lâche la clé à molette. Tu portes des gants, il n'y aura pas d'empreintes dessus, hormis celles de Briley Joe et de Reed. Dommage que Reed ait un alibi.

Vite. Prends ce dont tu as besoin et va-t'en. Tu n'as croisé personne en venant, et de toute façon comment aurait-on pu te reconnaître ?

Tu n'as pas de temps à perdre. Ils sont là-bas, en train de palabrer. Si jamais ils décident de rouvrir le dossier Blalock, la vérité éclatera. Il ne faut pas que cela se produise. Tu dois te protéger.

26

— Ce ne sera pas facile d'enquêter sur un crime perpétré il y a quinze ans, déclara Frank Nelson. Plusieurs copains de Junior sont morts, ou emprisonnés dans d'autres États.

Le shérif lança un bref coup d'œil à Reed, puis reporta son attention sur Webb.

— Et, ne nous voilons pas la face, la moitié des habitants de cette ville avaient des raisons de haïr Junior.

— Y compris des membres de ma famille, admit Webb.

— Êtes-vous sûr de vouloir…

— Ça ne m'enchante pas, coupa Webb, mais si nous voulons prouver que Reed n'a pas assassiné son beau-père, alors il faudra bien déterrer quelques méchantes vérités – des secrets que j'aurais préféré taire.

— Mais de quoi parles-tu, papa ? s'étonna Ella, assise sur le divan, au côté de Reed.

Il aurait donné n'importe quoi pour qu'Ella ne sache pas quel homme il était : un simple mortel, qui avait sur la conscience de nombreux péchés. Cependant, s'il existait la moindre chance de découvrir qui avait tué Junior Blalock, en admettant que ce ne soit pas Reed, Webb devait se montrer honnête – avec Frank, et aussi avec Ella.

— À moins que ce ne soit nécessaire, j'aimerais que Carolyn ne soit pas informée de ce que je vais dire.

Webb, en proie à une tension nerveuse insoutenable qui l'obligeait à bouger, se mit à marcher de long en large.

— Si cela s'ébruitait, je lui en parlerais moi-même.

Ella se leva d'un bond, s'approcha et noua les bras autour de sa taille.

— Tu insinues qu'une personne de notre entourage...

— J'affirme que plusieurs personnes avaient un mobile.

— Qui ?

— Moi, pour commencer. Jeff Henry, et même Cybil.

Le cri étouffé d'Ella le transperça comme une flèche empoisonnée. Elle le lâcha, scruta son visage.

— Tu n'as pas tué Junior, et je ne peux pas croire que...

— Je voulais le tuer. Je voulais faire ce que Reed a fait – le rouer de coups, l'assommer. À cause de ce fumier, Judy vivait un enfer. Et si j'avais su qu'il tripotait Regina...

Il s'interrompit, les poings serrés, la respiration sifflante. Ella le regardait comme si elle ne l'avait jamais vu. Elle le découvrait capable d'une terrible violence.

— Et Jeff Henry, tante Cybil ? s'enquit-elle en reculant d'un pas. Pourquoi l'auraient-ils assassiné ?

Reed se redressa brusquement.

— Il n'y a pas d'autre manière de crever l'abcès ?

Webb entendit les mots qu'il avait à l'esprit, même s'il ne les prononça pas – « sans blesser Ella ». Il ne comprenait que trop son désir de la protéger, il le partageait. Si Reed aimait sincèrement Ella, c'était naturel.

Il rassembla son courage.

— Cybil avait une aventure avec Junior, et Jeff Henry le savait. Moi aussi.

Ella ferma les yeux. Aussitôt, Reed l'entoura de son bras. Elle rouvrit les paupières, le regarda. Webb détourna la tête. L'amour qu'il lisait dans le regard de sa fille lui faisait mal.

— Pourquoi ne l'avez-vous pas signalé à la police, il y a quinze ans ? s'enquit Mark Leamon qui, lui, était toujours assis dans un fauteuil, près de la bibliothèque, et observait attentivement la scène.

— Je ne crois pas que Jeff Henry ou Cybil soient capables de tuer. En outre, à l'époque, j'étais persuadé de la culpabilité de Reed.

— Et vous, quel mobile aviez-vous ? insista Mark. Judy ?

Webb acquiesça.

— Pourquoi étiez-vous tellement concerné par le sort de la gouvernante de votre beau-frère ? Aviez-vous une relation intime avec elle ?

— Oui...

Webb baissa les yeux. Seigneur, quelle opinion Ella aurait-elle de lui, maintenant ?

— Judy et moi avons eu une liaison, il y a longtemps.

— Vous êtes le père de Regina ? demanda Reed sans lâcher Ella qu'il tenait par la taille.

— Oui...

— Papa !

— Salaud, marmonna Reed entre ses dents.

— Tu as eu une enfant et tu ne t'en es pas occupé ? demanda Ella. Tu ne pouvais pas au moins la reconnaître ?

— Bien sûr que non, répondit Reed. Ça aurait anéanti sa réputation et sa carrière politique.

— Judy et moi avons pris cette décision ensemble, se défendit Webb. Elle savait qu'il me serait impossible de quitter Carolyn. Elle m'aimait suffisamment pour vouloir me préserver, et j'ai eu l'imbécillité de ne pas refuser.

Ella s'avança vers lui, cherchant son regard.

— Si tu as été capable d'abandonner ta propre fille, je découvre une facette de toi que je ne soupçonnais pas. Dis-moi que, pendant toutes ces années, tu as quand même fait quelque chose pour Regina.

— J'ai fait certaines choses. Pas assez, évidemment. Elle a grandi sans père, elle a dû endurer les mauvais traitements de Junior Blalock...

— En quoi avez-vous aidé ma sœur, au juste ? lança Reed d'un ton rude.

— D'abord, il me l'a recommandée, si bien que je l'ai engagée comme assistante, intervint Mark. Et je présume qu'il s'est arrangé pour qu'on lui accorde une bourse d'études. N'est-ce pas ?

— J'ai fait tout ce que Judy m'a permis de faire.

Webb prit la main d'Ella et, comme elle ne résistait pas, poussa un soupir de soulagement.

— J'aurais aimé que tu vives auprès de ta sœur. J'ai tellement regretté qu'elle ne puisse pas avoir sa place dans notre famille. Mais Judy et moi avons estimé que cela valait mieux pour tout le monde.

— Oh, papa, murmura Ella en l'embrassant. Quelle terrible épreuve pour vous deux...

À cet instant, une petite sonnerie bourdonna. On appelait Frank sur son portable.

— Tu sais, ma chérie, mon mariage avec ta mère...

Ella lui posa un doigt sur les lèvres.

— Je sais que vous vous aimez, c'est tout ce qui compte.

Webb n'eut pas le temps de s'expliquer davantage. Frank déclara :

— Excusez-moi de vous interrompre, mais j'ai une nouvelle à vous annoncer.

Quatre paires d'yeux se tournèrent vers le shérif. Webb, d'instinct, comprit qu'il s'agissait d'une mauvaise nouvelle.

— Qu'est-ce qui ne va pas ? s'enquit-il.

— Il y a eu un meurtre. Au garage Conway.

Reed devint blanc comme un linge.

— Briley Joe ?

— Non, c'est Briley Joe qui a découvert le corps. Apparemment, il avait confié la surveillance du garage à Roy Moses, pendant qu'il allait à la casse de Hopewell. Quand il est rentré, il y a une quinzaine de minutes, il a trouvé Roy dans l'atelier.

— Roy est mort ? balbutia Ella en serrant très fort la main de son père.

— Oui, répondit Frank d'un air accablé. Pauvre garçon… On l'a frappé sur le crâne à plusieurs reprises, avec une clé à molette.

— Ô mon Dieu… gémit Ella.

— Mais qui aurait pu en vouloir à Roy ? demanda Reed.

— Il faut que j'aille là-bas, rétorqua Frank. Nous avons peut-être un témoin, qui aurait vu quelqu'un quitter le garage une demi-heure environ avant le retour de Briley Joe.

— Je vous accompagne, décréta Reed. Mon cousin doit être en état de choc.

— Surtout, tenez-nous au courant, déclara Webb. J'aimais beaucoup Roy. Il était la gentillesse même. Celui qui l'a frappé à mort ne peut être qu'un monstre.

Son père lui avait demandé de revenir à la maison, mais Ella avait refusé, disant qu'elle préférait laisser à sa mère le temps de s'apaiser. Elle avait préparé du café, qu'ils avaient bu en discutant de Roy. La mort de cet être si doux les attristait infiniment.

— Je préviendrai Jeff Henry et Cybil, dit-elle, sur le pas de la porte, alors qu'elle s'apprêtait à regagner la demeure des Carlisle. Appelle-moi, si Frank a du nouveau.

Webb lui posa la main sur l'épaule.

— Il faut que nous parlions de ma relation avec Judy, et de Regina.

— Nous le ferons, mais pas ce soir.

Ella était sincèrement navrée pour son père et Judy, pour sa demi-sœur. Elle songeait aussi à sa malheureuse mère.

— Tôt ou tard, tu devras tout avouer à maman. Tu en es conscient ?

Webb opina.

— Ella… à propos de ta mère…

— Tu n'as pas à me dire que tu l'aimes. Je sais que…

— Non, tu ne sais pas. C'est le problème, justement. Je t'ai laissé penser que Carolyn et moi étions profondément unis, mais ce n'est pas vrai. Il y a longtemps que je ne l'aime plus. Pour être franc, je lui ai demandé le divorce le jour même où elle a eu son accident.

— Tu n'aimes pas maman ?

Ella n'en croyait pas ses oreilles. Depuis toujours, ses parents étaient à ses yeux l'image du bonheur conjugal. Elle ne se souvenait pas de les avoir entendus se quereller ; à peine se chamaillaient-ils, parfois.

— Judy Conway est la seule femme que j'aie jamais aimée, répondit Webb. Au lycée, nous sortions déjà ensemble. J'ai rompu parce que ma famille désapprouvait notre relation. Lorsque j'ai compris à quel point je tenais à Judy, elle avait épousé le père de Reed.

Ella se demandait pourquoi elle n'était pas plus choquée, atterrée par cette révélation. Peut-être parce que, viscéralement, elle percevait une faille dans le mariage de ses parents. Malgré leurs démonstrations de tendresse, il n'y avait pas de passion entre eux. Mais, comme elle était leur fille, elle n'avait vu que ce qu'elle voulait voir, elle s'était raconté une histoire.

— Tu aimes encore Judy, n'est-ce pas ? Tu es resté avec maman à cause de son infirmité. Tu n'es pas le genre d'homme qui abandonnerait une épouse paralysée.

— Effectivement, je ne quitterai jamais Carolyn. Elle a trop besoin de moi. Et si nous ne nous étions pas disputés, ce jour-là, si je ne lui avais pas demandé le divorce, elle ne serait pas partie avec ce maudit cheval, elle n'aurait pas…

— Chut, l'interrompit Ella, bouleversée, en l'étreignant de toutes ses forces. Je t'aime, papa. Quoi qu'il arrive, je serai à tes côtés.

Il la serra dans ses bras, l'embrassa sur le front.

— Vas-y, maintenant. Je monte voir Carolyn. Si Frank me contacte, ce soir, je te téléphonerai.

Ella hésita, lui sourit affectueusement, puis franchit la porte. Dehors, le ciel était constellé d'étoiles semblables à des diamants piqués sur du velours noir. Une brise tiède, saturée d'humidité, froissait le feuillage des arbres. Elle traversa le jardin, passa dans celui des Carlisle et grimpa les marches menant à la cuisine. En entrant dans la pièce, elle entendit des voix. Deux voix masculines. Celle de Jeff Henry et de… Frank Nelson.

Elle se précipita dans le hall. Les deux hommes étaient au salon. Frank Nelson faisait une tête d'enterrement, comme s'il était porteur de tragiques nouvelles. Jeff Henry, lui, avait le visage congestionné.

Elle s'immobilisa sur le seuil.

— Je me fiche de ce que Jim Pendleton croit avoir vu ! Je vous répète que Cybil ne pouvait pas être dans les parages du garage Conway ! tonna Jeff Henry qui allait et venait entre les divans placés face à face au centre du salon.

— Je ne l'accuse de rien. Si elle était là-bas, elle a pu entendre quelque chose, apercevoir quelqu'un. Je veux simplement lui parler un instant.

Jeff Henry s'arrêta net, fixa sur le shérif un regard flamboyant.

— Elle avait la migraine, elle s'est couchée tôt. Je vous interdis de la déranger avec vos questions stupides.

— S'il n'y avait pas eu un meurtre, je n'insisterais pas. Mais bon sang, quand les gens apprendront ce qui s'est passé, ça va être la panique. D'abord une tentative d'homicide sur la personne d'un sénateur, et maintenant ça – l'assassinat de Roy, un garçon inoffensif, doux comme un agneau. Des choses pareilles ne se produisent jamais à Spring Creek. Je dois m'entretenir avec votre femme. Immédiatement.

— Et moi, je vous demande de sortir. Si vous n'avez pas de mandat d'arrêt, vous...

— Frank, de quoi s'agit-il ? intervint Ella en s'avançant dans la pièce. Vous ne pensez tout de même pas que ma tante est impliquée dans la mort de Roy ?

Jeff Henry pivota, une expression de soulagement se peignit sur sa figure.

— Tu es là, ma chère enfant, Dieu merci. Essaie de raisonner notre shérif, s'il te plaît. Cet abruti de Jim Pendleton croit avoir vu ta tante près du garage Conway. Je m'acharne à lui répéter que c'est impossible. Cybil a passé la soirée ici. Elle est dans sa chambre, elle dort.

— Frank, est-il absolument indispensable que vous lui parliez maintenant ? Elle viendra au poste demain matin pour faire sa déposition.

— Si ce n'était pas une affaire de meurtre, je...

Frank s'interrompit. Ella retint son souffle, Jeff Henry se figea, telle une statue de sel. La porte d'entrée venait de grincer. De hauts talons résonnaient sur les dalles du hall. Cybil apparut, visiblement éméchée.

— Qu'est-ce qui se passe ? bredouilla-t-elle d'une voix pâteuse. Il y a une petite fête chez moi et on ne m'a pas prévenue ?

Frank dévisagea Jeff Henry.

— Vous disiez que votre femme était dans sa chambre, qu'elle dormait ?

— Quoi ? gloussa Cybil. Mais pourquoi vous a-t-il raconté des âneries pareilles ?

— Madame Carlisle, pourriez-vous me dire où vous étiez ce soir ? s'enquit Frank d'un ton sévère.

Jeff Henry se précipita vers son épouse.

— Ne réponds pas !

— Il vaudrait mieux appeler Mark ou l'un de vos avocats, suggéra Ella.

— Pourquoi faudrait-il un avocat ? s'étonna Cybil. Et vous, Frank, pourquoi êtes-vous si pompeux ? Appelez-moi par mon prénom.

— Roy Moses a été assassiné ce soir, lui expliqua Ella. Quelqu'un pense t'avoir aperçue près du garage Conway, une demi-heure avant que Briley Joe ne trouve le corps de Roy.

— Oh... gémit Cybil, pressant une main sur ses lèvres tremblantes. Pauvre Roy...

— Vous voyez, dit Ella à Frank. Elle ignorait qu'il était mort.

— Est-ce vrai ? demanda le shérif. Vous n'étiez pas au garage Conway, ce soir ?

Cybil leva la tête. Elle avait les yeux vagues. Elle cilla, regarda Jeff Henry.

— Je... je suis passée au garage en fin de journée, je cherchais Briley Joe.

Ella sentit son cœur se serrer. Jeff Henry lâcha Cybil, lui tourna le dos.

— Vous vous rappelez quelle heure il était ?

Elle montra son poignet gracile.

— Je n'ai jamais de montre.

— Jim Pendleton affirme vous avoir aperçue vers vingt heures trente.

— Non... Quand je suis allée là-bas, je crois qu'il ne faisait pas encore nuit. Roy m'a dit que Briley Joe était absent, alors j'ai roulé jusqu'à Smithsville et...

Elle regarda à nouveau Jeff Henry, campé devant la fenêtre.

— ... j'ai retrouvé des amis, j'ai bu quelques verres...

— D'accord, coupa Frank. Pendant que vous étiez au garage, avez-vous remarqué quoi que ce soit de suspect ?

— Il n'y avait personne, à part Roy.

Le shérif hocha la tête.

— Merci. Je n'ai plus de questions à vous poser pour l'instant. Navré de vous avoir dérangés. Je fais simplement mon travail, j'espère que vous le comprenez.

— Bien sûr, répondit Ella.

— Pauvre Roy… murmura Cybil, tandis que Frank quittait la pièce. Qui pourrait avoir l'idée de tuer un garçon aussi adorable ?

27

Il était temps à présent d'enclencher la vitesse supérieure, non sans avoir minutieusement élaboré chaque étape du plan. La première s'était déroulée sans anicroche. La chance avait voulu que le couteau de Reed soit dans l'atelier, en évidence. Une lame bien aiguisée, parfaite pour peler des pommes, couper du pain… et trancher une gorge. Quelle imprudence de laisser traîner une telle arme. On l'avait déjà condamné une fois pour avoir tué un homme avec un couteau. Et il allait recommencer, de la même manière…

Les habitants de la ville – y compris les membres des familles Porter et Carlisle – ne s'intéressaient qu'à la mort de Roy Moses, cet idiot. Webb et Ella avaient assisté aux obsèques, Webb était même allé jusqu'à payer tous les frais. Incroyable… Mais, naturellement, il était réputé pour sa générosité, entre autres vertus.

Ce soir, tout serait réglé. La victime était toute désignée. C'était regrettable, certes, mais nécessaire. Reed Conway serait accusé d'un deuxième meurtre, il retournerait en prison – cette fois pour le restant de sa vie – on ne parlerait plus de rouvrir le dossier Blalock, et les choses reprendraient leur cours normal. Il y aurait une période de deuil, mais cela ne durerait pas éternellement. Nul ne saurait jamais la vérité. Deux êtres seulement la connaîtraient, et ils emporteraient ce secret dans leur tombe.

— Si tu as besoin de moi, je reste, dit Ella en tapotant la main de sa tante. Oncle Jeff Henry est furieux que tu aies admis être passée au garage, je suppose qu'il doit te mener la vie dure.

— J'étais trop ivre pour réfléchir, ce soir-là. De toute façon, même si j'avais été à jeun, il aurait bien fallu que je le dise à Frank. Tu te rends compte ? Il me soupçonnait d'être impliquée dans le meurtre de Roy.

— Je suis certaine qu'il ne te pensait pas coupable.

— Peut-être... Vas-y, ma chérie, ne t'inquiète pas pour moi. Malheureusement, ce n'est pas la première fois que ton oncle et moi sommes en guerre, et j'ai toujours survécu.

— Tu sais que papa a parlé à Frank de ton aventure avec Junior Blalock.

Cybil lui caressa tendrement la joue.

— Oui, je le sais. Je présume qu'il a aussi confessé quelques-uns de ses péchés.

Ella hocha la tête.

— Il m'a dit que tu ne le jugeais pas trop sévèrement, poursuivit Cybil. Tu as un cœur d'or, tu es généreuse et compréhensive. Webb et moi avons commis d'autres fautes. Pourrais-tu nous les pardonner ?

— Je t'aime autant que j'aime papa. Bien sûr que je pourrais tout vous pardonner.

— N'oublie pas cette promesse, ma chérie.

Cybil, qui était assise sur le lit, dans la chambre d'Ella, se leva et désigna la petite valise de sa nièce.

— Après la semaine abominable que nous avons passée, Reed et toi avez grand besoin d'un bol d'air. Un week-end au cottage vous fera du bien.

— Ça m'ennuie de partir, j'ai l'impression de déserter le champ de bataille. Tant qu'on n'aura pas arrêté l'assassin de Roy, Frank n'aura pas le loisir de reprendre le dossier Blalock. Et tant que Reed ne sera pas blanchi, maman ne l'acceptera pas.

Cybil émit un petit rire amer.

— Ne te leurre pas, Carolyn ne l'acceptera jamais. Non seulement sa mère n'est qu'une gouvernante, mais elle a mis au monde l'une des filles de Webb. Quand elle l'apprendra, elle vouera toute la famille Conway aux gémonies.

— Dans l'immédiat, ce n'est pas le problème majeur. Reed mérite qu'on lui rende justice. Il n'a pas tué Junior.

— Tu l'aimes, n'est-ce pas ?

— C'est donc si évident ?

— Pour ceux qui te connaissent bien, oui.

— Je ne comprends pas comment c'est arrivé. Au début, j'ai essayé de me convaincre qu'il s'agissait seulement de sexe, mais... je n'ai jamais éprouvé des sentiments aussi violents. Je pense sans cesse à lui.

— Oui...

Cybil fixait un point sur le mur.

— Moi aussi, j'ai aimé un homme, autrefois, murmura-t-elle avec mélancolie.

— Vraiment ?

— Hum...

— Qui était-ce ?

— Si je te le disais, tu ne le croirais pas... C'était Jeff Henry Carlisle, figure-toi. Seulement, lui, il était amoureux de Carolyn, ajouta-t-elle, les yeux embués. Il m'a épousée par dépit. Et moi, à l'époque, je croyais réussir à conquérir son cœur. Quelle sotte j'étais...

Émue, Ella lui prit les mains.

— Oh, ne sois pas triste pour moi, ma chérie ! J'ai choisi cette vie, je m'y suis habituée tant bien que mal. Mais toi, ne te contente pas d'un pis-aller. Si les gens pensent que Reed ne te convient pas, ne les écoute pas. Puisque vous vous aimez et qu'il te rend heureuse, ne laisse personne s'interposer.

— Merci, rétorqua Ella en l'embrassant tendrement. Je serai de retour dimanche soir, et je suppose que je dormirai ici encore quelque temps. Si maman ne revient pas bientôt à de meilleurs sentiments, il faudra que je me trouve un appartement.

— Tu sais que tu es toujours la bienvenue chez nous.

Ella pivota, saisit sa valise.

— Au cas où Reed téléphonerait, dis-lui simplement... de se dépêcher.

— Vous ne partez pas ensemble ?

— Nous sommes vendredi, et c'est son tour de fermer le garage. Il a promis de me rejoindre vers vingt et une heures. Briley avait des projets qu'il ne pouvait pas ou n'a pas voulu modifier – en l'occurrence, un long week-end à Tunica. D'après Reed, il va hanter les casinos dans l'espoir de faire fortune. J'imagine qu'il avait aussi besoin d'air. Découvrir le cadavre de Roy l'a vraiment secoué.

— Il a dû emmener une camarade de jeu, rétorqua Cybil avec un sourire narquois. Ne me regarde pas comme ça, je m'en moque. Les hommes capables de me donner ce que me donnait Briley Joe sont légion.

— Cybil...

— Non, ma chérie, ne parlons pas de ça. Tu n'as pas vécu ma vie, tu ne peux pas comprendre pourquoi je me comporte de cette manière.

Ella hocha la tête, ouvrit la porte et sortit dans le couloir. Pendant les prochaines quarante-huit heures, Reed et elle seraient seuls. Loin du monde réel...

Reed regardait la pendule, pestant contre le temps qui se traînait. Encore deux heures, ensuite il fermerait le garage, grimperait dans le pick-up de Briley Joe et foncerait en direction de la rivière. Lorsque Ella lui avait proposé de passer le week-end dans la maison de sa famille, il avait été sidéré.

Mais, en vérité, elle ne cessait de le surprendre. Désormais, elle semblait parfaitement à l'aise en sa compagnie, indifférente aux regards qui les épiaient dès qu'ils apparaissaient dans un lieu public. Chaque jour, il remerciait le Ciel de lui avoir offert ce fabuleux cadeau : Eleanor Porter.

Le problème, c'est que tu ne la mérites pas. Et elle mérite beaucoup mieux que toi, tu le sais.

À cet instant, le téléphone sonna dans la boutique. Reed décrocha.

— Garage Conway...

— Reed ?

— C'est moi.

— Oh, je suis contente d'avoir pu vous joindre avant votre départ ! s'exclama une voix féminine. Ici Cybil Carlisle. Ella m'a demandé de vous prévenir qu'elle ne serait pas au cottage avant vingt-trois heures. Une affaire de dernière minute la retient au palais de justice. Elle vous expliquera, m'a-t-elle dit.

— Bien... Est-ce qu'elle veut que j'aille l'attendre là-bas ?

— Non, c'est elle qui a la clé, n'est-ce pas ? Il vaut mieux que vous la rejoigniez vers vingt-trois heures.

— D'accord. Merci, madame Carlisle.

Reed regarda à nouveau la pendule. Inutile de continuer à compter les minutes. Briley Joe l'avait autorisé à fermer le garage une heure plus tôt qu'à l'accoutumée, mais il patienterait jusqu'à vingt et une heures.

Bah, ce n'était pas très grave. Ils avaient tout un week-end devant eux...

Ella gara sa Jaguar dans l'allée gravillonnée, derrière la maison. Elle verrouilla les portières, déchargea le coffre. Elle avait acheté des steaks, des pommes de terre, du vin rouge et du vin blanc, du thé et de la crème glacée qu'il fallait mettre tout de suite au réfrigérateur. Dans un sac en papier, elle avait également des fraises des bois, des pêches et un beau melon.

Le clair de lune inondait le cottage et la rivière d'une lumière translucide, presque dorée. Elle poussa un soupir de plaisir. Trois choses seulement lui manquaient pour que son bonheur soit parfait : d'abord, que Reed soit définitivement innocenté ; ensuite, que sa mère cesse de lui battre froid ; et enfin, que Reed lui dise qu'il l'aimait.

Elle pénétra dans le vestibule, actionna l'interrupteur et se dirigea vers la cuisine, qui communiquait avec l'immense salon-salle à manger. Elle jeta un coup d'œil à sa montre. Vingt et une heures, déjà. Les courses lui avaient pris plus de temps qu'elle ne l'avait prévu, Reed ne tarderait pas.

Elle se hâta de ranger ses emplettes dans le réfrigérateur, ouvrit les fenêtres et brancha les ventilateurs afin de rafraîchir l'atmosphère. Comme elle revenait au salon, elle perçut un bruit de pas sur les marches du perron. Bizarre... elle n'avait pas entendu le pick-up de Reed – ce vieux tacot faisait pourtant un boucan infernal.

Elle se précipita vers la porte qu'elle avait laissée entrebâillée.

— Reed ?

Elle distingua une silhouette sur le seuil. Ce n'était pas Reed... Elle s'arrêta, déroutée.

— Mais... que fais-tu ici ?

La pénombre masquait le visage de la femme. Celle-ci souriait, cependant, Ella voyait luire ses dents blanches.

— Il est arrivé quelque chose à Reed ?

La femme secoua la tête.

— À papa ?

— Webb et Reed vont très bien. Toi, par contre...

— Je... je ne comprends pas.

Le sourire de son interlocutrice s'élargit.

Ella eut la sensation qu'une main glacée lui tordait l'estomac. Ce n'était pas possible... Aurait-elle des hallucinations ? La femme qui se tenait là, devant elle, n'était pas celle qu'elle avait cru reconnaître...

Reed parcourait les allées du magasin de spiritueux. Il voulait acheter un vin digne de l'événement – tout un week-end avec Ella – malheureusement il n'avait vraiment rien d'un œnologue. Il pouvait toujours demander conseil à la caissière, mais il doutait qu'elle soit plus calée que lui.

Il avait largement le temps de choisir une bonne bouteille, de retourner au studio prendre une douche avant de rejoindre Ella. Une trentaine de minutes lui suffirait pour atteindre le cottage, avait dit Ella.

Encore deux heures à tuer… Quel calvaire !

Il allait opter pour un vin californien, quand il aperçut Cybil Carlisle à l'autre bout de l'allée. Elle serait en mesure de lui dire si son choix était valable. Il prit la bouteille et s'avança vers la tante d'Ella.

— Bonsoir, madame Carlisle.

— Reed ? s'étonna-t-elle. Vous êtes en retard, non ?

— Pardon ? Je ne comprends pas. Vous m'avez appelé pour me prévenir que…

Elle écarquilla les yeux.

— Vous ne m'avez pas téléphoné, tout à l'heure ?

— Mais non…

Qui s'était fait passer pour Cybil Carlisle et pourquoi ? Une peur brutale suffoqua Reed.

— Qu'est-ce qui ne va pas ? s'affola Cybil, voyant qu'il pâlissait.

Il l'empoigna par les épaules.

— Ella est en danger. Avertissez Frank Nelson, dites-lui de me retrouver au cottage. Qu'il fasse vite !

28

— Surprise de me voir, ma chérie ?

Carolyn Porter franchit le seuil et s'approcha d'Ella.

— Ton oncle m'a dit que tu passerais le week-end ici avec Reed.

Elle était affublée d'un pantalon en coton rose et d'un tee-shirt assorti. Un petit sac à bandoulière, en paille brodée de fleurs, complétait sa tenue.

— Maman ? Mais tu... tu marches !

Médusée, Ella regardait sa mère qui, effectivement, marchait normalement, d'un pas assuré. Elle ne claudiquait même pas.

— Eh oui... rétorqua Carolyn, avec ce sourire éblouissant qui avait toujours hypnotisé ses admirateurs et pétrifié ses subalternes.

— Depuis quand ? s'enquit Ella, folle de joie.

Ce miracle était récent, sans nul doute. Quel bonheur que sa mère soit venue ici en personne lui annoncer l'incroyable nouvelle !

— Papa est avec toi ? C'est lui qui t'a amenée ?

— Non, ton père n'est pas là. Je suis avec Viola. Elle m'attend dehors, au cas où j'aurais besoin de son aide.

— Tu ne devrais pas t'asseoir un peu ? Il ne faut pas que tu t'épuises.

— Tu es gentille de te soucier de ma santé, susurra Carolyn en refermant les doigts sur le poignet d'Ella. Mais je vais très bien. J'ai l'habitude de marcher.

— Je ne comprends pas. Tu veux dire que...

Soudain, Ella trouvait le sourire de Carolyn menaçant, glacé. Elle secoua la tête pour chasser cette idée stupide. C'était sa mère, celle qui l'avait élevée et aimée depuis sa plus tendre enfance.

Comme si elle lisait dans son esprit, Carolyn déclara :

— Je t'ai aimée comme si tu étais ma propre fille. Pendant des années. Webb tenait tellement à ce que nous ayons un enfant. J'ai accepté de t'adopter pour lui, vois-tu. J'aurais fait n'importe quoi pour le garder.

— Je sais, maman. Il m'a parlé du jour où tu as eu ton accident.

— T'a-t-il dit qu'il est resté avec moi uniquement par pitié et parce qu'il avait des remords ?

— Non, maman, il ne...

— Il ne m'aime pas. Il aime Judy Conway. Depuis toujours. Mais ça n'a pas d'importance.

Carolyn enfonça ses ongles dans le poignet d'Ella.

— Je ne l'aime plus. Malgré tout, je ne le laisserai jamais partir. Il peut avoir toutes les femmes qu'il veut – des maîtresses, des aventures d'une nuit –, il sera mon mari jusqu'à la fin de ses jours.

Une étrange appréhension s'empara d'Ella. Jamais elle n'avait entendu sa mère parler de cette façon. Il lui semblait être face à une étrangère.

Carolyn planta son regard dans le sien.

— Au début, tu as été un réconfort pour moi. Tu étais un bébé si mignon, une petite fille tellement sage... Seulement, je me suis vite rendu compte que Webb t'adorait exagérément. Il était trop tard pour me débarrasser de toi, alors je me suis résignée. J'ai fait tout ce que je pouvais pour toi. J'ai été une mère parfaite, n'est-ce pas ? Pourtant, je t'en voulais terriblement, ma chère.

Le cœur battant à se rompre, Ella essaya de libérer son poignet, mais Carolyn était plus forte qu'elle.

Mon Dieu, qui est cette femme, cette inconnue qui a pris l'apparence de ma mère ?

— Webb n'a jamais apprécié à sa juste valeur le fait d'avoir une épouse prête à tout pour préserver sa réputation. Quand il me trompait, je fermais les yeux. Je lui ai même pardonné d'avoir engendré la petite bâtarde de Judy Conway.

— Tu es au courant pour Regina ?

— Oui, depuis très longtemps.

— Mais pourquoi tu n'as pas...

— Dans les années qui ont suivi mon accident, je voulais garder Webb parce que je l'aimais plus que tout. Ensuite, cet amour s'est transformé en haine, et j'ai refusé de lui rendre sa liberté pour le châtier.

— Il y a longtemps que tu remarches ? demanda Ella, bien qu'elle redoutât la réponse.

— Un certain temps. Grâce aux opérations successives que j'ai subies, j'ai pu à nouveau bouger les jambes. Viola m'a fait travailler inlassablement, jusqu'à ce que je sois capable de tenir debout. Il y a dix-huit ans de ça... Il a fallu encore trois ans pour que je recouvre l'usage de mes membres inférieurs.

— Et tu n'as rien dit pendant quinze ans. En punissant papa, tu t'es punie toi-même.

— Pas du tout. Le rôle de l'invalide me plaisait infiniment. Tout le monde – y compris ton père – était aux petits soins. Me priver de ça aurait été stupide. En outre, si ton père l'avait su, il aurait demandé le divorce.

— Tu as donc joué cette comédie durant toutes ces années ?

— Hum... Je vois d'ici les rouages tourner dans ton petit cerveau. Est-ce que tu commencerais à comprendre ?

Brusquement, Carolyn lâcha le poignet d'Ella.

— Je ne peux pas croire que tu...

— Crois-le. Junior Blalock était un misérable qui ne méritait pas de vivre. Et Judy Conway, elle, méritait de souffrir. Mon mari l'aimait. Il lui avait fait un enfant. Quel plus beau châtiment que de pousser

Webb à condamner le fils de cette traînée pour un meurtre qu'il n'avait pas commis ?

— Tu délires, tu n'as pas...

— Si, j'ai tué Junior Blalock.

— Non !

— Mais si. Ce moins que rien avait découvert mon secret. Il m'avait vue marcher. J'ai essayé de me faire passer pour Cybil, mais il n'a pas été dupe. À l'époque, bien sûr, je ne me doutais pas qu'il était l'un des amants de ma sœur.

Ella se mit à reculer. Carolyn s'avança, jusqu'à ce que la jeune femme bute contre le comptoir qui séparait le salon de la cuisine.

— J'ai eu beaucoup de chance, ce soir-là...

À mesure qu'elle parlait, les yeux de Carolyn devenaient de plus en plus étincelants.

— J'avais rendez-vous avec Junior pour lui remettre une grosse somme d'argent. Quand je suis arrivée, Reed était en train de le rouer de coups. Ensuite il l'a abandonné là, à moitié inconscient. J'ai aperçu son couteau par terre, il était tombé de sa poche pendant la bagarre. Avoue que le destin m'offrait une magnifique opportunité.

— Tu as égorgé Blalock avec le couteau de Reed ? Mais on n'a trouvé que ses empreintes sur l'arme.

— Je portais des gants, naturellement. Une dame ne sort pas sans gants, surtout, en effet, si elle ne veut pas laisser ses empreintes partout.

Tétanisée, Ella la regarder sortir de son sac une paire de gants blancs qu'elle enfila lentement. Puis, soudain, une lame brilla.

— J'en suis désolée, Ella, mais je vais devoir te sacrifier. Tu as déshonoré ta famille en couchant avec un ex-détenu. Je préfère ne pas penser à ce qu'il adviendra de la carrière politique de ton père. Quoique... Une fois que tout sera réglé, Webb et moi aurons le soutien et la sympathie de la population de cet État. Notre fille, cette pauvre brebis égarée, assassinée par son amant.

— Maman, tu ne ferais pas ça…

Ella ne comprenait plus rien. Pendant quinze ans, sa mère avait caché à tous qu'elle marchait. Elle avait assassiné Junior Blalock. Et maintenant elle allait tuer sa fille. Non, ce n'était pas possible…

— Maman, je t'en prie…

Carolyn poussa un soupir affligé.

— J'ai essayé d'autres tactiques, avant d'en arriver là. Les lettres, les appels anonymes, le serpent dans le bouquet de roses. Viola a engagé un voyou pour saccager la maison pendant que ton père et moi étions en vacances. Mais, puisqu'il n'y avait prétendument pas de preuves concrètes contre Reed, il fallait bien recourir à d'autres stratégies. Je voulais simplement qu'on renvoie cet homme en prison pour qu'il ne mette pas son nez dans mes petits secrets.

— Ô mon Dieu… c'est toi qui as tiré sur papa !

— Hum… Viola a volé le pistolet de Briley Joe, au garage. Le reste était relativement simple. Je n'avais qu'à attendre le moment propice, appuyer sur la détente, puis me faufiler dans la maison et regagner ma chambre sur la pointe des pieds.

— Il aurait pu mourir…

— Oui, en effet.

— Et Roy Moses ? Qui l'a tué, toi ou Viola ?

— Moi. Ce crétin de Jim Pendleton passait par là en voiture, il m'a vue. Heureusement, il m'a prise pour Cybil.

Ella ne pouvait plus nier l'évidence, à présent : sa mère était folle, c'était la seule explication plausible. Or les fous commettaient des actes insensés : assassiner leur fille, par exemple.

— Reed arrivera d'une minute à l'autre, dit-elle d'une voix blanche. Il vous trouvera là, Viola et toi, il…

Le rire cristallin de Carolyn la fit frémir.

— Il a été retardé. Je lui ai téléphoné en me faisant passer pour Cybil et je lui ai demandé de te rejoindre ici à vingt-trois heures. Quand il entrera dans cette maison, tu seras déjà morte. C'est donc lui qui découvrira ton cadavre. Et il y aura ses empreintes sur l'arme du crime.

— Personne ne croira qu'il m'a tuée. Nous sommes amants.

— Je serais bien forcée d'avouer à la police ce que tu m'as dit en confidence : tu avais compris qu'il se servait de toi et tu lui avais donné rendez-vous ici pour rompre. Naturellement, il a piqué une crise de rage... et il t'a égorgée.

— Tu as pensé à tout, n'est-ce pas ?

— Il me semble que oui.

Si tu ne réagis pas, les choses se passeront comme elle l'a prévu. Tu dois te battre. Tu es plus forte qu'elle, tu devrais avoir le dessus.

Cependant Carolyn avait une arme et une complice qui attendait patiemment de se précipiter à sa rescousse. Fuir était la seule solution. Mais comment ?

Sortir par la porte de derrière, aussi vite que possible, et tenter d'atteindre la voiture.

Non, non, impossible. Les clés étaient sur le comptoir de la cuisine, pas moyen de les prendre.

Courir jusqu'au ponton. Le canot automobile de son père y était amarré.

— Tu cherches une échappatoire, n'est-ce pas ? dit Carolyn, agitant le couteau comme une institutrice aurait menacé du doigt une élève dissipée. Tu n'en as aucune. Viola et moi, nous te rattraperons. Deux contre une, j'admets que ce n'est pas très loyal, mais j'ai l'habitude de mettre tous les atouts dans mon jeu.

Ella jeta un coup d'œil vers la porte d'entrée, grande ouverte. Viola, la fidèle et soumise infirmière, était à son poste. Ella ne l'avait jamais aimée – dès l'enfance, elle le réalisait maintenant, elle avait senti chez cette femme une profonde méchanceté. Pourquoi son instinct ne l'avait-il pas mise en garde contre sa propre mère ?

— Comme tu peux le constater, Viola te barrera la route.

— Viola a disparu, mentit Ella.

Carolyn tourna la tête. Un réflexe qui donna à Ella une chance qu'elle saisit aux cheveux. Elle se rua vers la porte-moustiquaire, poussa le battant. Fermé à clé. Elle le déverrouilla, agrippa la poignée. La porte pivota.

Carolyn était tout près. La lame du couteau fendit la robe d'Ella, juste au-dessus de sa taille, mordit cruellement sa chair. La douleur faillit un instant l'étourdir. Elle serra les dents. Ce n'était pas le moment de flancher, sinon sa mère n'hésiterait pas à la poignarder.

Elle dévala les marches. Carolyn ne la lâchait pas d'une semelle, hurlant à Viola de contourner la maison.

Cours, cours... Tu as mal, mais continue à courir.

Elle s'élança vers le ponton. Mon Dieu, Viola y était déjà !

Ne faiblis pas. Reed sera là dans un instant et...

Non, Reed n'arriverait pas avant onze heures. Elle serait morte depuis longtemps.

Elle bifurqua en direction des bois qui bordaient le cottage. Elle se cacherait dans les broussailles. Il faisait nuit, Carolyn et son âme damnée ne la repéreraient pas. Elle courut éperdument, les poumons en feu. Elle s'appuya contre un grand pin, s'efforça de reprendre son souffle. Du bout des doigts, elle palpa doucement sa blessure. Le tissu de sa robe était imbibé de sang.

— Où es-tu ? cria Carolyn d'une voix chantante, atroce. Allons, viens !

Cours, cours... Ne la laisse pas te tuer.

Elle entendit un bruit ténu : des feuilles qui craquaient. Carolyn et Viola n'étaient plus loin. Elle inspira à fond, s'enfonça dans les bois, l'obscurité.

Reed, au volant de la décapotable de Cybil Carlisle, s'engagea dans l'allée et stoppa derrière la Jaguar. Il avait roulé à fond de train depuis Spring Creek. Cybil, qui l'accompagnait, avait alerté la police : Ella était en danger.

Il bondit hors de la voiture, se précipita vers la porte-moustiquaire, grande ouverte. Son cœur cognait contre ses côtes. Il inspecta le porche, remarqua des taches sombres sur le plancher usé. S'accroupissant, il les tâta.

— Qu'est-ce que c'est ? balbutia Cybil qui lui avait emboîté le pas.

Il renifla ses doigts.

— Du sang.

— Seigneur ! Où est Ella ?

— Nous allons fouiller la maison, et si nous ne la trouvons pas...

Soudain, une voix – qui appelait Ella – retentit du côté des bois, le long de la berge. Cybil agrippa Reed par le bras.

— Oui, j'ai entendu, chuchota-t-il.

— Cette voix...

— Une voix de femme.

— Carolyn...

— Quoi ?

— Carolyn, ma sœur. Mais pourquoi...

— C'est certainement elle qui m'a téléphoné en se faisant passer pour vous. C'est elle qui...

Un hurlement strident l'interrompit. Cybil et lui se regardèrent. D'un même élan, ils descendirent les marches du porche et coururent vers les bois, se guidant sur l'écho de ce cri terrifié...

29

Viola Mull était campée devant Reed, elle lui barrait le passage. Le clair de lune allumait des reflets argentés sur le canon de son arme.

— Arrêtez-vous, Reed Conway, ordonna-t-elle.

— Où est Ella ?

— Vous ne deviez pas arriver si tôt. Mais peu importe, nous n'aurons qu'à modifier certains détails de notre plan. On croira qu'Ella a réussi à vous abattre avant de mourir.

— Où est-elle ?

— N'avancez plus ou je serai forcée de tirer.

— Vous le ferez de toute manière, dit Reed en bondissant sur elle.

Surprise par ce mouvement brutal, Viola n'eut pas le réflexe d'appuyer sur la détente. Reed la plaqua au sol, roula avec elle dans la poussière. Il s'acharnait à la désarmer, mais elle serrait toujours le revolver dans sa main. Soudain, le coup partit. Reed eut la sensation que ses tympans explosaient. Le corps de Viola s'affaissa. Il distinguait mal son visage, cependant il vit qu'elle fixait sur le ciel des yeux aveugles. Il lui tâta le pouls. Elle était morte.

Cybil accourait. Il se redressa juste à temps pour la bâillonner de sa main.

— Chut… pas un mot.

Elle opina.

Alors la voix chantante, flûtée, s'éleva à nouveau :

— Ella, tu as entendu cette détonation ? Viola a tiré sur quelqu'un. Peut-être sur Reed. Il a dû arriver en avance.

— Comment ma sœur peut-elle être ici, dans les bois ? murmura Cybil, effarée.

— C'est Viola qui est morte ! cria-t-il.

— Reed ! hurla Ella.

Elle était vivante. Sans plus réfléchir, il s'élança dans les fourrés. Il fallait arracher Ella aux griffes de Carolyn Porter. Mais comment était-il possible que cette femme se déplace sur ce sol inégal, dans cette épaisse végétation, en fauteuil roulant ?

Il comprit une seconde avant d'apercevoir Ella et sa mère – debout – qui luttaient comme des diablesses.

— Lâchez-la !

Ella repoussa Carolyn, se laissa tomber à terre. Reed se jeta en avant, mais avant qu'il ait pu maîtriser la pseudo-invalide, elle le poignarda à l'épaule. Instinctivement, il porta la main à sa blessure. Vive comme l'éclair, Carolyn pivota et se pencha sur sa fille, prête à la larder de coups de couteau.

Reed n'eut pas le temps d'intervenir. Une deuxième détonation retentit, derrière lui. Carolyn vacilla, s'écroula. La balle l'avait frappée en plein crâne. La mort l'emporta sans lui laisser le temps de pousser un cri.

Reed n'eut même pas un regard pour elle. En proie à une indicible angoisse, il souleva Ella dans ses bras.

— Vous êtes sains et saufs, tous les deux ? balbutia Cybil qui s'approchait, pointant le revolver dont le canon fumait encore.

— Oui, merci, répondit Reed.

Délicatement, Cybil effleura le dos d'Ella.

— Il faut vite l'emmener à l'hôpital. Vous aussi, Reed, vous avez besoin de soins.

— Maman... gémit Ella.

Cybil baissa les yeux sur le corps inerte de sa sœur.

— Mon Dieu… Elle marchait, elle n'était pas paralysée.

— Elle a tué Junior, souffla Ella.

Une toux convulsive la secoua.

— Ne t'agite pas, ma chérie, dit Cybil en lui caressant la joue. Tu nous expliqueras plus tard.

Au loin, les sirènes des voitures de police mugissaient dans la nuit.

Carolyn Walker Porter fut enterrée dans le caveau familial, au cimetière de Spring Creek. Seuls son mari, sa fille, sa sœur et son beau-frère assistaient à la cérémonie, réduite à sa plus simple expression. Les obsèques avaient été retardées, Ella ayant demandé à son père d'attendre qu'elle sorte de l'hôpital – quatre jours après que sa mère eut tenté de la tuer. Viola Mull, elle, avait été incinérée, ainsi qu'elle l'exigeait dans son testament.

La limousine noire s'arrêta dans l'allée de la résidence Porter, entourée par des policiers qui s'efforçaient de repousser les journalistes et les badauds. Reed, campé sur le perron, vint à la rencontre d'Ella qui se jeta à son cou. Il l'étreignit, l'aida à monter les marches. Webb, Cybil et Jeff Henry les suivirent, ignorant les reporters qui les bombardaient de questions.

Pendant l'enterrement, ils n'avaient pas dit grand-chose. Les mots semblaient si dérisoires… La nuit du drame, aux urgences, Cybil et Reed avaient tout expliqué à Frank Nelson. Le lendemain matin, Ella avait fait sa déposition. On reprenait officiellement l'enquête sur l'affaire Junior Blalock, bientôt Reed serait innocenté et réhabilité.

En entrant dans le salon, Ella distingua les silhouettes de Judy Conway et de Regina, immobiles à l'autre extrémité du hall. Elle hésita une fraction de seconde, puis se dirigea vers la mère et la sœur de Reed. Ce dernier lui emboîta le pas.

— Ma chérie, déclara Webb, j'ai demandé à Judy et à Regina d'être là.

— Je suis navrée, murmura Judy. Carolyn était sans doute malade, sinon elle n'aurait pas agi de cette façon. Je ne sais pas si cela peut vous réconforter, mais il fut un temps où elle vous aimait profondément.

Ella lui prit les mains.

— Merci... Vous êtes très gentille, je vous en suis d'autant plus reconnaissante que ma mère a détruit votre existence et celle de vos enfants.

Reed, qui la tenait par la taille, l'attira contre lui. Il tourna vers Webb un regard accusateur.

— Ça ne pouvait pas attendre ? Maman... pourquoi as-tu accepté de venir ? Tu choisis mal ton jour.

— Ce n'est pas sa faute, j'ai beaucoup insisté, dit Webb. Inutile de continuer à mentir, ne fût-ce qu'une minute de plus. Il faut avouer la vérité – toute la vérité.

— Nous la connaissons déjà, non ? rétorqua Ella d'une voix blanche.

Elle était effectivement sûre d'avoir désormais regardé en face les sombres et terribles réalités de l'existence de ses parents et de sa propre vie. Sa mère était une criminelle, qui la haïssait au point de vouloir la poignarder. Son père, cet homme qu'elle vénérait, avait une fille naturelle à laquelle il pouvait maintenant donner son nom. Peut-être Regina prendrait-elle dans son cœur la place d'Ella ?

Elle n'avait plus que Reed. Mais qu'adviendrait-il de leur relation ? Il ne lui avait fait aucune promesse, ils n'avaient pas de projets d'avenir.

— Mark Leamon est dans la bibliothèque, annonça Webb. Si vous me le permettez, je suis prêt à en finir avec tous ces mensonges.

Webb tendit la main, non pas à Judy Conway – comme Ella l'aurait cru – mais à Cybil qui lança à son époux un regard empli de tristesse. Elle prit la main de son beau-frère, et tous deux pénétrèrent dans la bibliothèque. Ella, s'appuyant sur le bras de Reed, les imita. Les autres suivirent.

Webb fit asseoir Cybil à son bureau, se campa derrière elle. Mark Leamon salua tout le monde, fit signe à Regina de venir près de lui. Judy Conway observait Webb, son beau visage reflétait l'amour et la compassion. Jeff Henry resta sur le seuil de la pièce. Quand Ella le regarda, il esquissa un faible sourire. Des larmes brillaient dans ses yeux.

Elle eut l'impression qu'une boule brûlante lui obstruait la gorge. Reed l'entraîna vers le divan, mais elle secoua la tête.

— Je préfère être debout.

— Quoi que ton père puisse dire, nous le surmonterons ensemble, murmura-t-il.

Elle acquiesça, reporta son attention sur Webb qui toussota.

— Chacun de vous sait que j'ai toujours aimé Judy Conway. De notre liaison est née une enfant, ajouta-t-il en tournant la tête vers Regina qui pointa le menton et soutint son regard. J'ai l'intention de la reconnaître officiellement. Mes deux filles seront donc mes héritières. Regina... tu ne pourras peut-être jamais me pardonner d'avoir attendu si longtemps, mais ta mère et moi avons estimé que cela valait mieux, vu les circonstances.

— Vous espérez une réponse ? rétorqua Regina. Je n'en ai pas... C'est encore trop confus.

— Je comprends. Je souhaiterais simplement que tu me donnes une chance de devenir ton père car, dans quelque temps, je demanderai à ta mère de m'épouser.

Ella ravala une exclamation. Il lui semblait que sa vie entière s'évaporait devant ses yeux, comme si cela n'avait été qu'une chimère. Sa mère était morte – après avoir essayé de la tuer. Le sang de Webb coulait dans les veines de Regina. Bientôt son père se bâtirait une existence heureuse avec Judy et sa fille naturelle.

— Je ne saisis pas la nécessité de cette réunion, balbutia-t-elle. Tu ne nous apprends rien de neuf.

— Ce n'est pas tout, soupira Webb.

Ils entendirent Cybil prendre une inspiration.

— C'est sans doute à moi d'expliquer... Il y a trente et un ans, Webb s'est retrouvé enchaîné à ma sœur. Elle était paralysée, il ne pouvait pas la quitter.

Elle fixa Jeff Henry.

— Moi, j'étais jeune et follement éprise d'un homme qui aimait Carolyn.

Jeff Henry tressaillit. Une expression incrédule, stupéfaite se peignit sur sa figure.

— Après l'accident de Carolyn, poursuivit Cybil, Jeff Henry pensa qu'il avait peut-être une chance avec elle. Il ne désirait qu'elle.

Elle serra les dents, luttant pour ne pas fondre en larmes.

— Je le détestais parce qu'il ne m'aimait pas, et je détestais ma sœur qui le traitait comme une marionnette. Elle ne voulait pas de lui, mais elle faisait en sorte qu'il soit à ses genoux. Alors j'ai décidé de séduire mon beau-frère.

Cybil émit un petit rire désespéré, déchirant.

— Ça s'est passé un an avant que j'épouse Jeff Henry. Je n'avais que dix-sept ans.

Ella balaya la pièce des yeux, scrutant les visages de chacun des principaux participants à ce jeu de la vérité. Manifestement, ce que Cybil s'apprêtait à révéler ne surprendrait pas son mari, ni Judy.

— Webb et moi, nous étions malheureux. Il aimait Judy, moi Jeff Henry. Nous avons essayé de nous réconforter mutuellement. Une fois, une seule fois.

— Laisse-moi continuer, murmura Webb en lui tapotant affectueusement les épaules. Deux mois plus tard, Cybil m'a annoncé qu'elle était enceinte.

Reed serra plus fort la main d'Ella, dardant sur Webb un regard noir.

— J'ai concocté ce que je croyais être un plan astucieux. J'ai suggéré à Carolyn d'adopter un enfant et, à mon grand étonnement, elle a accepté. Cybil est partie, prétendument à l'université, jusqu'à la naissance du bébé. Ensuite mon avocat, Milton Leamon, a organisé l'adoption. Carolyn n'a jamais su qu'Ella était ma fille, et que Cybil l'avait mise au monde.

Ella avait le vertige, le sol se dérobait sous ses pieds. Elle avait bien entendu les paroles de Webb, il lui semblait même les avoir comprises. Pourtant, non... c'était impossible.

— Je ne vois pas comment un homme pourrait commettre plus d'erreurs que moi. J'ai fait de ma vie privée un effroyable gâchis. Ella chérie, est-ce que tu me pardonneras un jour ?

— Est-ce que tu nous pardonneras ? rectifia Cybil.

Que répondre ? Je ne vous crois pas ? C'était faux, elle les croyait. Dans le fond, tout cela était tellement logique. Les pièces du puzzle se mettaient finalement en place.

Voilà donc pourquoi elle s'était toujours sentie si proche de Cybil, et pourquoi elle ressemblait tant à Webb, physiquement et moralement.

— Tu savais, n'est-ce pas ? demanda-t-elle à Jeff Henry.

— Oui... Cybil me l'a avoué, il y a longtemps, un soir qu'elle avait bu. Elle pleurait, elle réclamait son bébé. Tu avais trois ans, à l'époque.

Il s'approcha du bureau, se pencha vers sa femme.

— Pourquoi ne m'as-tu jamais dit que tu m'aimais ? Pendant toutes années, j'ai pensé que tu étais amoureuse de Webb.

— Espèce d'idiot... bredouilla Cybil, les joues inondées de pleurs.

Jeff Henry pivota, chercha le regard d'Ella.

— Tu sais, elle t'aime plus que tout au monde. Il faut que tu la comprennes. Elle a fait ça pour toi, pour que tu puisses grandir dans notre famille sans être considérée comme une enfant illégitime, sans avoir à porter ce fardeau.

Cybil se leva.

— Ella ? Ma chérie ?

Lâchant la main de Reed, Ella s'avança. Sa mère – sa vraie mère – lui ouvrit les bras. Elles s'étreignirent, s'embrassèrent en sanglotant.

Elles restèrent un long moment ainsi, tendrement enlacées. Quand l'émotion reflua, elles s'aperçurent que les autres s'étaient éclipsés.

— Je n'aurai jamais la palme de la meilleure mère, j'en suis consciente. Je ne vaux pas grand-chose. Mais je t'aime de tout mon cœur. J'ai essayé de t'entourer d'affection.

— Je le sais.

— Cours retrouver Reed, maintenant. Ne perds pas un instant.

— Mais…

— Pas de mais, coupa Cybil en la poussant doucement vers la porte. Nous aurons le temps de digérer le passé. Ne pense qu'à ton bonheur.

Il était dans la gloriette, seul.

— Reed ?

— Ça va ?

Elle esquissa un faible sourire.

— Ça ira mieux.

— Comment envisages-tu la suite ? Quand les habitants de cette ville connaîtront les secrets de la famille…

— Je me moque de l'opinion des gens. D'ailleurs, ma réputation est déjà compromise.

— C'est vrai, rétorqua-t-il en souriant. À cause de moi.

Elle s'approcha, le prit par le cou.

— Et toi ? Que comptes-tu faire de ta vie ?

Il la serra contre lui.

— Je ne sais pas trop. Après notre lune de miel, tu m'aideras à décider.

— Pardon ?

— Je dis qu'après notre lune de miel…

— Je ne me souviens pas que tu m'aies demandé en mariage.

— Oh, c'est vrai… Un oubli, murmura-t-il en l'embrassant à pleine bouche.

Quand ils furent à bout de souffle, il la regarda dans les yeux.

— Ella Porter… veux-tu m'épouser ?

— Pas de bougies ni de musique douce ? Pas de bague de fiançailles ?

— Non, désolé. Je n'ai que mon cœur à t'offrir, mon amour.

— Tant mieux, souffla-t-elle, c'est tout ce que je veux…

Épilogue

Deux ans plus tard...

À pas lents, Reed Conway et sa mère remontaient l'allée centrale de l'église. Devant l'autel se tenaient Webb Porter, flanqué de son gendre et témoin, Mark Leamon. La cérémonie se déroulait dans l'intimité, seuls étaient conviés les membres de la famille et les amis proches, comme Heather et Dan Gilmore récemment mariés. Le sénateur, désormais retraité, et sa femme qui n'appréciait guère les mondanités, n'avaient pas souhaité un grand mariage.

Ella observa son père. Il était toujours très séduisant, comme à son habitude. Et Judy – pour laquelle Ella s'était prise d'une profonde affection – resplendissait dans son tailleur ivoire.

Mais, en vérité, Ella n'avait d'yeux que pour Reed. Celui qu'elle avait épousé dix-huit mois plus tôt était magnifique, somptueux, merveilleux. Exceptionnellement, il arborait une cravate, cependant Ella savait que, dès la cérémonie terminée, il s'en débarrasserait sous prétexte que *cette chose* l'étouffait. Il ne portait jamais de cravate, pas même pour se rendre à l'Institut universitaire où il était désormais professeur.

Judy tendit son bouquet de mariée à Regina qui le tint devant son ventre rebondi. Elle accoucherait de son premier enfant – une fille – dans environ six semaines. Judy embrassa tendrement ses deux demoiselles d'honneur, Regina et Ella qui, pour sa part, attendait la naissance de son premier enfant – un fils – d'un jour à l'autre.

Tandis que le prêtre prononçait les mots qui uniraient pour la vie Webb Porter et Judy Conway, Ella sourit à Jeff Henry et Cybil, assis au premier rang, les doigts entrelacés. Sa mère avait suivi une cure de désintoxication, elle était sobre depuis près de deux ans et ne quittait plus son mari qui l'adorait. Les voir roucouler comme des tourtereaux réchauffait le cœur.

Webb et Judy échangèrent un baiser. Reed attira Ella contre lui et l'embrassa. Mark et Regina firent de même. Puis les trois couples sortirent ensemble de l'église. Sur le parvis les attendait une limousine blanche qui les emmènerait au country-club où Cybil et Jeff Henry Carlisle avaient organisé une réception. Ella leva les yeux : le soleil brillait dans un ciel sans nuages...

Découvrez les prochaines nouveautés
de la collection

Amour et Destin

Des histoires d'amour riches en émotions déclinées en trois genres :

Intrigue ***Romance d'aujourd'hui*** ***Comédie***

Le 5 décembre ***Romance d'aujourd'hui***

Un amour pas comme les autres

de Sandra Steffen (n° 6616)

Épouse comblée, mère de deux adorables petites filles, Maggie MacKenzie vit un bonheur sans nuages. Sa sœur Jackie, en revanche, traverse une passe difficile. Abandonnée par son mari, elle vient chercher un peu de réconfort auprès de son aînée. Mais, après un accident de voiture, Maggie se retrouve dans le coma, au bord de la mort. Toute la famille est effondrée. Un jour de désespoir absolu, Spencer, son mari, et Jackie se donnent l'un à l'autre, sans vraiment réaliser les conséquences de leurs actes...

Ce mois-ci, retrouvez également
les titres de la collection

Aventures et Passions

Le 3 novembre

Egan, la rebelle irlandaise de May Mc Goldrick (n° 6752)

En quête de l'épouse modèle, le baron Nicholais songe à la candide Clara, fille d'un sévère magistrat anglais qui l'invite à séjourner dans le manoir familial, en Irlande. Il s'y rend avec sa mère et sa sœur. C'est alors qu'il surprend Egan, le célèbre rebelle irlandais, détroussant un prêtre. Se portant au secours du malheureux, il découvre que l'agresseur est... une femme ! Une femme au caractère bien trempé et à la beauté troublante...

Le 10 novembre

Julianna et le fou du roi de Anna Stuart (n° 6753)

En Angleterre, au Moyen Âge. La belle Julianna a gâché sa prime jeunesse dans les bras d'un vieillard. Pleine de ressentiment, elle reproche à sa mère, la douce Isabeau, de ne pas lui avoir épargné tant d'années de souffrance. Mais, désormais veuve, elle n'a d'autre choix que de la rejoindre et d'assister à son remariage avec le seigneur Hugh. Le fou dur oi, l'irascible et séduisant Nicolas, baron peu fortuné, est également envoyé sur les lieux avec une bien déplaisante mission. Julianné le trouve très agaçant : il est vrai qu'il suscite tout, sauf de l'indifférence...

Le 18 novembre

Tendre trahison de Rosanne Bittner (n° 4127)

Quand Audra le supplie de l'épouser, Lee hésite. Audra est belle, belle à en perdre tout sang-froid. Mais cette situation est insensée : Lee ne peut se résoudre à épouser la fille d'un esclavagiste. Il a pourtant profité d'elle, de sa naïveté, de son innocence. Lorsqu'il la caressait, la couvrant de baisers, il la trahissait déjà ! Pour audra, le monde s'écroule. Elle ne sait pas encore que la Louisiane vient de faire sécession et que l'Amérique va s'embraser...

6756

Composition Chesteroc Ltd
Achevé d'imprimer en France (La Flèche)
par Brodard et Taupin
le 25 octobre 2003. 20545
Dépôt légal octobre 2003. ISBN 2-290-33155-4

Éditions J'ai lu
84, rue de Grenelle, 75007 Paris
Diffusion France et étranger : Flammarion